# 青い落ち葉

キム・ユギョン

松田由紀・芳賀 恵 訳

北海道新聞社

# 青い落ち葉

『青い落ち葉』関連地図

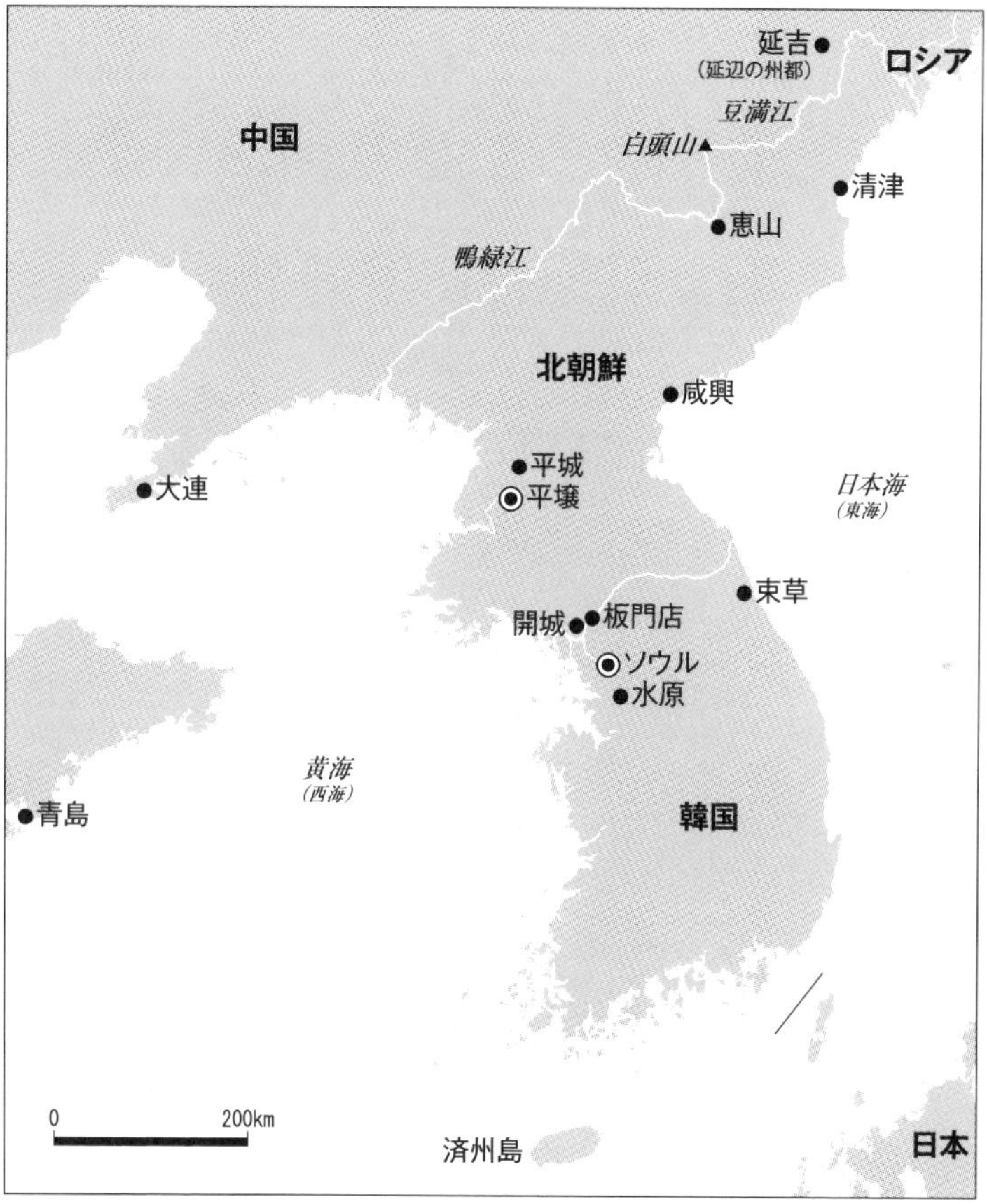
延吉
（延辺の州都）
ロシア
豆満江
中国
白頭山
清津
恵山
鴨緑江
北朝鮮
咸興
平城
平壌
大連
日本海
（東海）
東草
開城
板門店
ソウル
水原
黄海
（西海）
青島
韓国
0
200km
済州島
日本

# 日本の読者の皆様へ

まず私の小説に触れることになった日本の読者の皆様に深くお礼を申し上げます。社会制度や文化の違う北朝鮮の人々の生きざまに関心を寄せていただいて、心からありがたく思います。私は、文学作品を通じて自分の考えを明らかにすることが作家の仕事のすべてだと思ってきました。しかし今回出版社の依頼を受けてみて、改めて北朝鮮は得体の知れないベールに包まれた世界であると実感しました。私の小説を詳しく解説しようとすれば、北について説明しなければならず、政治色の強い言葉を使わざるを得ません。作家として自分の作品の背景を解説するのは少々気が重いですが、日本の読者の皆様がこの小説を理解する一助になればと思い、この文をしたためることにしました。

私は「脱北作家」という肩書きが宿命のようについて回る作家です。ある意味、私のアイデンティティーでもありますが、正直なところこの肩書きから解放されたいと思っています。でも私の頭の中には、数多の北朝鮮体制の犠牲者や、受難者たちの呻《うめ》き声が鳴り響いています。そして私はペンを執り、彼らの物語が紡がれていきます。

同じ民族の韓国人でさえも、北朝鮮の現実には首をかしげます。北も人間が住む社会なのに、数百万人が餓死するって本当？　医師や外交官だったのに、わざわざ命懸けで脱北する必要があるの？

北が国民を弾圧しているというけれど、国家である以上それなりの法律があるのでは？——極めて常識的な質問です。しかしこのような質問をされると、途端に私は息苦しくなってしまいます。北は、住んだことのない人間には理解できない所なのだ、と思わずため息が出ます。

世界のほとんどの人々は、自由を空気のように当たり前に享受して暮らしています。だから、自由を抑圧されるという感覚を漠然としか理解できないのでしょう。外国に行くなど夢のまた夢で、国内すら自由に往来できないのが北朝鮮の人々です。思想や意見表明の自由は否定され、体制や首領に対する批判を一言漏らしただけで処罰されます。職場も自由に選べず、党から指示があれば炭鉱にでも農村にでも行かなければなりません。もちろん作家も自由にものを書けず、書けることといったら体制に対する礼賛や、首領万歳などという言葉だけ。

自由民主主義体制である韓国は、経済的に困難な人々を国民基礎生活保障制度などさまざまな福祉制度で保護していて、制度の死角地帯にいる人がたった一人でも亡くなろうものなら大騒ぎします。そんな韓国で、北朝鮮の人々が数百万人も餓死したという事実を理解するのは難しいのかもしれません。

北朝鮮の制度の最も致命的な矛盾は、労働の対価が支払われないことです。韓国や日本など多くの国では、働いた分だけ公正な対価を受けられます。社会貢献の多寡などにより多少差はあるものの、最低賃金でも基本的な生活を送ることができるでしょう。しかし北ではどんな職業であっても、ひと月の給料では米1キロすら買えません。医師であろうが教師であろうが、さほどの意味もないのです。北では権力の大小だけが問題になります。その権力とは、賄賂や恫喝《どうかつ》など不正な手段を用いて得た財力のことなのです。

最近、北朝鮮では、韓国映画を視聴し流布したという罪で10代の若者たちが銃殺されたという報道があり、世界中を驚かせました。ある外交官は脱北の理由を「自分の子どもまで奴隷として生きさせたくはなかったからだ」と公に語りました。脱北者は移民とは違います。北の人々にとって、脱北は脱獄のようなものです。成功率も高くありません。捕まれば、人生はほぼ終わりです。中には政治犯収容所に連行されたり、公開銃殺されたりする人もいます。しかし脱北は今も後を絶ちません。たった一つの命をかけて必死に脱北する。生きながらえるために。たった一度でも人間らしく生きてみたいという願いのために！

この小説集の中には、前途有望だった物理学博士の青年が反動分子とみなされて地方に追放され、一生を農民として生きる話があります。北朝鮮の連座制のスケープゴートになる物語です。医師が貧しさのあまり脱北した話、中国で不法滞在者として苦労したあげくついに韓国行きに成功した話、北の洗脳教育により異常な思考に陥った夫に密告され保衛部に逮捕される女性の話など、北の人々の生きざまを描きました。韓国への定着がいかに困難でも、脱北できただけで大きな幸運だということを、読者の皆様にわかっていただければと思います。

北朝鮮の人々が現在苦しんでいるさまざまな試練が、しょせん他人ごと、忘れ去られつつある歴史としてではなく、時代の教訓として受け止められることを願っています。私の9編の小説が、より人間らしい社会、より人情あふれる社会、紛争や暴力による抑圧のない、平和で温かい社会の必要性を痛感できるようなメッセージとなれば幸いです。

감사합니다.（カムサハムニダ）

キム・ユギョン

# 著者の言葉

落ち葉は秋の情緒でありロマンである。小春日和の日差しを全身に浴びて一層軽くなった木の葉が、土と一つになるために同じ色を帯びて地面に横たわる。落ち葉は地面でリラックスするだけでなく、人々の足をも柔らかく包み込む。そして冬に耐え、充実した春夏を過ごし、再び大地と一体になってその完成された生を終え、木に栄養を与えるのだ。そこになんの悔いがあろうか。

しかし雨風や突然の寒波によって、色づきもしないまま土と出会う葉もある。青い落ち葉だ。生《せい》の充実と完成を味わうことなく途中で地に放り出された青い落ち葉。それは哀れでもの寂しい。

青い落ち葉を彷彿させる人々がいる。脱北民だ。彼らはひどい暴風にさらされ、なすすべもなく北朝鮮という樹木から外の世界に放り出される。転がって引き裂かれて、血を流しながらの道のりを経て、やっと韓国という安息の地に抱かれる。その険しい脱北の道のりは、人によって平坦だったり短かったりはするが、命懸けの旅である。

北朝鮮を出て無事に国境を越えたとしても脱北は終わらない。不法滞在者の身分のまま中国大陸を横切ってモンゴルの砂漠を越えたり、メコン川を渡ったり。その脱北の道のりが10年以上になる人も稀ではない。その日々にはあらゆる困難がある。力もなく弱々しいその「青い落ち葉」の中には、モンゴル砂漠の中で永遠に埋もれる人もいれば、メコン川の荒波に呑まれて沈んでいく人もいる。

満身創痍で韓国に辿り着いても脱北民の苦労は続く。逃亡者としての人生は終わっても、新しい不安に包まれる。大韓民国の住民登録証を取得して韓国人になっても、アイデンティティーの混乱が生じる。

脱北民とは何者なのか？　韓国の国民ではあるが2等国民なのか？　そうでないならアウトサイダーか？　異邦人なのか？　浮草のような放浪者なのか？　得体の知れぬ疎外感が、梅雨時の湿気のように体にベタベタとまとわりつく。この社会の縁から漂ってくる孤独が骨身に染みてくる。自責の念だろうか。

あれほどまでに自由と文明を渇望したのに、いざたくさんのチャンスを目の前にすると、怖気づき気後れしてしまう。自力で生き残りを図る資本主義社会の競争原理に直面し、怯えているのが正直な心情だ。多くの脱北民が韓国社会への定着に困難をきたしており、社会の底辺暮らしを宿命だと感じている。福祉制度の恩恵のもと、生活保護受給者として生きる者も少なくない。北朝鮮では餓死直前だったのだから、こうやって米を食べ肉の入った汁を口にできるだけでもありがたい。自由を謳歌できるなんて思うな。中古車とはいえ自家用車を持ったのだから、人生逆転したようなものだ。こんな考え方が多くの脱北民の慰めになっていると思う。

相対的剥奪感や、北朝鮮で刻み込まれた赤い烙印を消し去ることができず、自由を求めたこの地で自ら命を絶つ者もいる。差別が嫌だと他の外国に去った者、うつ病に苦しむ者も多い。脱北民とは存在そのものが「統一」であるなどという美辞麗句もあるが、実際の脱北民社会は暗く不安なものだ。悲観的なことばかりを言おうとしているのではない。この社会に適応しようと力強く羽ばたく者もおり、未来への明るい光が見える。韓国社会は甘くないが、力の限りその障壁を越えようとしている。彼らは韓国の文化や文明、先進技術を学ぼうと多くのエネルギーを注いでいる。生存につながるからだ。

北朝鮮では教授だったが溶接を学び稼いでいる人や、40代から勉強に没頭して50代で博士号を取得し、自分自身の望む社会的地位を得ようと奮闘している女性もいる。料理の腕を生かして食堂の経営者として成功した者も。可能な限り資格を取ってあれこれと挑戦したり、韓国の言葉づかいをいち早くマスターして北の訛《なま》りが出ないよう努力したりする。

そうやってこの社会で踏ん張り、小さくとも自分の居場所を確保した脱北者は、全体の3万5千人のうちのどのくらいだろうか。確かに、脱北民が自らの力でこの社会に適応していくことが正解なのだろう。しかし、生まれながらの韓国人と韓国社会に、脱北民に対する理解と哀れみを求めるのは図々しい考えなのだろうか……。脱北民に対する言い訳と擁護をうっかり口にしてしまった。つい出てしまった私の愚痴をご理解願いたい。いや、許していただきたいと思う。

めそめそ泣いて新しい環境のせいにしたくはない。しかし、脱北民が水に浮かぶ油のように韓国社会に適応できないのなら、また韓国社会が脱北民を敬遠して容易く受け入れてくれないのなら、統一はどれほど遠いことだろうか！　北朝鮮の住民は、統一という言葉を聞くだけで目頭が熱くなる。統一という大きな出来事が起こったら、今の困難な運命に変化が生じるのではないかという漠然とした希望があるからだ。しかし、韓国では統一がなぜ必要なのかという懐疑心を持つ人たちも多いという。

しかし、もし8月15日の日本からの解放のように、外的な要因で北と南が一つになったなら、大量の水と油の塊がぶつかり合うことになる。果たしてどのような化学反応が起こるだろう？　なぜだか嫌な予感がする。その衝撃を少しでも和らげる方法があるとしたら、それはこの韓国社会と脱北民の交わる過程にヒントがあるのではないだろうか！　脱北民が、早めにやってきた統一と言われるのも間違いではないと思う。

脱北民を多文化と捉える人もいるが、言語も文化も根っこは同じ朝鮮民族だ。ただ南と北で相反する二つの体制のもとで、お互い違う経験をしてきたというだけだ。さらにいえば、同じ大韓民国の国民なのだ。したがって脱北ディアスポラ（移民）としてではなく、韓国社会に溶け込み、同じ社会の構成員として暮らすことが最も望ましいと思う。

脱北民が韓国でどのように暮らしているのかは、北朝鮮の人々にとって大きな関心事だそうだ。韓流文化を通じて北朝鮮の人々が韓国に憧れているということは広く知られている。命懸けで韓国映画を見て文化を真似ようとする。憧れとはすなわち希望である。脱北民の人生が、北朝鮮の人々に希望を与えられたらいいと思う。

脱北民の韓国愛と自由への目覚めには尋常でないものがある。私自身がそうなのだから。朝鮮半島の半分だけでも、そこに自由で先進的で未来志向的な社会が存在するということは、朝鮮民族にとって大きな幸運だと思う。その考えが片思いでないことを願っている。脱北民の哀歓を、理解と和合の願いを、そして希望を、私の小説に込めた。

キム・ユギョン

２０２３年　ある春の日に

# [目次]

＊本文中の【　】内は訳注です。
＊朝鮮／韓国の地名や、特徴的な用語などには原語読みでルビを振りました。

カバー写真
臼井愛子
地図作成
中島みなみ（北海道新聞出版センター）
装丁
江畑菜恵（es-design）

# 平壌《ピョンヤン》からの客

## 1

平壌から4百キロ以上離れたこの山あいの農場に、思いもよらぬ客が訪ねてきた。まさに青天の霹《へき》靂《れき》ともいうべき出来事だった。農場の党書記がスヒョクトンム【トンムは同志、友人を指す言葉】はいるかと訪ねてきた時も、自分の息子の家庭教師を頼みにきただけだと思った。夫は以前、党書記の長男に家庭教師をしてやったのだが、その長男が良い大学に合格したことに味を占めて、試験が近くなると2番目の息子の家庭教師を頼んでくるようになった。家庭教師の仕事は公にはできないので、人目につかない夕暮れ以降に訪ねてきた。昼に農作業をし、夜に家庭教師を行うことは、かなりしんどいことだった。しかし党書記の頼みなので断ることはできない。その代価として、少し楽な作業である水の管理を任せてもらった。夫は文句を言うこともなく党書記の家に通った。

今日の夕方は思いもよらず平壌から来たお客さん一人を連れて党書記の家に通った。

「君が本当にホ・スヒョクトンムなのか?」

夫と対面したお客さんの最初の一言だった。夫を見つめる客の口はぽかんと開いたままだった。夫も同時に体をブルブル震わせると固まってしまった。彼らは30年以上前、一緒に留学生活を過ごした同級生だった。夫は若い頃とさほど変わらない姿の同級生がいきなり現れたことに驚き、平壌からの客は昔の友達があまりに変わり果てたことに驚き、開けた口を閉じることができなかった。

私も、彼が夫の大学の同級生だということが信じられなかった。艶々とした顔は50代半ばだというのに皺《しわ》もなく色白でこざっぱりしていた。高級な背広をきちんと着こなしたその姿からは、いかにも働き盛りという雰囲気が漂った。

一方、夫はその歳にしてすでに頭は白く、腰は少し曲がっている。顔は日焼けして黒光りし、畑の畝のような皺が縦横に刻まれている。骨ばってやつれた肩が色褪《あ》せた作業服の中で微かに上下した。

「中央党【労働党中央委員会の略】からいらした指導員同志だ。スヒョクじいさん《アバイ》を訪ねていらした」

農場の党書記は、ほんの数歳年上の夫をアバイと呼んだ。確かに夫は誰が見てもやつれ果てた田舎の老人だった。

再会の喜びよりも当惑した表情をありありと浮かべた夫とは違い、中央党の客は笑みを浮かべながら滑らかで肉付きの良い手を差し出した。夫も咄嗟《とっさ》に手を差し出したが、途中で戸惑って固まってしまった。腱が浮き出て節の曲がった夫の手はカサカサに乾いていて、老人性のしみが目立った。平壌の客は戸惑う夫の手をさっと握ると、憐れむような眼差しで夫を見つめた。

入隊式のように堅苦しい挨拶を終えた夫は空咳をして家の中に入った。夫を追って入ってきた平壌の客は好奇心に満ちた表情で部屋の中を見回した。私はなんとなく気恥ずかしくなり客の様子を窺った。裏山のエゾ松を切って父が作ってくれたタンスや、その上に置かれた2枚ほどの布団、壁に打った釘にかけられた作業服などが、今日に限って貧乏くさくてみすぼらしく思えた。

向かい合って酒を飲む2人は、尚更対照的だった。がっしりした腰をピンと伸ばしてあぐらをかいた平壌の客は、下男を見下ろす主人のように傲慢に見えた。粗末な作業服の中で枯れ木のようにカサカサ動く夫の体から生気を感じるのは目の光だけだった。光は褪せていたが、相変わらず冷たく鋭利な夫の視線は少しも客に負けていなかった。夫も平壌にいたなら、この客よりもっと素敵な紳士として暮らしていただろうに。わけもなく心が苦しくなり、ひとりごちた。背広を格好良く着こなす夫の姿を頭に描こうとしたが、全く想像がつかなかった。もっともそんな姿の夫なら、私のような田舎の女と結婚するはずもなかった。

なぜ平壌から客がやってきたのかが気になり、私は土間でソワソワしていた。客はなかなか用件を切り出さず、大学の同級生の近況を伝えるなど他の話ばかりしていた。夫はほとんど客の話を一方的に聞いているだけだった。夫は、いきなり同級生が訪ねてきた理由を知りたがっていないようだった。何の用かと聞くことすらしなかった。なんの予告もなく訪ねてきたなら自分から話すだろうという態度だった。元々相手が話す前に自分から話すことはなく、なかなか自分の本心を口にすることのない人だった。まるでテコでも動かない牛のようで、ともするとそれが夫の最後のプライドなのかもしれなかった。

しかし私には、平壌の客の出現はネズミの穴に差し込む光【待てば海路の日和あり】のように、滅多にない幸運に思えた。よそよそしい夫の態度がもどかしかった。夫のグラスの酒はほとんど減らず、客だけが次々と飲み干していった。

「今までどうやって過ごしていたんだ?」

平壌の客の遠慮ない質問に夫は顔をあげて視線を上に向けたが、再び俯《うつむ》いた。

「なに、見たとおり農民さ」

ひとこと言うとまた口をつぐんだ夫を唖然として見つめていた平壌の客は、ついに用件を切り出した。

「君が一線に復帰する機会がやってきたんだ。党が平城《ピョンソン》【平壌の北30キロにある平安南道の道都】の国家科学院物理学研究所の研究士として君を召喚しようとしている。ロシア留学時代に博士の学位をとった秀才じゃないか。君はどう思う？」

私は持っていたふきんを土間の床に落としてしまった。自分の耳を疑った。平壌の客の言葉が冗談でないならば、これは木こりの前に垂らされた天からのつるべ【寓話「仙女と木こり」の一節。天に戻った仙女に会いたいと願う木こりの前に天からつるべが降りて来る】と同じぐらい極めて稀な幸運と言えるだろう。私は大声で叫び出したくなるほどの歓喜を必死で抑え、部屋に入ると夫の隣に座った。その滅多にない知らせを近くで聞きたかった。失礼などとは思いもよらず客の顔をジロジロと見つめ、息を殺した。体が震え、横に座る夫の手を探り当てるとぎゅっと握った。夫の手は冷たかった。強張った顔は少し赤らんだように見えた。夫がもしかして聞き逃したかと思い、耳に口を当て囁《ささや》いた。

「ねえ、平壌の中央党があなたを連れて行くんですって」

虚空をさまよっていた夫の瞳が次第に揺れ始め、灰色の目が少しずつ潤んできた。にゅっと突き出た喉仏がゴクリという音と同時に上下し、ついに首を垂れた。夫の哀しげな慟哭《どうこく》が聞こえてくるようで、私は耳が詰まった感じがした。しかし夫は号泣することはなく、石仏のように首を垂れ、ただ身を硬くしていた。私は夫より先にすすり泣いていた。

「まあ、衝撃は大きいだろう。まだ信じられないだろうな」

夫はゆっくり顔を上げると、早く食事しようと低い声で言った。夫の顔は、心のうちを推し量れないような無表情にまた戻っていた。客は少し残念そうな顔をしていた。夫が感激した素振りを見せないことに対する不満がはっきりと見てとれた。思いもかけず嬉しい知らせを伝えにきてくれた客に対し、感謝の言葉ひとつも口にしない夫に私も不満だった。客は尚更だろう。私は申し訳なくて死にたい気分になった。

「本当にありがとうございます。この恩をどうやってお返しすればいいか。本当にありがとうございました」

夫に代わって私は頭を深く下げた。夫はコホンと空咳をして私を牽制《けんせい》した。夕飯を片付け向かい合って座っても、客があれこれと話すだけで夫は終始沈黙を守った。唖者のように押し黙った夫の本心は計り知れなかった。客さえいなかったら背中を1発殴ってやりたかった。かといって私が話し相手として出しゃばることもできず、心の中で腹を立てていた。

客は、スヒョクトンムがこんなに変わるとは思わなかったと繰り返した。苦労はもう終わりにして、新しい人生を生きろと言った。私はわけもなく涙し、続けざまに鼻水を啜《すす》り上げた。

そんなこんなで気を揉んでいるうちに時は過ぎ、寝る時間になった。私は安堵のため息をついた。月の光の中でゆったりと静かに並んで寝床に横たわれば、よそよそしさも薄れるだろうと思った。顔を突き合わせている時よりも言葉がスムーズに出てくるのではないだろうか。奥の部屋に客と夫の布団を敷こうと急いで布団を箪笥《たんす》から取り出した。ぷかぷかと手巻きのタバコを吸っていた夫は、空咳をするとぼそっと言った。

「奥の部屋にお客さんの布団だけ敷いてくれ」

客は怪訝《けげん》に思ったか、否定するかのように手を振った。

「どうしてだ？　久しぶりに腹を割って話そうじゃないか」

「俺はいびきがひどいんだ」

　夫は穏やかな口調で言った。それとなく夫を見つめる客の顔には、嘲笑うような表情が浮かんで消えた。仕方なく布団を手前の部屋に運びながら、思わずため息が漏れた。夫の頑固さに息苦しさを覚えたが、平壌の客と比較すると哀れに見えるのはどうしようもなかった。

　いびきがひどいというのは言い訳だった。いっそ大いびきをかいてくれた方が、やるせない気持ちにならないだろうに。つまるところ、香水の香を漂わせるこざっぱりとした紳士の横に、きつい畑仕事で縮こまった自分の体を横たえるのが嫌だったのだろう。

　澄んだ夜鳥の鳴き声が窓を揺らした。むしろ奥の部屋の客がいびきをかいていた。横で寝返りを打つ夫はなんの音も立てなかった。縮こまった体を横にむけ、ぐったりと寝ている。ビニールの貼られた小さな窓から入る青みがかった月の光が、夫の体にまだらな模様を描いた。黄色く変色した毛布を被ったその体が、今日に限って小さなボロ切れのようにみすぼらしく見えた。わかるかわからないか程度に上下に動く模様だけが、彼の生存を教えてくれた。夜はすっかり深くなったが、私の意識は次第にはっきり研ぎ澄まされていった。

2

30年以上前の初春、私の働く農場に現れた夫は今とは似ても似つかぬ姿だった。私が分組【共同農場の数人からなる末端組織】長になって間もない頃、平壌から追放されてきた家族をうちの分組に配置するという指示が下りた。前の年に死んだ聾《ろう》者のスンドルばあさんの家に住まわせろとのことだった。私はその追放家族について詳しい情報を知っていた。当時農場の党書記だった伯父がうちの父と酒を飲みながらしていた話を聞いていたのだ。

「しかし頭の痛い話だな。平壌から追放された家族が、またうちの農場にやってきた。祖父が開城《ケソン》地方の地主出身で、長男を連れて越南【朝鮮戦争の時に韓国に渡ること】したんだが、越南できなかった女房は次男とともに北に残ったそうだ。女房は住居を平壌に移して、爆撃で家族を失った避難民として今まで身分をごまかして生きてきたらしい。次男は幹部にまでなって、次男の息子は普通の家では行けない留学にまで行ったんだと」

「まったく、打倒階級【人民統制のために分類された三つの階層のうち最下層のこと】のくせに出世して子どもを留学まで行かせたなんて、欲しいものはすべて手に入れたようなもんだ」

「その子はものすごい秀才で有名だそうだ」

「いくら秀才だってなんの意味もないだろう。これからはこの山村で一生農民として暮らすんだから。でもどうやって身分がばれたんだ?」

「同郷の人間が偶然地主の女房を見かけたらしい。通報されたんだろう。地主の女房と次男は政治犯収容所に、次男の妻と子はここに追放されたんだとか」

「それでも家族全員が収容所に入れられなくてよかったじゃないか」

「妻の方の身分が随分よかったようだ。その家族だっていつ収容所行きになるかわからんぞ。追放されてきたと思ったらネズミも鳥も知らない間に【いつの間にか】収容所に引きずられて行く家族もいるじゃないか。まったくうちの農場は反動家族の流刑地なのか？　気が付くと追放家族が押し込まれてくる。郡党【中央党、道党の下部組織にあたる郡の労働党委員会】に行って文句を言ってこないとな」

伯父がぶつぶつ文句を言った。私は酒やつまみを運びながら、追放家族の小説のような家庭の歴史を、目を輝かせながら興味深く聞いた。

追放家族の来る日の午前、分組員一人とともにスンドルばあさんの家をざっと片付けた。人の住んでいない古い家はお化けの家のように物寂しかった。子犬のような大きさの、人を怖がらないネズミが何匹も堂々と走り回っている。ツンとしたカビの匂いが鼻を刺激する。土間と部屋一つがつながった家の中は、壁がところどころ崩れ落ちてへこんでいた。破れかけてパタパタ動く天井板の間から、日に焼けた黒い垂木が骸骨のように顔を覗かせていた。潰れた出入り口の横に並んだ窓は、細い窓枠だけを残して穴が空いていた。

応急処置として、倒れそうな壁を支える突っ張り棒を立てた。家の中に積もった埃《ほこり》はほとんど掃き出した。黒い口をぽっかり開けているかまどに置く釜はなく、土間は静寂に包まれていた。食事を作るには釜と焚き付けがなければならない。反動のくせに平壌で贅沢をしていた奴らは苦労しなければならない、と片付けを手伝った分組員はぶつくさ言った。

日も暮れる頃、小さな木箱と布団の包みだけの引っ越し荷物を載せた牛車が村に現れた。その後ろを母親と息子と思しき2人が首を垂れて足を引きずりながらついてきた。昨日伯父が話していた地主の嫁がまさにこの女で、青年が地主の孫のはずだと思った。

牛車の上では車引きのチョじいさんが揺れながらタバコの煙をプカプカ吐き出している。チョじいさんが口ずさむのどかなアリランの曲調と彼らの身なりが不思議な調和を成していた。牛車はスンドルばあさんの家の方向にまっすぐ向かっていた。村の道をゆっくり進む牛車の上の引越し荷物を窓越しに眺めると、釜が見当たらなかった。庭に牛を止まらせるどうどうという荒々しい声が、穴の空いた窓から聞こえてきた。私は急いで庭に迎えに出た。

近づいてくる彼らの姿をなんとなく眺めていた私は、次の瞬間ハッと息を飲んだ。思わず平壌の青年に見とれてしまい、視線が釘付けになった。あまりの眩しさにまともに目を開けられなかった。少し癖のある前髪は整った白い額にかかり、聡明そうな両目は悲しみに濡れ、彼をさらに奥ゆかしく気品のある雰囲気に見せていた。高くまっすぐな鼻の下の赤い唇はあまりに魅惑的だった。映画のスクリーンから飛び出てきた俳優かと思うぐらい、うっとりとしてしまう容姿だった。息子に並んで立つ母親もやはり優雅でかよわそうにみえた。

突然私の心臓が激しく脈打った。膝の出たズボンと色褪せた作業服姿のがっしりした自分の外見が恥ずかしくなった。少ししわくちゃではあったが彼らの服は私とは比較にならないぐらい洗練されていて素敵だった。私が経験したことのない文明の香りが強く漂い、初めて見る他の世界の人のように感じた。追放家族とはいえ誰でも住めるわけではない平壌からきた人々だ、どう見ても田舎の農場員の私とは格が違うと感じた。憧れと同時に密かに嫉妬心が湧き上がった。気おくれした私はためらいながら横に退いた。

庭に荷物を適当に置くと、チョじいさんは母子には目もくれずさっさと帰って行った。家の中を整理していた分組員も、彼らをちらちら見ると、ハンセン病患者を避けるかのように行ってしまった。私も手の埃をパンパン払い落として帰れば終わりのはずだった。初対面の相手の引越しを手伝う気分になれなかった。追放家族の面倒を見てやれと言われたわけでもない。しかし、どうしてもそこから立ち去れなかった。

この土地の人々は初めてやってきた追放家族に気を許さない。田舎より贅沢な暮らしをしてきたのだからちょっとは苦労してみろという意地悪な気持ちもないわけではなかった。しかしそれよりも追放家族と付き合うと革命性が下がったという評価を受けるのではないかと思い、彼らを無視した。時間が経つと彼らも都会らしさを失ってくる。自分たちと変わらない田舎者になるとようやく家族のような付き合いが始まる。田舎特有の村八分だ。

庭に立ってしばらく茫然自失とした表情で家を見つめていた母子は、半分崩れかけている土の床にベタッと座り込んだ。絶望に陥る彼らの姿に同情心が沸き、くすぶっていた劣等感が消えていった。彼らは不遇な人々で弱者だった。以前は華麗な生活をしていたかもしれないが、現実は自分の方が上だと思うと寛大な気持ちになった。自信が湧いてきた。

いくら追放家族とはいっても、村に越してきた分組員をずっと無視するほど山村の人々は冷たくなかった。ジャガイモや野菜を持った分組員が数名現れ、真っ暗な部屋を見回して気の毒がった。自分たちには当たり前の田舎の生活や畑仕事だが、白い手【苦労を知らない手】を持つ彼らにはどれほど苦しい仕事かみんな理解していた。

彼らに差し当たり必要なものは焚き付けと釜だった。我が家の倉庫に小さい鉄の釜が二つあったのを思い出した。前に使っていたものだが母が大きなアルミニウムの釜に変えてから倉庫に入れっぱなしになっていた。そうだ、あれを持ってくればいいんだ。

私は大急ぎで家に帰ると倉庫を漁った。しばらくガサガサやっていると母が帰ってきて、埃を吸いながら何をしているのかと聞いてきた。新しく引っ越してきた家に釜がないので鉄釜を持って行ってやろうと思う、と言いつつ母の顔色を窺った。当時山村では鉄釜は貴重品だった。母が大事に使おうと取っておいたものなのに、相談もなく勝手に決めたことが心に引っかかっていた。

「ずいぶんお節介だね。私は鉄釜を捨てたわけじゃないよ。いくら分組長だからって、追放家族にむやみに情けをかけていいものかね?」

母は口ではそう言ったものの、それ以上止めることはなかった。私は釜と焚き木数束、あれこれ必要そうなものを荷車に乗せてスンドルばあさんの家、いや平壌の家となったその掘立て小屋に急いで向かった。その後その家は平壌の家とか、母子の家と呼ばれるようになった。

幸い私が持ってきた鉄釜はその家のかまどにほぼ収まった。平壌の家のおばさんは私にありがとうと何回も腰を曲げてお礼を言った。アクセントの強いこの地方の言葉とは違い、優しい平壌の言葉が耳にくすぐったかった。私は持ってきた灯盞《とうさん》【小皿に油を垂らして灯す器具】に火をつけ、部屋の中を歩き回った。この家の青年が見当たらない。家を見回るふりをしながら裏庭に行ってみた。スンドルばあさんが住んでいた頃、木の棒を数本地面に打ち込んで柵にして境界線を作ったが、その裏庭にも彼はいなかった。棒の間から外に出て、周りを見回した。家の裏から見える低い山の麓に畑が広がっている。ところどころに溶け残った雪が埃をかぶって、小さくなって耐えていた。昨年の収穫時に捨てられた白菜の黄色い子葉が、湿った畝間に貼り付いてパタパタなびいている。水でふやけた畑の土は踏むと足首まですっぽり埋まった。春がすぐそこで息づいている。しかし追放家族は苛酷な冬のまっだ中にいるのだとふと思った。

畑の向こうにある山裾の雑木林の間から、あの眩しい姿の平壌の青年が突然現れた。青年は木の枝数本を不器用に抱え、でこぼこした畑の間を拙い足取りで歩いてきた。思わず迎えに行こうとした私は恥ずかしくなり、さっと家の角に身を隠した。本心ではすぐさま走り寄って枝を受け取ってあげたかったが、体が動かなかった。青年のふらつく足取りをヒヤヒヤしながら見守るだけだった。ひんやりした春の風が、ほてった私の頬をまるでからかうかのようにさっと撫でていった。

彼は庭に入って来るまで、視線を地面に落としたまま一度も顔をあげなかった。その後もずっと人の顔を見ることはなく、常に下を向いたまま歩いていた。

上部から、平壌の家に難しくてきつい仕事をさせるようにと指示が来た。実は一番きつい仕事は牛を使って畑を耕すことだったが、技術と力が要求されるその仕事を彼らに任せることはできなかった。何より植え替えられたばかりのかよわい苗のような彼らに、一番きつい仕事を選んでやらせることなどとてもできなかった。私は彼らにできる限りの好意を施したかった。だが上部や周囲の目も気になるので困ってしまった。

悩んだ挙句、最初の作業として、崩れた田んぼの畦の修復を任せることにした。我が分組で一番力が強く、きびきび動く青年を選んでペアにした。シャベルで溝に埋まった土を掘り上げ、石で土手を作ることは簡単ではなく重労働だった。その代わり割り当てを少し減らしてやった。

作業の初日から問題は発生した。夕方の作業総和【あらゆる組織で自己批判や相互批判を行う定期集会】でペアを組んだ青年が、一緒に働くのは無理だとあからさまに文句を言ってきた。男のくせにシャベルもろくに使えず、飯だけは当たり前に食うと不平を言った。追放された家の母子は平壌で特権層として生きてきたかもしれないが、この土地では土着民の方が上だということを思い知らせてやろうと勢いづいていた。人々は部屋の隅で小さくなって座っている彼らに、露骨に軽蔑の視線を浴びせた。

「初めてやる仕事だし、うまくできないこともあるでしょう。母親のお腹の中で仕事を習って生まれて来る人がいると思いますか？　同じ分組なんだから助け合って仕事しましょうよ」

私は思わず彼らをかばい、分組員たちに理解を求めた。最初の峠さえ越えればそのうち農場の仕事に慣れてくるだろうと考えた。分組員たちと仲良くすることを期待し、そうしてくれと何回も耳打ちした。

しかし平壌の家の母子はその後も仕事に慣れることができず、皆からとやかく言われ続けた。水と油のように、人々と交わることが出来なかった。人の目を見ることはなく、質問には「はい」か「いいえ」で答えるだけで言葉を交わそうとしない。これもまた誤解や憎悪を呼ぶ原因となった。村人を馬鹿にしている生意気な奴らだと、人々は口を歪めて非難した。

平壌の家の青年は分組長である私が指示する時でさえ、視線を合わせることはなかった。私の話が終わるとコクリと頷くことで意思表示した。一緒に働いて何カ月も経っても彼の声を聞くことはなかった。寝床に横たわり彼の声を想像したりした。私の好きな映画俳優のような中低音だろうか？多分びっくりするほどいい声なんだろうな。彼の美しい口からはうっとりするような素敵な声が出てくるに違いない！

私が先に声をかけて近づいても、青年は硬い表情でそっぽを向いたりした。そんな彼を憎たらしいと思ったけれど、彼が同じ分組にいるだけで嬉しかった。毎朝作業朝会をする時、大勢の中で白百合のように目を惹く彼を見るのが楽しかった。毎日朝が来るのが待ち遠しかった。

彼らが農場にやってきて半年経ったある日、私は青年の声を初めて聞いた。分組の事務室で残業をして家に帰る途中だった。平壌の家の横を通り過ぎる時、弱々しい啜り泣きの声が聞こえて足取りを止めた。停電であたりは真っ暗で、家の窓に映る薄明かりが不安気に揺れているだけだった。人目につかないことを確信して窓にくっつき、耳を傾けた。

「スヒョク、母さんの前でどうしてそんなことを言うの？　死んでやる、だなんて。お願いだからやめてちょうだい。歯を食いしばって耐えればいつかいいことがあるはずよ？　希望を捨てないで。スヒョク」

平壌の家の女性の涙まじりの声だった。

「希望だって？　父さんは管理所に連行されて生死もわかりません。自分も土をいじって暮らさなければなりません。僕は物理学者ですよ。科学を捨てて生きる意味があると思いますか？　もう死んだも同然です。本当に死にたい気持ちしかないんです」

「大声を出さないで。誰かが聞いたらどうするの？　スヒョク！」

2人の啜り泣く声は長く続いた。冷たい土の壁に寄りかかった私の体はじめじめと湿ってきた。保衛員【住民を監視する保衛部の部員】が突然現れはしないかと両目をこらし、辺りを見渡した。暗闇が彼らの会話を、彼らの心を隠してくれることを願った。彼らの悲しみと苦痛は、私が想像できないほど大きいことを初めて感じた。

3

眠りにつくこともできず寝返りを打ちながら、平壌の客にどんな朝食を出そうかと悩んだ。夕食はバタバタしてしまい、キムチやジャガイモなどいくつかを急いで食卓に出した。想像したこともないほど立派なお客様に、朝食まで貧しい料理を出したくはなかった。しかしそんな気の利いた材料はなかった。昨年春に採って乾燥させたワラビとシラヤマギクを水でもどした。あとは小遣い稼ぎに集めておいた卵ぐらいしかなかった。深い山あいの村で魚介は切れっ端すら手に入らない。やはり卵を産む鶏を絞めるほかない。手をかけて育てた数羽の若鶏は面白いぐらい卵を産み続けていて、絞めるにはまだ早かった。しかし惜しくはない。寝ている夫を揺り起こし、明日鶏を1羽絞めようか、と聞いた。好きにしろと無愛想に答えると、夫はまた横になった。

朝ごはんの支度をしていても、手元が滑って器を何回もひっくり返した。今まで一度も山村から出たことがない田舎の女が、映画でしか見たことのない華やかな都市で暮らすことになるなんて。目の前がくらくらして、ついニヤニヤと笑ってしまう。父に叩かれても夫との結婚を貫いた甲斐があったというものだ。朝ごはんがほとんど出来上がった頃、客が土間の扉を開けて顔を出した。

「顔はどこで洗えばいいですか？」

「ここは田舎なので洗面所はないんです。私がタライに水を張りますね」

「あのー、スヒョクトンムはどこに行きましたか？」

「家の裏のジャガイモ畑に行ったみたいです。明け方に周辺の畑を見回る習慣があるんです」

「ほう、スヒョクトンムは本当に農夫になったんですねえ」

客はバシャバシャと顔を洗うと、部屋に戻っていった。

「まったく、お客様と一緒に顔を洗ったり、和気藹々《あいあい》と話をしたりすればいいのに、お客様をほったらかして明け方から畑に出るなんて。畑仕事ばかりしていてお化けにでも取り憑《つ》かれたのかねえ」

私は申し訳ないやらきまり悪いやらで、一人でぶつぶつと呟いた。お客様の接待をおろそかにする夫が残念というより愚鈍に思えた。人生逆転の朗報を持ってきてくれた貴人ではないか。農場員の夫よりはるかに高い身分の中央党指導員を前に、牛や鶏を相手にするかのような夫の度胸には呆れるばかりだった。ずっと一緒に生きてきたが、深い井戸の中のような夫の本心は、わかるようでわからなかった。一生に一度の幸運を夫が台無しにしてしまいそうで、気が気でなかった。

夫を探して家の裏のジャガイモ畑に走っていった。思った通り夫の曲がった背が、生い茂ったジャガイモの蔓の間から見えた。毒の回った青いジャガイモの蔓の間から見える夫の灰色の背中は、畑にある小さい岩のように心地よさそうだった。村を囲んで連なる山裾は、霞がかった朝の光に包まれて少しずつ伸びを始めた。夫はジャガイモ畑の手入れを終え、例年いま時分発生する葉虫を取る作業をしているようだ。虫が目覚める前に捕まえるととても簡単なので、今ぐらいの時期には毎日早朝に虫を捕まえていた。

近くに寄って見ると、夫は遊びに夢中な少年のように楽しそうな顔をして虫を捕まえていた。ずんぐりとした動きの鈍そうな指が、有能な外科医のピンセットのように正確に素早く虫を捕まえる様が不思議だった。いつもであれば、生まれながらの農民の私よりさらに見事に大地に溶け込んでいる夫の姿を微笑ましく思っただろう。しかし今日はただ貧乏臭く見えるだけだった。早く家に戻って、と何回も叫んで、やっと夫はのろのろと立ち上がった。

朝食を食べ終わると、平壌の客は残念そうな表情をありありと浮かべながら夫の向かいに座った。

「君はまだ幸運を信じられないようだな。君はなかなかいない幸運児だよ」

客の言葉は少しからかっているように聞こえた。夫は初めて額に皺を寄せ、目を大きく開けた。

「幸運児だって？　俺が？」

「そうだとも。もうすぐ召喚状が届くだろう。これからは物理学研究所に行って、存分に君の夢を叶えないとな」

腰を伸ばした夫の目尻に深い皺が寄り、目が細くなった。

「夢？　俺が物理学研究所に行って、何をするって言うんだ？」

「物理学博士が物理学研究所に行って、何をするかわからないのか？」

「物理学博士だって？　ハハハ……」

夫の笑い声がやたら大きくなった。

「おい、覚えてるか？　大学2年の時だったか？　試験問題が解けなくて困っていたわしに、後ろに座っていた君が答えを書いた紙をこっそり渡してくれたことがあっただろう？　正直あの時は、感謝するより羞恥心を感じて君を憎らしく思ったものだ。ハハ……随分前のことだが」

平壌の客は夫との親密さを強調するかのように、学生時代のコンプレックスまで打ち明けた。なぜか焦っているように見えた。

「俺は全部忘れたよ。今は見ての通り百姓だ。ずっと畑仕事ばかりしてきたんだ」

「君の心情は理解するよ。だから党が再生の道を開いてくれたんじゃないか。君が過ちを十分悔い改め、革命化されたと判断されたんだ」

夫は苦いものでも飲み込んだかのように顔を歪めた。虚空を見つめる目の端が次第に光り出した。奥歯が抜けて痩せこけた頬は痙攣《けいれん》したかのようにブルブル震えた。何も言わず煙草を一本巻くと、続けざまに煙を吐き出す夫の目に、遥かなる雲が立ち込めてきた。

4

過ちと革命化。私の人生においても心の底から恨めしい言葉だ。

「なんだと？　あいつは重大な過ちを犯して、革命化によって追放された人間だぞ」

私が平壌の家の青年への片思いが募り、結婚させてくれと両親に告白した時、父は箒《ほうき》を掴み私に迫った。

「お前正気か？　真っ赤な【革命精神に忠実な】我が家の出身成分【人民を統制するため国家によって分類された階層】に泥を塗るつもりか？　あいつと結婚したらお前の伯父さんは農場の党書記の地位から追われ、軍の保衛部で働くお前のいとこも平壌の護衛局【護衛司令部のこと。金日成・金正日父子やその家族の警護および反体制クーデターや暴動などを鎮圧する部隊】に勤務しているお前の弟も、みんな村に追放されることがわからないのか？　この気狂い女め！」

近所の人に聞かれると困るので、父は大声を出さず歯ぎしりしながら低い声で毒舌を吐き出した。

「あの人は誠実で純粋な人なんです。あの人は罪を犯していないじゃないですか」

「黙らんか！　反動分子の子どもは一生反動分子のままだ。だめだ、あのろくでもない平壌の人間たちを、すぐにでも他の分組に移動させてくれと兄さんに言わないと。お前のせいでこの家が滅びてしまう」

「お願いだからやめてください。あの人は何も知らないんです。私がただ好きなだけなんです」

「この気狂い女め！」

父は私に向かって容赦なく箒を振り下ろした。私は家から逃げ出した。足取りはいつの間にか平壌の家に向かっていた。本心ではあの家に駆け込んで彼の胸に抱かれ、思い切り泣きたかった。しかし実のところあの青年と恋はおろか、人間らしい対話すら十分にできていなかった。ただ一方的に彼に恋して胸を焦がしていたのだった。

水たまりでゲロゲロと大音量で鳴いているカエルでさえ「やめろやめろ」と引きとめているようだった。私はなんの罪もないカエルに石を投げつけると、鼻水をすすりあげた。たとえ彼の心を射止めたとしても、結婚は簡単ではないのだと初めて実感した。

平壌の家に到着した私はそれ以上歩みを進めることができず、薄汚れた電灯の光の漏れるその家の窓をずっと眺めていた。部屋の中を行ったり来たりする青年の姿がちらっと映った。突然涙がわっと溢れ出てきた。平壌の家の青年に対する片思いは、月日が経つにつれ諦めるどころか風に煽られた山火事のようにさらにメラメラ燃え上がってきた。ついにある日意を決した私は、それっぽい口実を作り彼を小川のほとりに呼び出すことに成功した。

「トンムは私のことをどう思っているんですか?」

「どういうことですか?」

「私はトンムを……トンムと……」

私は言葉を続けることができなかった。全身の制御が効かずぶるぶると震え、とても言葉にならなかった。しかも涙まで次々流れ出した。幸い暗闇が私の哀れな姿を隠してくれた。たまらず私は彼に背を向けるとそそくさと逃げ出した。分組の事務室に駆け込み、誰もいない真っ暗な部屋の中で火照る頬を押さえて地団駄を踏んだ。あまりに恥ずかしく情けなくて涙を流した。この瞬間をどれほど待ち望んでいたか。会ったら必ず言おうと決めたセリフを何度も繰り返し暗誦《あんしょう》し、空想に浸った時間はすっかり無駄になった。

あの時のことを思い出すとつい笑ってしまう。すでに遠い記憶だが、その時から夫と結婚するまでの間はとても大変だった。まず凍りついた夫の心を自分に向けるまでに1年以上かかった。いとこたちに被害が及ぶからと頑なに反対する伯父と家族のせいで、さらに1年の歳月が流れた。

青年の心が自分に向き、お互いの愛情を確信できるようになった頃のことだ。その日は平壌の家のおばさんが管理事務所の警備を担当する日だった。私は彼と一緒にいたくて彼の家を訪ねて行った。分組経営日誌の整理を手伝ってもらうという口実で。

それまでは夜更けに小川のほとりや山の麓の森などで会ったりしていた。電灯のついた明るい部屋の中で向かい合うと、2人とも顔が上気し体が硬くなった。森の中で唇を合わせお互いの体を探りあった時のことを思い出し、落ち着かなくなった。ぎこちなくなりどうしていいかわからない私たちを救うかのように、ちょうど停電が起こった。

暗闇が私たちに勇気と自由をくれた。平壌の青年と私は一つになり絡み合い始めた。その日初めて男性の体を知った。痛みと悦びで全身が燃え上がった瞬間、私はわっと泣き出して彼にしがみついた。自分自身より彼のことをもっと愛していると確信した。

その時、誰かいますか、と激しく呼ぶ声が聞こえた。父の声だった。夜遅くまで帰ってこない娘が間違いなく平壌の家にいるだろうと思ってやってきたようだった。おばさんが今夜の警備担当だということは父も知っていた。私たちは驚いて飛び起きると暗がりの中手探りで服を探した。人の気配を感じたのか、父はドンドンと扉をたたき始めた。バンと音がして留金が外れ、扉がスーッと開いた。目をえぐるような懐中電灯の光が、慌てて大事な部分だけを隠した私たちの体を容赦なく浮き立たせた。

「このあばずれが！　きさまら殺されたいのか」

かんかんに怒った父は、乱暴な言葉を吐きながら窓辺の座卓の上にあった分厚い本を掴むと、こちらに向かって容赦なく投げつけてきた。素早く避けると本は壁にガンとぶつかり床に落ちた。

「この売女め、死にたくないならすぐ家に帰れ。今日は決着をつけてやる」

父は素っ裸の私たちを相手にそれ以上の狼藉《ろうぜき》は働かず、脅し文句を吐いて帰って行った。私は悲しみと怒りが込み上げてきて、青年の首にしがみつくとわんわん泣いた。

ところが青年は慰めてほしい私をぐいと押し退けると、床に転がっている真っ二つにちぎれた本を拾った。細くくねくねした文字がぎっしりと書かれた、訳がわからない本だった。ふたつにちぎれて惨めな姿になった本を拾った彼の手は、中風患者のようにブルブルと震えた。そして本の上にポタポタと涙が落ちた。さらに死んだ子どもを悲しむかのように本を抱き号泣した。彼を一瞬恨めしく感じたが、その泣き声があまりに悲痛で哀切を帯びたものだったので、私も一緒に泣いてしまった。それは唯一平壌から持ってくることのできた物理学の本だった。追放当時は基本的な生活必需品だけしか持ってこられなかった。書斎にぎっしりあった本を持ってくるということは考えられなかった。本は彼の希望であり分身であり愛だった。それで台所用品を一つ諦める代わりに好きな本一冊をかろうじて持ってきたのだった。

その本は、いまだに持ち続ける物理学への彼の未練だった。彼の過去を思い出させる唯一の香りであり恋慕だった。彼は何年経ってもその細い糸を手放せないでいた。体はここの生活に次第に適応してきたが、心は今でも異邦人のようにさまよっていた。その日彼の心をわずかにではあるが感じることができた。

## 5

彼のその未練の糸が切れかけてきたのは、結婚してからだった。地元の人間である私との結婚は、彼がここに完全に根を下ろした象徴のようなものだった。結婚生活は、ここの生活習慣のとても細かい部分まで吸収していく過程だった。

いつの日だったか、夫が本を破いてタバコを巻いて吸っているのを見た。私はびっくりして本を取り上げた。すでに徐々にここの人間に変わりつつあり、以前の姿を失ってきた夫だった。私が恋して憧れた文明世界の香り漂う素敵な姿を感じることがむずかしくなっていた。その本は夫の唯一の過去の証しのような気がして、むしろ私の方が大切にしてきた。父が破いた部分に町で買ってきた白い紙を貼って補修し、大事に保管してきた。それなのに他でもない夫がその本を破いてタバコを吸うなんて。怒りすら覚えた。夫は物悲しい笑いを浮かべ、本を返してくれと手を差し出した。

「なんの役にも立たない本さ。タバコを巻いて吸ったらえらくうまいんだ」

夫はその本をいくつかに割くと、近所の男たちに分け与えた。自分でも1年以上タバコの巻紙として使った。その本がなくなると同時に過去の夫の姿は消え去った。光り輝いていた白い顔はどこかに行き、元々そうだったかのように常に赤黒く顔を光らせている。まっすぐなしっかりとした足取りが、ガニ股でノロノロ歩く農夫のような歩き方に変わった。画報に出てくる人のようにスラリとした体つきも少しずつ腰が曲がってきた。白くすべすべした手もゴツゴツと節くれだってきた。虫1匹見ただけで体をすくめていた彼が、棒を振り回して蛇やネズミを捕まえるようになった。端正な平壌の標準語が流れ出た美しい唇からは、やい、こんちくしょう、くそったれなどの下賎な言葉がためらいもなく出てきた。白くて綺麗な歯はタバコのヤニで黄色くなった。音を立てて手鼻をかみ、ボリボリと痒いところを掻きむしるようになった。

夫は無理のない自然な形で、辺境の農村の醸し出す雰囲気に静かに適応していった。ここの土地の農夫と少しも変わりのない姿形になった。私の心を鷲掴みにしたあの甘い香りは跡形もなく消え去った。物足りなく寂しい気持ちになったが、その代わり親近感を感じる新しい姿に生まれ変わった。夫は大地の言葉を聞き取れるようになった。牛と通じ合い友達になった。柔らかく艶やかな新芽を我が子のように可愛がり、秋には実りを収穫して幸せな笑みを浮かべるようになった。

夫が土と野良仕事に愛着を持つようになったのは、私たちの間に子どもができなかったということもあった。私は子どもを産むことができず夫に申し訳ない気持ちがあったが、夫は一度も不満な様子を見せなかった。もしよその家に嫁いでいたら虐められたり文句を言われたりしただろうが、姑はむしろ私を慰めてくれた。とても優しい人だった。息子と結婚してくれてありがとうといつも感謝してくれていた。

だが、一番ありがたく思っているのは私だった。私にとって夫は天から降りたった王子様のような存在だった。私のような田舎の女が初めて見るようなクネクネとした文字を解読する博士で、名門大学を出て留学まで果たした、飛び抜けた秀才だった。曲がったところのない、正直で素敵な夫だった。見た目がいくら農夫になったとしても、夫に対する矜持は私の心の中にいつも大事に刻まれていた。

姑は死ぬ直前まで私のことを、息子を救ってくれた恩人だと言っていた。出身成分が真っ赤な【革命精神に忠実な】私が意志を貫き、政治犯追放者家族である息子と結婚してくれたことに対する感謝の表現だった。実際私と結婚していなかったら、彼ら母子は政治犯収容所に連行されているところだった。

私たちが結婚して1年も経たない頃、農場の党書記である伯父が父と私を呼びつけた。伯父は天然の山蜂蜜を採取しに行く人がいるので、すぐに夫をその人に同行させるようにと命じた。農場に課された中央党の贈り物課題【最高権力者に物品などを献納する任務】の一つに山蜂蜜の採取があり、毎年人を山に送っていた。新婚生活の最も楽しい時期だったので、私は嫌だと駄々をこねた。

「分別のない女だな。意地を張ってあいつと結婚したと思ったら、今度は一族を政治犯家族にする気なのか。お前は夫と政治犯収容所に行くか？　それとも離婚して一生一人で生きるつもりか？　どちらも嫌なら言われた通りにしろ」

伯父は拳で床を叩いた。その時初めて事態の深刻さを悟った。どうやら夫に尋常ならざる危機が迫っていた。追放家族の中には残念ながら地方の保衛員の出世欲の餌食になってしまう人々が珍しくなかった。

彼ら親子が我々の分組にやってきてからいくらも経たないうちに、担当保衛員はその計略を実行に移したというわけだ。まだ山村での農業に慣れない彼らは不本意にも農作業でさまざまな失敗をした。肥料を間違えて与えてしまったり、田んぼで草取りをしていて誤って苗を引き抜いてしまったりした。田んぼに水を間違って引いてしまい、稲が数日間弱ったこともある。疲れて講演会や教養の時間に居眠りしたりもした。これらすべてが意図的な破壊行為や反抗としていちいち記録されていた。ありがたいことに軍の保衛部にいるいとこが担当保衛員の企みをこっそり教えてくれた。一族の危機だった。このまま手をこまねいていたら、夫がその保衛員の触手に引っかかるのも時間の問題だった。さらなる弱点を掴まれる前に夫を山に避難させようというのが伯父の作戦だった。農場の党書記だからこそできることだった。

「お前も夫を追って山に行き、いっそ何年間か養蜂でもしながらじっとしていろ。その代わり養蜂所で問題を起こすなよ」

伯父は苦虫を噛み潰したような顔をしながらも、優しく私を諭してくれた。自分の息子の出世に悪影響を及ぼすと慌ててとった措置ではあるが、涙が出るほどありがたかった。なんだかんだいっても血は水より濃かった。

次の日ひと通り出発の準備をした夫は、山蜂蜜を専門に採取する人と共に家を後にした。糸束のように曲がりくねった山道を夫はあたふたと歩き、どんどん遠ざかって行った。私は涙をボロボロ流し、しゃがれた声で叫んだ。

「あなた、ひと月後に私も行きます！　待っていて！」

……青い空には残り星あまたあれど、私の胸には黒い墨がいっぱい……山蜂蜜取りの見事な節回しが山裾にこだました。私は背伸びをしながら、夫の姿が小さな棒きれになるまでずっと眺めていた。

6

私たち夫婦は山で養蜂をしながら数年暮らした。その間に伯父と父は事態を収拾し、夫は革命精神に忠実な農民に仕立て上げられていた。その試練の日々は、白鷺とアヒルのように不釣り合いな私たち夫婦を、餅のようにピッタリくっついた【最高に相性のいい】夫婦に変身させてくれた。私の白鷺は完全にアヒルに変わり、しかも他の人より早く老け込み縮こまってしまった。今の夫に何が残っているだろう？　彼の心に物理学への情熱と愛を取り戻すことはできるのだろうか？　秀才で物理学の博士だった彼に戻れるかは疑わしかった。

だとしても夫への平壌召喚は、逃してはいけないチャンスであることは明らかだった。しかし夫は私と考えが違うように見えた。夫の淡々とした態度がとても不安だった。党の配慮に感謝します、などというありがちな言葉さえ口にせず、頑なに沈黙を守る夫がもどかしかった。代わりに私は精一杯申し訳なさそうな表情をしてお客さんに頭を下げた。平壌の客は夫の気乗りしない態度が明らかに気に食わない様子だった。

「党からトンムが科学者の夢を実現できるよう配慮があったのに、嬉しくないのか？」

平壌の客が皮肉っぽく問うと、初めて夫は冷静に答えた。

「俺はもう科学者ではないよ。今では物理学の公式もうろ覚えだ。頭は固くなる一方だし、もうすぐ還暦なんだ」

客は困ったような表情で夫を見ていたが、断固とした口調で言った。

「誰であれ、党の指示に文句を言うことはできないということは君もよく知っているだろう。ありがたく思って余計なことは言わず平城に行く準備をしろ」

夫は眉間にそっと皺を寄せた。

「うーん、俺は自信がないと言っているだろう。科学者ではなく農民なんだ」

「まさか召喚に応じないつもりか？　何を勿体つけているんだ」

夫は返事をせず、よいしょと立ち上がるとゴソゴソと作業服に着替え出した。

「あなた、今日は仕事に行かなくていいって聞いたけど。どこに行くの？」

私は夫の服の裾を慌てて掴んだ。

「キツネ谷の田んぼにもっと水を引かないと」

「わしは今日平壌に帰らないといけない。見送ってくれないのか？」

「すまない。気をつけてな」

夫はとうとう扉を開けて出て行ってしまった。

「多分あまりに急なことであぁ言ったんですよ。想像もしなかったことですから、あの人の性格上……」

私は言い訳を並べた。平壌の客は口をギュッと結び眉間に皺を寄せた。夫の召喚をすぐにでも取り消すかと思うと心臓の鼓動が速くなった。客はしばらく考えていたが、パッと席を蹴って立ち上がると奥の部屋に戻って行った。上着を着て荷物を持つと2回空咳をした。客の振る舞いからは夫への不満がありありと見てとれた。

しばらくすると、揉み手をしながら精一杯恐縮した表情を浮かべた農場の党書記が現れた。客はこの上なく冷たいトーンで「お元気で」と挨拶すると家を出て行った。気後れした私は数歩後ろを歩きながらしきりに辺りを見回した。今からでも夫が現れて客を見送ってくれればという気持ちだった。しかし夫はついぞ現れなかった。客は一度も後ろを振り返らずに、村の入り口に待機していたトラクターの助手席に乗り込んだ。農場に1台だけあるトラクターは郡まで行くことのできる唯一の高級な移動手段だった。

家に戻った私は、客のいた奥の部屋を意味もなく見回した。暴風が吹き荒れて去って行ったかのように頭がくらくらした。うっとりとするような夢を見ていて突然目が覚めたように、この2日間のことが非現実的に感じられた。客のつけていた香水の匂いがまだ部屋の中に漂っていた。しかし家の中のすべてのものは以前の通りだった。庭で急に雌鳥が鳴き声を上げた。卵を産んだようだ。空中でぐるぐる回る遊具に乗っていて突然地面に落ちたかのように、私はやっと現実に帰った。

不意に座卓の上にポツンと置かれた白いものが目に入った。村では見ることのできない高級な紙をきちんと折り畳んだメモだった。胸の鼓動が激しくなった。慌ててメモを開いた。滑らかな紙の上に斜めに殴り書きされた文字は、怒りにまかせて書いたかのように歪んでいた。

こんなことを言うのはよくないが、友人として真実を教えてやろう。実はホ・スヒョクトンムが本当に有能だからとか、党にぜひ必要だからとかいう理由で君を訪ねたわけではない。戦争の時に南朝鮮に渡ったトンムの伯父がアメリカに住んでいるそうだ。高齢の伯父が、死ぬ前に弟であるトンムの父親に会いたがっていて、弟と弟の家族に会わせてくれたら祖国に献金をすると言っているらしい。だからトンムは祖国の利益のために平城科学院の立派な科学者として伯父に会う必要があるのだ。万一召喚に応じなければトンムは伯父に会うこともできず祖国に対し再び罪を犯すことになるのだぞ！　しかしいざ君に会ってみると、果たして君の伯父が君を科学者だと信じるか実に心配になった。君があまりにも変わり果てていて気の毒だった。元気でな。

後頭部を強く殴られたように頭がジーンとした。30年以上捨て石のように放置された夫をなぜ平壌から急に探しにきたのか、驚くべき真実が明らかになった。夫の無念な過去に対する謝罪や償いのための召喚では決してなかった。才能を高く買ってのことでもなかった。単に伯父に弟家族が健在だということを見せる必要があっただけだ。

しかも手紙の内容は、平壌の客の傲慢さと夫への愚弄に溢れていた。大学の時、夫が試験の答案のメモを自分に渡してくれたという客の言葉を思い出した。それなのにこんな爆弾のようなメモでお返しするなんて！　夫が経験したありとあらゆる苦労がすべて平壌の客のせいのように思え、彼に対する憎悪が爆竹のように破裂した。

「なんて無礼なの！　ひどい人たち！　私の夫が何をしたっていうの？」

扉を蹴って外に出た私は、平壌の客が去っていった方向に向かって、繰り返し罵りの言葉を吐き出した。そして全身の力を指先に込めてメモをビリビリと破った。破られたメモは風に乗り、枯れ葉のように虚空に散っていった。夫もいつかは上層部の意図を知ることになるだろうが、今はこのメモのことは黙っていよう。夫が再び傷つくのを見るのは耐えられない。

夫は日がとっぷり暮れてから帰ってきた。客は無事帰ったかと聞くことすらなかった。今は夫の無気力な態度がむしろ幸いだと思えた。夕飯の準備をしながらも、夫が気の毒に思えてやたらと涙が溢れてきた。

数日後、道党・郡党を経て、農場集落の党に夫の召喚状が届いた。予想通り夫は召喚に応じなかった。農業以外の仕事は自信がなく、科学院で役立たずとして生きるよりも、半生を過ごしたこの地で余生を過ごしたいと言った。裏山の墓で眠る母親をおいて行けないというのも理由の一つだった。人生の終盤で慣れない生活環境に適応するのは大変だという夫の言葉には、大いに共感した。やはり私も生涯を過ごしてきたこの地を離れ、不慣れな都会で生きる自信はなかった。夫をなぜ召喚しようとしているかを知っている私にとっては、この召喚に応じないことが小さな復讐のようで痛快でもあった。

しかし平壌からきたこの召喚状の波及力は凄まじかった。村中が大騒ぎになり、私たちを見る目つきが変わった。私は誇らしかった。夫が平壌から再び呼ばれるほどすごい人だということ、我が家の社会成分が悪くないということを近所の人々に知らしめたことだけでも十分だ。還暦近いのに子どものようだと自分でも笑ってしまうが、今までの恨めしい思いを決して忘れることはできなかった。家族や近所の人々に爪弾きにされてまで夫との結婚を貫いた私としては、心の底から満足したのだった。

# 自由人

## 1

自由人の第一印象は熟練した外交官の雰囲気だった。やや蒼白く面長の顔に、鋭さと穏やかな笑みが入り混じる深い眼光が、非凡な気迫を漂わせている。60代半ばの年齢に似合わないすらりと真っすぐな姿勢が、彼をはるかに若く見せている。腰をぴんと伸ばして丁重に頭を下げる礼儀正しい挨拶の姿は外交に慣れた紳士の風情だ。韓国社会と文明に不慣れな普通の脱北民とは違う。外来語もすぐに理解し、文化的な違いもそれほど感じられない。本音を推し量ることは難しかった。とてももの静かだが絶えず目が引き付けられ、興味をそそられる人物だった。

江原道東草《カンウォンドソクチョ》警察署保安課の身辺保護担当官である私に届いた書類には、彼の簡単な経歴だけが書かれていた。平壌機械大学を卒業し、咸興《ハムフン》のさる機械工場でエンジニアとして働き、退職後に生活苦で脱北したという短い履歴だった。彼はハナ院【韓国政府による脱北民の支援施設】で家の割り当てを受ける際に海辺の地域を希望し、東草に来ることになったのだ。彼に割り当てられた賃貸マンションは、アパートや一戸建て住宅が混在する東草の市街地にある。海岸から4キロほど離れたところだ。彼は高齢で肉親もいないため、基礎生活受給者【日本の生活保護受給者に相当】として登録された。

彼が私の管轄区域に来て1年もたたないある日のことだった。夕方図書館に行った私は、偶然彼を見かけた。外国の図書が陳列された本棚の前に立った彼は、眼鏡をかけて本棚を物色するのに没頭している。濃いグレーのコートをきちんと着こなし、白髪交じりの髪をきれいになでつけた姿は老教授のようだ。ページを追って素早く動く鋭いまなざしには近寄りがたいカリスマが漂っている。好奇心にかられた私はこっそり近づいた。突っ立って動かずにいると、彼が本から目を離して私を見た。少し驚いたような顔だ。彼の名前を度忘れし、〝先生〟と呼んだ。

「先生、それはどこの国の本ですか？　英語圏ではないようですが」

「ドイツ語です。ドイツ統一に関する本で……」

「すごいですね。ドイツ語がお上手なのですね」

「少しだけです……」

そう言いながらも、彼はその本を借りていった。彼と話がしたくて夕食に誘うと、しばし迷うそぶりを見せながら、彼はとやかく言わずに応じた。私たちは近くの海鮮鍋の店で向かい合って座った。料理と焼酎1本を注文する。酒が1杯入ると、気になっていた話題が口から飛び出した。

「先生は北でドイツ語を専攻されたのですか？　ドイツの本を原書で読めるレベルですから」

「大学時代に少し学んだのです」

「脱北民には平壌の一流大学を卒業した人も多いですよね。だからといって、誰もが外国の本を原書で読めるレベルというわけではありません。韓国生まれの人も同じです。外国に留学するとか、外交官をしていれば別ですが」

「本1冊のことでずいぶんとこだわりますね、刑事さん」

彼はすぐに一線を引いてしまった。

「失礼しました。でも酒が入ったからではなく、なぜか先生には興味を引かれるんです。先生は私に、何か好奇心を起こさせるんですよ」

「私のような老いぼれに興味を持ってどうするんです？」

「先生が普通の方には見えないからです。なぜか平凡な方のようには思えないんです」

「刑事さんも人を買いかぶることがあるのですね」

「そうかもしれません。でも、先生は何か大きなことができる方なのに、わざと片田舎に埋もれようと決めたように見えるといいましょうか。どことなく深い底力が感じられるんですが、それが何なのかははっきり分からず、ともかく先生はとてもミステリアスに見えるんですよ」

「ほう、つまらぬ誤解をなさっていますね。私はべつだん取りえもない平凡な老いぼれですよ。韓国に一銭の税金も払ったことがなく福祉の恩恵を受けている、お荷物のような老人です」

彼が言う通り、ただの素朴な人かもしれない。酒が何杯か入ると、隙のない彼の姿勢が少し乱れた。

「最近私は、これまで自分にぐるぐる巻き付いていたきらびやかな鎖がどんなに重くて無惨なものだったのかを痛感しているんです。私は自由人として生きるつもりです。それだけでも運命に感謝しています」

彼のまなざしは静かに光り、潤んできた。本心のようだった。〝きらびやかな鎖〟という表現には何か深い訳がありそうだ。自らを自由人と称するのは尋常なことではない。多くの脱北民に出会ってきたが、自分を自由人と呼ぶ人はいなかった。彼の真摯な言葉やぽんぽんと投げかけるような話しぶりからは、隠しきれない知性が感じられた。

この風変わりな脱北民の老人は、妙な魅力で私を引きつけた。進んで彼を手助けしたいと思った。さまざまな社会団体が支援する物資やキムチ、米などをまとめて彼の家に届けた。次第に彼と私は脱北民と刑事の関係を超えて特別な間柄になっていった。いつの頃からか、私は冗談半分に彼を〝自由人先生〟と呼ぶようになった。それなりに距離が近くなっても、彼の過去は一言も耳にすることはなかった。親しくなれば人生のストーリーを打ち明ける、普通の脱北民とは違っていたのだ。

日がたつにつれ、自由人の生活の半径は少しずつ広がった。彼は束草リゾート所属の海岸管理員のアルバイトを始めた。仕事は海岸に捨てられたごみを拾ったり、キャンパーから利用料を徴収したりするものだ。月給が70万ウォン【約7万円】を少し超えるといって満足気だった。旧式の中古車を1台買ったときは、自分が稼いだ金で手に入れたのだと子どものように喜んだ。高齢だが運転免許試験もたった1度で合格した。運転の腕前も初心者に似合わず実に巧みだった。

時折会って食事をしながら、彼の姿が少しずつ変わっていくのを実感した。蒼白い顔は海辺の風と日差しで黒く焼けた。黒いジャンパーに制服のチョッキを着た姿は平凡な管理員に見えた。彼は管理員の仕事を楽しんでいるようだった。砂浜に腰掛けて海を眺めれば心が安まり幸せだと言う。本当の自由を感じると。私は次第に、自由人を平凡な隣の老人として、一人の脱北民として受け入れるようになった。

## 2

数年後の夏、ある事件によって私の関心は自由人に集中した。海のレジャーの最盛期である夏とあって、多くの客が押し寄せていた。自由人は「忙しくなったが月給が上がった」と、あたかも欲深い人のように喜んでいた。仕事をして健康になり、統一の日まで軽く生きていられそうだと言って笑う。かなり稼いだので近々一杯飲もうと、彼の方から提案してきた。私は快諾し、約束の日をカレンダーに書き込んだ。彼は今の生活に満足しているようだった。

ところが、自由人は突然姿を消した。私と楽しく電話で会話をしてからわずか数日後、海岸清掃の仕事を辞めて電話番号を変え、行方をくらましたのだ。親しく付き合っていた私にも知らせずに。寂しい気持ちはさておいて、彼に良くないことが起きているのではないかという心配の方が大きかった。身辺保護担当区域内の脱北民が突然行方不明になるのは大ごとだ。

賃貸マンションは依然として彼の名義になっていた。管理事務所の手助けで家を訪ねてみたが、自由人はいなかった。家財道具や衣服は先ほどまで人がいたかのようにきれいに整理されている。なぜ仕事を辞めたのか、勤め先の会社に問い合わせた。特別なことはなく、その日に海岸でどこかの男性と揉めたのが全てだという。その出来事の後、自由人はすぐに仕事を辞めたとのことだ。

70近い年齢で韓国に縁者もいない彼が制度的保護から離れた死角地帯にいることは、いろいろな面で良くない。まさか北朝鮮に戻ったのかという思いがちらりと頭をよぎった。でも、そんなはずはない。彼が韓国社会にどれだけ感嘆しているかを知っているからだ。

銀行に行って調べてみると、自由人の口座はまだ使われていた。これまで働いて貯めた数千万ウォンもそのまま口座に残っている。韓国から出ていない証拠だ。私は周辺地域の警察署に彼の情報を伝え、協力を依頼した。

自由人に行方をくらますほどの心境の変化が起こった原因を探ってみた。海岸で揉めたという人物にしか手がかりはないように思える。その人を見つけることが急務だ。私は海岸周辺の防犯カメラを洗いざらい調べた。自由人に一人の男性が近づいて話しかける様子が映っている。しかし、言葉を交わしている時間はわずか数秒にすぎなかった。自由人が、話しかけた人の腕を払いのけて背を向けるのが見えた。彼らが何を話したのかは分からない。話しかけた人は何歩か後を追って立ち止まった。その人も、映っているのは後ろ姿だけで、人相は分からなかった。

自由人を捜してあちらこちら聞き回っていたある日、警察署に、その人が自ら訪ねてきた。メディアでよく見かける著名な脱北民だ。欧州方面で長い間外交官を務めてきたが、運良く家族とともに脱北に成功した。彼がテレビに出演し、北朝鮮問題についてなかなか重みのある発言をするのをよく目にしていた。年齢はもう60に近いが、政策研究所の研究員として現役で活発に活動している。

自由人に感じた、品良く深みのある雰囲気が彼からも漂っていた。カジュアルな服装だが洗練されている。車も高級セダンだ。私たちは束草の海が一望できる気の利いたカフェの片隅で向き合った。自由人に関する新たな情報がもたらされる予感がした。脱北有名人はのっけからため息をついた。

「少し前に、束草に家族と旅行に来ました。そして海岸で思いがけない方に会ったのです。その方は我々の団長同志、いいえ、団長とあまりにも似ていました。その方を見た瞬間、私は目の前がくらくらするのを感じました。思わず彼に駆け寄り、『団長同志！　私です』と叫びました。無意識のうちに起こした行動です」

「あなたがおっしゃるその団長とは、どんな方なのですか？」

「ヨーロッパで一緒に働いた外交官で、私が所属していた工作組の責任者でした」

「つまりその方は、あなたと一緒に働いていた外交官に似ていたということですか？」

「はい、そっくりでした。その方は環境美化員【清掃員】のようでした。海岸でごみ拾いをしていたのです。私の衝動的な行動にかなり驚いたようでした。あの軽率な行動を謝罪することができませんでした。直接お会いして謝りたく、また身辺保護担当官さんに会って話をしたくて、こうして訪ねてきました」

「あの方が脱北民で、私が担当刑事ということをすでにご存じなのですね？」

私の問いに、研究員は手で顎をなでながら複雑な表情を浮かべた。

「あの方がテントの間を行きかいながら利用料を集めていたのですが、言葉を聞いて平壌の人だとすぐに分かりました。もし団長だったなら、想像もできない衝撃的な姿でした。あの方が強く否定されたので、私もとても戸惑いました。あの方のお名前はイ・ジョンホではありませんか？」

「ご本人が承諾するまでは、お名前をみだりにお伝えできないことをご理解ください。ただ、あの方のお名前はイ・ジョンホではない、ということは申し上げられます。姓は同じですが」

「脱北民は韓国に来て改名することが多いので、それはあまり意味がないでしょう」

「ひょっとして、あなたがあの方を団長と見間違えたのではないですか？」

「そうかもしれません。すでにこの世を去った方が韓国にいるのはありえないことですし。しかしあの方は、私が知っている団長と瓜二つでした。まるで彼が生まれ変わったようで、心臓が止まるかと思いました。団長と同じ顔をした人が脱北民の中にいる方が不自然ではないでしょうか？」

「あなたは自由人が十中八九、団長だと確信されているのですね」

「自由人？」

「あの方の愛称です」

「変わった方ですね。もちろんあの方の現在の姿は、私の記憶に残っている団長とは別人です。団長はとてもスマートで格好いい紳士でした。ジャンパーの制服を着て掃除をしていたあの方は、そういう雰囲気ではありませんでした。しかしまなざしや顔立ち、姿勢なんかはまるで同じでした。これをドッペルゲンガーと言うんでしたっけ？　映画でもないのに、現実でこんなことが起こり得ますか？どうしてあんなにそっくりなんでしょう？」

「私も予想外のお話を聞いて少しショックを受けています。あなたは長い間、団長という方と一緒に働いていらっしゃったのですか？」

「そうです。私は団長と5年も一緒に働きました。あの方のちょっとした表情まで、今も生き生きと蘇ってきます。本当に素晴らしいベテラン外交官でした。そうそう、刑事さんはあの方の北での経歴をある程度ご存じでしょう。だから訪ねてきたのです。もしやあの方はドイツ留学経験があって、ヨーロッパで外交官として活動されていたのではないですか？」

その瞬間、自由人がドイツ語の原書を借りていった姿が稲妻のように浮かんだ。

「いいえ。書類上、自由人は平壌機械大学を卒業して咸興の機械工場でエンジニアをしていました。しかし私が知る限りでは、あの方もドイツ語が分かるようです。あなたは団長の北での経歴をご存じなのですか？」

私は問い返した。研究員がいう団長という人物が北で平壌機械大学に通っていたなら、今の自由人とある程度経歴が一致しそうだ。

「いいえ、団長の北での経歴はよく知りません。あの方は私より年上で私の上官でした。ドイツ留学生だったということと、我々の仕事の有能な専門家だということは知っていました。多くの功を立てて金正日にも何度も会ったということでした」

「それなら、団長という方は北の基準では大変なレベルの人ですね」

「もちろんです。あの方はヨーロッパでの我々の仕事の総責任者でした」

「その団長という方も脱北されたのですか？　あ、そうか。先ほどこの世にいないとおっしゃいましたね。亡くなったのですか？」

「はい、団長は亡くなったことになっています」

「亡くなったことになっているとは、死亡が確認されていないということですか？」

「訳を話すと長くなります。ともかく平壌ではあの方が亡くなったと結論づけ、英雄の称号を授与しました。それなのに団長と同じ顔の方を韓国の海岸で見たのだから、とても驚きました。あの環境美化員は本当にどんな方なのでしょう。あの方が私の知っている団長だったら、どんなにいいでしょう。私は団長から多くの恩を受けました。下手をすると自分の人生はおろか一族が滅びるほどの大変な危機に直面したとき、団長は自分の名誉と命をかけて私をかばい、助けてくださったのです。私はその恩を一生忘れることができません。恩返しのすべがなく、いつも心が重いのです。海岸で会った方がもしも団長だったなら……」

研究員はそれ以上言葉が続かず、ポケットからハンカチを出して目を覆った。これほど深い縁なら、再会すれば喜ぶのが人間の情だ。研究員が人違いをしたか、自由人が何らかの理由で故意に避けたか、二つに一つだろう。私は団長の話を聞かせてくれないかと恐る恐る尋ねた。研究員はうなずいた。そうして図らずも、北の外交官だった研究員の長い話を聞くことになった。

## 3

研究員の記憶の中の団長は、幅広い工学の知識を持つ優れた博士だ。ドイツ語だけでなく英語、日本語、中国語まで習得した外国語の達人でもある。朝鮮労働党に深く信頼される長年の党員だ。20年近く欧州で北朝鮮当局の指示を貫徹し、ただ一度の失敗もなく、党に失望を抱かせたこともない。いきなり下りてくる北の指令は唐突で予測を許さないものだ。しかし毎回、成功裏に任務を遂行する。彼は度が過ぎるほどまじめで誠実で、用意周到な推進力をもつ有能な実務家だった。

高額のドルを扱う団長だが、個人的な物欲を見せたことはなかった。自身はもちろん、部下にもわずかな不正すら許さなかった。団長は自分がした仕事について、客観的で正確な明細書を、物品とともに平壌に送ることを鉄則としていた。その正確さと緻密さに、上部も舌を巻くほどだったという。平壌の上部も団長がこっそりドルを着服するという疑念など持たないほど、彼の清廉さに対する信頼は確固たるものだった。団長があまりに厳格で堅いため、部下はやや困惑することもあった。その代わり、彼を責任者として頂いている限り、仕事の成否を心配する必要はなかった。団長の指示通りにすれば必ず成功するという確信があった。

団長は長い間、欧州で北朝鮮当局のあらゆる危険な命令をきわめて円滑に遂行した。公式には大使館に所属する外交官だが、実際に手がけたのは国際社会の制裁にひっかかるさまざまな物品を購入して平壌に送る内密の仕事だった。彼は任務遂行のためドイツ留学で取得した工学博士の資格を掲げ、その地域に地球物理学研究所を設けた。その地域の密売団ややくざ者とも深い関係を築いた。彼の隠密な人脈と行動半径は際立っていて、代わりになる者はいなかった。それゆえ団長の死亡後、平壌は大損害を被り、いまだに彼ほど平壌の内密の要求をみごとに貫徹する適任者は見つからないとの話だ。

数十年の間に彼が平壌に送った物品は実に多種多様だった。大型工作機械、高級乗用車、自動車整備の設備、医療機器と実験器具、各種の配管、放射線測定器、特殊拳銃など数え切れない。カーペット、絹布の壁紙、最高級タイル、照明機器、衛生設備、厳選された家具といったぜいたく品や医薬品もあった。

このような物品は公式に購入できないか、税関を通過できないものが大半だ。団長は主に密売業者から物品を購入した。平壌に安全に送るため、関連機関の人々に適度に賄賂を握らせ、二重三重の偽装包装をして平壌行き飛行機に積み込むこともあった。そうすると相場より高い額を払わなければならない。平壌はこうしたことにドルを惜しまなかった。必要な資金は外国に設けられた秘密口座から振り替えて使った。

このように、北当局のきわめて重要な仕事の総責任者として縮地法【道教の神話に現れる仙術。遠い距離を縮めて瞬間移動する術で、北では金日成・金正日が駆使したと伝えられている】を使うかのごとく欧州を駆け回っていた団長が、突然失踪する事件が起きた。平壌はもちろん、誰も想像していなかったことだ。その日も団長は、平壌行きの飛行機に載せる物品を細かく何度もチェックした。いつもと違い、平壌にいる家族に送る物もいくつもまとめていた。平壌の上部や親戚、知人への贈り物もかなり多く準備した。団長もその飛行機に乗ることになっていて、平壌で大きな勲章をもらうという話だった。部下たちが見るに、団長はやや興奮気味だった。おそらく久しぶりに家族に会う嬉しさのためだろうと思った。

荷物を無事に積み込み終わると、飛行機の離陸まで数時間の余裕ができた。団長は団員らに周辺のレストランやカフェ、デパートに立ち寄るよう、しばしの自由行動を許可した。団長はすぐ前に見える銭湯の看板を指さし、入浴してくると言った。そして飛行機の出発2時間前にきちんと集まるよう、何度も念を押した。

しかし飛行機の出発前、約束の時間に現れなかったのは団長だった。団長がサウナで眠り込んでいるのではと心配になり、一人が行って隅々まで捜したが、団長はいなかった。周辺のレストランにもいなかった。とても責任感が強く油断のない団長なのだから、間もなく来るだろうと、団員らは深く考えずに待っていた。しかしさらに1時間がたち、団員たちは焦り始めた。団長に何か良くないことが起きたという不安を払いのけられない。もしかしたら彼は現れないかもしれないという、ぞっとする考えが浮かぶ。団員らの不安は的中し、団長はついに現れなかった。団員らは団長がいない深い憂いの中で飛行機に乗り込むしかなかった。

この一連の非常事態は大使館を通じて平壌に直ちに報告された。平壌からは、とにかく団長を捜索せよという命令が下された。彼の正確な足取りが知らされるまでは、平壌上部はもちろん部下たちも、彼が脱出のようなまねをしたとは簡単には断定しなかった。平壌の家族と知人らへの贈り物を念入りに準備していたことが、彼に脱出する意思がなかったという確たる証拠だった。平壌に行けば彼にはもっと大きな栄光が待っている。家族は党の配慮で、平壌の新しいマンションに引っ越したばかりだ。彼がどれほど家族を大事にし、生まれたばかりの孫に会いたがっていたか、団員たちはよく知っていた。いくら考えても、あの忠実で献身的な労働者が平壌を捨てる理由は見つからなかった。

その国の警察も積極的に彼の捜索を行った。団長はまるで朝の霧のように蒸発し、痕跡すら見つけることができなかった。それから数カ月後、警察は郊外の森の中でひどく傷ついた男性の死体を発見した。死体は激しく損壊していて身分を示す証明書なども発見されず、身元は分からなかった。警察は北朝鮮の団長が強盗に襲われたと暫定的に結論付け、平壌にもそのように通報した。その国としては、修交を結んでいる国の外交官の失踪事件が未解決のままになるのは具合が悪かったのだろう。

団長の事件が早く終結することを望んだのは平壌も同じだった。当時、団長は平壌に差し出す資金2万ドルを身に着けていた。それは強盗事件を裏付ける要因になり得る。平壌はその国の警察が下した捜査結果を受け入れた。団長は祖国のために献身し、惜しくも犠牲となった英雄と称された。

研究員がいう団長がもしも自由人なら、団長は強盗の犠牲になったのではなく、意図的に脱出したことになる。本当にそうだったなら、家族の安全のために身分を徹底的に隠しただろう。だからといって自由人が団長だと断定するには早い。ともかく本人が否定している。

研究員は、彼がもしも団長なら、隠れて過ごすのも理解できると言った。しかし家族の安全だけのために隠遁を選択したなら寂しいことだ。自分が知る団長は、隠れて海辺の管理員として生きるには非常に惜しい人物だ。彼が北に関して持っている情報もとてつもないものだが、統一のためにするべきことがいくらでもある人だ。自分が働く政策研究所に今すぐ必要な人だ、と言う。

私は、自由人が電話番号を変えてどこかに雲隠れしていることを慎重に伝えた。私の言葉を聞いた研究員は、がばっと椅子から立ち上がった。だんだん目の周りが赤くなり、涙がいっぱいにあふれた。彼は飲みかけのコーヒーをごくごくと飲み干し、震える声で尋ねた。

「あの方が何のために雲隠れするというのですか？　私を避けて？　これはあの方が本当に団長かもしれないという間接的な証拠ではないですか？」

「まだ断定するには早すぎます。もし団長だとしても、生き方を強要することはできません。ここではどんなやり方で生きようが、自由だからです」

研究員は沈んだ声で独り言のようにつぶやいた。

「どうか、あの方でありますように。そうなら生涯兄貴分としてお仕えするつもりです……。私は個人的に団長を尊敬していました。心から会いたいのです」

自由人に会ったら面会を必ず実現させてほしいと頼み込んで、研究員はソウルに戻っていった。

自由人に出る基礎生活受給費は今も、きちんと彼の口座に入金されている。私は上部に依頼して彼のクレジットカードを追跡した。起こりうるさまざまな事故に備えるためだ。研究員は2日にあげず、あの方を見つけたかと尋ねてきた。見つけたら知らせはするが、会うのは自由人が同意しなければ不可能だと伝えた。自由人が団長その人なのか、私もとても知りたかった。

4

数カ月後、銀行に自由人のカード使用履歴が記録された。束草からそう遠くない洪川《ホンチョン》村のスーパーで生活用品をあれこれ買っていた。ならば洪川のどこかに彼がいるということだ。ひとまず自由人が近くにいることに安堵した。

ある日、未登録の番号が携帯電話の画面に表示された。自由人かもしれないという予感で胸が高鳴る。素早く指で通話ボタンをタッチした。やはり彼だった。嬉しさで知らずのうちに声が高くなる。これまでどんなに心配したのか分かっているのか、と騒ぎたてた。本心でもあった。彼は落ち着いた声で答えた。

「ご心配をおかけしましたね。申し訳ありません。私は洪川の山あいの集落で元気にしています。束草に行ったらご連絡します」

「待ってください、先生」

電話を切ろうとする自由人を急いで呼び止めた。

「失礼でなければ先生をお訪ねしたいのです。お酒を一緒に飲みたくて」

「私は結構ですが、お忙しい刑事さんがここまで来られるのですか?」

「もちろんです。洪川はそんなに遠くありませんよ。住所を送ってください」

自由人が携帯メッセージで送ってきた住所をナビゲーションに入れ、すぐに車を走らせた。途中でスーパーに寄り、あれこれつまみを買った。住所に従って進むと、洪川村からも数十キロ離れた、ひっそりした田舎の集落だった。両脇を山が屏風のように囲み、谷間にかなり大きな渓流がある。渓流の横に車1台がようやく登れる一本道が延びていた。登っていくと数軒の家が点在している。最後の一軒家に自由人はいた。門の前で私を迎えてくれた自由人は嬉しそうな顔だった。誰の家かと問うと、家主の老人が療養病院に入り、その子どもたちが賃貸に出したのだという。

「では、先生はこの家に住むつもりでここに来られたのですか」

「はい、1年契約をしました。家賃がとても安かったんですよ」

「東草にいい家があるのに、あえてこの山奥で何のために家賃を払って暮らすというのですか。先生は海辺がお好きだったのではないですか」

「海はいつでも好きですよ。何カ月か過ごしてみたら、山奥もこの上なく好きになりました」

「だからといって、電話番号を変えて私に何カ月も連絡なさらなかったのは本当に残念なことです。まさか、ここで一生暮らすわけではないですよね？」

「さあね、もう少し住んでみてから決めますよ」

「もうすぐ気候も寒くなるでしょうし、山奥の暮らしは不便なことが多いでしょう」

「大丈夫です。庭に数年分の薪が積み重なっています。家主が使っていた家財道具もそのまま置いていったので、暮らすのには何の不便もありません。ああ、かめに味噌もいっぱいで、あそこには家主が植えた秋白菜もあります。私に全部食べていいとおっしゃいました」

自由人はまるで私の同意を得ようとするかのように細かく説明した。研究員の衝撃的な話を聞いたからか、彼が別人のように見える。家の中は、彼の性格のようにきちんと整頓されていた。

これまで私が自由人の足取りを捜していたこと、研究員が私を訪ねてきたこと、「団長」がもしかして自由人ではないかと疑ってここに来たということを、自由人は知らないはずだ。しかし道士のように、これらの出来事と私の本心まですでに見抜いているのではないだろうか？　見れば見るほど自由人が未知の人のように感じられる。もしも彼の心が何かに衝撃を受けていたなら、ふとした折に不安が現れはしないだろうか？　私は職業的本能で、自由人に変化の気配を見いだそうとした。しかし自由人は淡々として穏やかな表情だった。

とりあえず、買ってきた食べ物の包みを広げる。酒を一杯ずつ注ぎ向かい合った。自由人が先に杯を傾ける。その瞬間、瞳にかすかに横切った苦悩の光を私は見逃さなかった。

「先生はひょっとして、ここに来ざるをえない、やむを得ない事情でもおありだったのでは？」

彼が先に打ち明けてくれることを願い、それとなく尋ねた。自由人はまるで私の内心をのぞき込むようにじっと見つめ、ニッと笑った。

「事情だなんて。韓国に来たので自由に海辺にも住み、山奥にも住んでみているのです。夜に寝床に横たわれば、自然の管弦楽といいますか、森が体を揺らす音、山鳥の声、小川の水の音がそのまま部屋に入り込んでくるのです。田舎の静けさは思ったよりずっといいものですよ」

「山奥で何カ月か暮らしたら、すっかり詩人になりましたね」

「人間は年を取るほど自然が好ましくなるようです。各自が自分のやり方で生きられるのが、この自由な世の中ではないですか？」

彼が自分から何かを話すことはないだろうということを私はすぐに理解した。彼の心を探ろうとして浅知恵を使ったことを後悔した。率直な会話だけが、自由人と深い話をする方法だ。私はこれまでにあったことを洗いざらい打ち明けた。

自由人は表情を変えず、黙って話を聞くだけだった。計り知れない深みをたたえたまなざしは、ずっとお膳の角に留まっている。私の言葉が終わると初めて目を上げた。ひんやりとした圧倒されるような目つきだ。自由人は落ち着いた表情でゆっくり口を開いた。

「もう亡くなっている方の残影を私に求めるのは大きな間違いです。その方にお気の毒さまと伝えてください。私はその方に会う必要がありません」

「その研究員は、団長として仕えた方を心から尊敬し懐かしんでいます。先生がもしも団長なら、海岸の掃除をする姿が衝撃的で気の毒だと話していました。その団長という方は田舎に埋もれていてはいけない素晴らしい人物だともおっしゃいました」

「海岸の掃除が何だというのです？　私の考えでは、その団長という人は素晴らしいというよりも、北の政権の悪に協調した共犯にすぎないようですが。そして、被害者でもある痛ましい存在です。たぶんその人は、死んでも罪悪感から逃れることはできなかったでしょう。彼が死んだとしても生きていたとしても、あの政権を離れたことは、もしかすると自身の罪に対する懺悔《ざんげ》ではないでしょうか。北の政権に対する小さな復讐かもしれません。北の政権のために献身した人生が、空しく無念だったのでしょう」

「その団長は北では上位層で、誰よりも多くのものを享受したそうですが」

「北での派手な活動など、やりがいがあるとか栄誉に値するとかいうものではありません。ただの高級奴隷にすぎないのですから」

「高級奴隷？」

初めて聞く表現に、私は驚いて問い返した。

「北朝鮮でいくら献身的に働いて優れた能力を発揮しても、結局は正しくないことに加担するだけでしょう」

彼の答えは相変わらず明快ではないが、反論の余地はなかった。自由人からそれ以上の答えを聞くことはできないということが分かった。たとえ彼が本当に団長で、大変な能力があるとしても、本人が嫌がれば無理に社会に引きずり出すわけにはいかないのだ。世間の雑事と距離を置き、自然の中で静かに暮らしたいと思うのは彼の自由だ。

翌朝眠りから覚めると、隣で寝ていた自由人の姿が見えない。やがて、彼が庭の小さな菜園にしゃがんでいるのが窓から見えた。よく育った秋白菜を抜いている。朝食の支度をしているようだ。手伝おうと思って身支度をしていた私は、ふと窓の下の机に目をやった。ノートパソコンの横に、何かがぎっしりと書かれた紙が置かれていた。何気なく紙を手にした私ははっとした。

10章からなる文章だった。いちばん上には「プロット」と書かれている。何のための構成なのか。私は好奇心に駆られ、注意深くのぞき込んだ。ドイツ語と漢字、ハングルが混ざっていて、全ての内容は分からない。ただ、無音拳銃、警報器、金属探知機、騒音測定器、金属遮断機、爆発物探知機、盗聴機器、あらゆる贅沢品といった単語が見える。罪悪の歴史、共犯者、告発という単語もある。

A４用紙１枚分の文章だが、大変な重みと爆弾のような威力を持っていることがすぐに分かった。

自由人が本の構想を立てていることは明らかだ。胸が高鳴る。私は早まる呼吸をなだめながら、ふう、と息をついた。自由人が家に入ってくる気配がして、急いで机の前から離れた。彼は笑いながらプラスチックのボウルに入った白菜を見せた。

「家主が植えた秋白菜は新鮮で柔らかいんです。汁に入れたらおいしそうです」

私はすぐにも尋ねたい衝動をぐっと押さえ、空気が良くて熟睡したと明るく言った。味噌を溶いて刻んだ白菜を入れた香ばしい味噌汁に、焼いた豆腐とキムチだけの素朴な食卓が整えられた。朝食を食べながら、私は何気ないそぶりで言った。

「先生も本をお書きになってはいかがですか？　静かで空気の良いところなら、いい文章が書けそうですよ」

そのとき、自由人のスプーンを持つ手が止まった。スプーンを置いた自由人が、じっと私を見つめる。

「本を書く脱北者が多いので言ってみただけです。先生は学もあるし経験も豊富なので、何か世の中に言うべきことがあるのではないかと思ったのですよ」

自由人は突然、とんでもない大声で豪快に笑った。

「それは悪くない助言ですね。もしも私が本でも書いたなら、この田舎での無為徒食に対するささやかな弁明にはなりますね。しかし、あまり期待なさらないでください。私が本を書いたとしても、すぐに世に出ることはないでしょう」

「なぜですか。先生が本を出されるなら、私が積極的にお手伝いします」

「ありがたいが、私は小心者で卑怯《ひきょう》なのです。もしも私が運よく統一を見ることができれば、そのときに世に出せるでしょう。あるいは遺作になるかもしれませんし」

「そんなふうにおっしゃると好奇心がいっそう膨らみます。先生のお考えは十分に分かりました。ご面倒をおかけするつもりは全くありません」

「これだから、私は刑事さんが好きなのですよ」

自由人は豪快に笑ったが、寂しそうにも見えた。人生の苦心の跡である眉間のしわが太く刻まれ、どこか疲れた様子の彼が、今日は気の毒に思える。

自ら自由人と称し、完全な自由うんぬんと言っていても、それほど自由には見えなかった。思い込みかもしれないが、自由人というよりは逃亡者の姿に近いように感じられた。〝高級奴隷〟や〝きらびやかな鎖〟という表現が、生々しく目の前にちらつく。彼が享受する自由には深い孤独の陰が見えた。言葉遣いや行動で自ら自由を束縛していることは明らかだった。もしかすると、それは自由人の宿命なのかもしれない。

それでも私はやはり、この北朝鮮出身の変わり者の老人が好きだ。節度がありウイットに富んだ彼との会話は有益で楽しい。彼の深い知性と老練さが私を引きつける。非凡で海の底のように深さが計り知れず、興味深い。たやすく本音を漏らさない適度な緊張感も好ましい。彼との関係はずっと続く予感がした。求められてはいないが、彼の保護者だと思いたい。自由人の意思を尊重したい。孤独な自由であっても、力のかぎり守ってやりたい。自由人の住まいを辞する前、私は研究員に次のようなメッセージを送った。

「あなたは人違いをしています。あの方はただの自由人です！」

# チョン先生、ソーリー

1

職場から帰宅しようとすると、担当刑事から電話がかかってきた。

「チョン先生、叔父さまが見つかりましたよ」

「そうですか、ご苦労さまでした。ありがとうございます」

刑事はチョンの電話番号を叔父に伝える、と言った。チョンは静かになった携帯電話をにらんで、しばし息を整える。忘れていた怒りがこみ上げて目尻に力が入る。13年も前のことなのに、あの痛みがまだ残っているなんて。中国で最後に叔父と電話で交わした言葉や、そのときの切羽詰まった必死の心情がよみがえる。姪を唐突に〝あなた〟と呼んだ叔父の声が耳に刺さり、そっけなく途切れた言葉の続きを聞こうと震える手で電話番号を押した恐怖の瞬間が、生々しく浮かんでくる。

いよいよ叔父を捜さなければと考えて刑事に依頼したときは、淡々とした心持ちだった。北朝鮮で抱いていた、韓国の肉親に対する切ない思いやときめきはすでに消えていた。ただ、叔父が亡くなる前に、生前会えなかった祖父母の墓の場所は聞いておきたかった。自分の根っこを知りたいという無意識の欲求なのか、南【韓国】にいる肉親を必ず訪ねろという父の言葉が胸にこびりついていたからなのかは分からない。もしかすると叔父はもうこの世の人ではないかもしれない。生きていれば80を超えている。

「何をいまさら」

チョンは鼻で軽く笑い、療養病院の薄暗く湿っぽい地下駐車場で白色のグレンジャー【現代自動車の高級セダン】にリモコンを向けた。チョンが韓国に来て収めた最大の成果は医師になったことだ。北朝鮮でもベテラン内科医だったが、韓国では新たに国家試験を受けて合格しなければ医師の資格を得ることはできない。南と北では医学用語も薬の名称も異なる。医師国家試験に合格するためにマスターすべき専門書は背の高さを超えた。40歳のチョンには容易ならざる関門だった。2度苦杯をなめ、3年目で合格した。

しかし、さらに大きな悩みが出現した。専門医を目指すには、インターンの後にさらに数年間の研修を積む必要がある。それも大学を出たばかりの若手の医師たちと競争しなければならない。結局、専門医はあきらめて一般医になることにした。ところが、立ち遅れた北朝鮮の医療環境で体得した臨床経験が、いざ患者の治療に当たるようになると大きな力を発揮した。病院側はチョンの優れた治療術を知って喜び、大勢の患者の信頼を得ることができた。

療養病院で働き始めてから、もう10年近くになる。見慣れた駐車場、チョンの体臭がこもった診療室、病院周辺の古びた集合住宅街の路地……、チョンにとってはすべてが愛しいものになっている。

帰宅時間とあって、自動車専用道路は車がひどく渋滞していた。18キロあまりの距離を1時間近くかかって家に着いた。運よく手に入った江南《カンナム》の外れの25坪のマンションは、南で収めたもう一つの成果だ。大学生の息子は学校の近くのワンルームで自炊生活をしている。チョンが一人で暮らすこぢんまりとしたマンションはかけがえのない安息所だ。チョンはコートを着たままソファに身を投げた。疲労がどっと押し寄せてくる。このまま少し眠りたいと思い、そっと目を閉じる。体は静まったが、頭の中はむしろ覚醒剤を使ったかのようにはっきりしていた。追いやろうとするほど、13年前の記憶が次々と昨日のことのように浮かび上がってくる。

## 2

　チョンが初めて叔父に会った場所は中国の延辺だ。機会が来たら韓国にいる肉親を必ず訪ねろ、という父の遺言もあったが、それよりもひとりで生きていく孤独に耐えかねて、ブローカーに従って鴨緑江を渡ったのだ。韓国の親戚を見つけてやって手数料を取るブローカーが、当時はたくさんいた。夫が生きていたら、チョンが川を渡ることはなかった。同じ病院の外科医だった夫は中国との密輸の最中に鴨緑江で溺れて死んだ。夫が死ぬと、北方の冬よりも厳しい寒風が吹きつけた。ひとりで息子を育てねばならなくなったチョンは、夫がいかに大きな傘だったのかを思い知った。

　同じ病院で働いていた夫とは恋愛結婚だった。夫妻はともに有能な医師だったが、北では医療行為は無報酬労働も同然だ。苦難の行軍【1996年前後に起こった北朝鮮の経済困難と飢饉に対する党のスローガン】の時期から配給が完全に途絶えると、病院を辞めてチャンマダン【市場】で商売を始める女性医師がかなりの数に上った。ときたま患者がくれる煙草や酒などの付け届けだけでは生活を維持することはできなかったのだ。

　幸い、夫の並外れた生活力のおかげでチョンの家庭は苦難の行軍を無事に乗り切った。夫は昼間は病院で患者を診て、夜は密輸に走り回った。そうやって数年間、明けても暮れても働いて、いつも目は充血し顔はむくんでいた。代わりに飢えることなく息子を育てることができた。他の人には持てない液晶テレビも買った。密輸の稼ぎが多い日は豚肉を焼いて食べ、ビールグラスを傾けた。

だが、チョンは夫のように密輸や商売をするすべを知らなかった。医大を卒業してからずっと、病院で診療しかしてこなかったからだ。医療行為以外の仕事で金を稼がなければ生きていけない現実はチョンの手に負えず、途方に暮れた。ちょうどそのとき、韓国にいる親戚を捜してくれるブローカーと知り合った。チョンは幼い息子を妹に預け、暗い冬の夜に鴨緑江を渡った。

北朝鮮には、韓国の親戚に会えば高額のドルをもらえるという幻想がある。少しでも韓国と縁がある人は親戚を見つけようと躍起になった。生前、父は子どもたちに、韓国にいる家族の名前や年齢、故郷を出たときの光景、住所などを幾度も伝えた。それだけの情報があれば親戚はすぐに見つかる、とブローカーは断言した。ブローカーを動かしたもっと大きな理由は、父が義勇軍に入隊した当時、祖父母がその地方で評判の富豪だったということだ。父によれば、祖父母は何階建てだかの巨大なホテルを経営し、醸造工場も持っていた。ブローカーは膝を打ち、今ごろ財閥になっているかもしれない、と言って意気揚々と事を進めた。

脱北者は誰でも鴨緑江や豆満江を越えるとき、二度と戻れない故郷を振り返って涙を流す。しかしチョンは薄氷が砕ける鴨緑江を希望と期待を抱いて渡った。これまで声に出して呼んだこともない叔父に会えると思うと胸が高鳴った。チョンの望みは叔父に父の消息を伝えることだ。そして叔父の援助を受けて再び北に戻り、息子と安定した生活をしたかった。あのときは韓国に行くなどとは全く考えていなかった。息子を妹に預けてきていたからだ。

しかし叔父との面会は、最初から順調には進まなかった。取り締まりを避けて隠れ家にいるとき、ブローカーがうろたえた顔でチョンに電話機を押しつけた。その日の朝に飛行機で延吉に到着した叔父が怒って帰ると言っているのだった。ブローカーは、父さんは明日の夜に川を渡って中国に来ると叔父に伝えろ、と言う。チョンはあぜんとしてブローカーを見つめた。数年前に亡くなった父が、どうやって明日の夜に川を越えるというのか？　ブローカーが何か嘘をついて叔父を誘い出したということに、初めて気づいた。しかし考える暇はなく、ブローカーの言うとおりにするしかない状況だった。何としても叔父に会わなければならないのはブローカーもチョンも同じだ。

嘘をつかなければならないという重圧の中、チョンは震える声でようやく自分は姪だと伝えた。「父は明日の夜に川を渡る」とブローカーに言われたままに話す。叔父はしばし間を置き、分かった、と言って電話を切った。1時間後、叔父からブローカーに電話がかかってきた。ブローカーが手配した隠れ家には行けない、自分が滞在しているホテルに姪を連れて来い、ということだった。

3

ブローカーとタクシーに乗っていく間、チョンは鴨緑江を渡るときにも感じなかった恐怖に身をすくめていた。叔父に会えるという期待と胸の高鳴りは跡形もなく消えている。死んだ父が生きているかのように話を進めなければならず、心配のあまり息が苦しくなった。初めて見る延辺の街並みも目に入らない。ブローカーは隣の席に座り、チョンがすべきことを命令調で繰り返した。まず叔父に対し、自分が姪であることを証明し、国境の状況はトラブルが多いことを言い訳にして時間を稼ぐように言い付けた。そして、泣きわめいてすがってでも叔父の援助を引っ張り出せ、と言った。しかしチョンが見るに、ブローカーの戦略はあまりにも無謀で情けないものだった。事態がこじれそうな不吉な予感がする。先が見えず恐ろしかった。大きくはない延辺のホテルの部屋で、叔父と姪の初対面、北と南の肉親間の歴史的対面がなされた。叔父の顔を初めて見るなり、チョンはわっと泣き出した。亡くなった父親とそっくりな叔父の姿に体が震えた。叔父と自分との血のつながりを実感した。

叔父は父と同じ縮れ毛だ。ややくぼんで優しげな目つきが父とよく似ている。考え込むときに唇をすぼめる様子は瓜二つだ。面長の顔に白い肌までも。ただ、叔父は父より少し背が低いようだ。

叔父もチョンに何か肉親の痕跡を見たのか、顔を背けて目をしばたたかせた。しかし叔父は姪を抱擁もせず、感激の言葉もかけなかった。うつむいてむせび泣くチョンをじっと見つめるだけだった。

チョンは鴨緑江を渡るとき胸元に忍ばせていた父の写真と家族の写真、父と自分の公民証など、姪である証明になるものを一つ一つ取り出した。父が聞かせてくれた故郷の話をできるだけ思い出そうとする。父が故郷と肉親をどんなに懐かしんでいたのかを、自信のない宿題を説明する子どものように、両の手を合わせてとりとめなく話す。家族しか知らないこと、子どものころ運動が得意だった父が江原道《カンウォンド》で開かれた高等学校卓球大会で1位になったこと。叔父の幼名を言ったときは、きらりと目を輝かせてうなずいた。叔父はチョンが出した写真を何気ないふりで、しかしじっくりとのぞき込んだ。とりわけ父が平壌で大学に通っていたときに撮った若い頃の写真を長い間見つめていた。

「おまえの父さんは北で何をしていたんだ?」

チョンは乾いた唇をなめた。表には出さなかったが、内側は青あざでいっぱいだった父の人生。その恨《ハン》の多い生涯を一言で説明できるはずがない。考えた末に、父の職業を言った。

「父は平壌建設建材大学を卒業して、建築家として生きてきました」

「そうか。大学まで出て建築家になったなら、最下層の暮らしではなかったんだな。とにかく、おれは今日中に兄さんが延吉に着くというから来たんだ。実はおれも延吉に来れるような暮らし向きではないんだが、たった一人の兄さんが来るというので会いに来た。それなのに、明日の夜だって?　おい、若いの。明日の夜に兄さんに会えるというのは確かなのか?」

チョンは叔父の視線を避けてうつむいた。代わりにブローカーが国境の状況をくどくどと説明し、明日の夜には間違いなく川を越える、と言った。国境警備隊と約束したと、しらじらしい嘘をついた。叔父はチョンに、きょうだいは何人で、兄さんは今どこに住んでいるのかといったことを簡単に聞いて、少し休むと言ってベッドに横たわった。

チョンとブローカーは顔を見合わせ、しばらく途方に暮れた。70代の老いた叔父が飛行機で来たのだから疲れるのは当然だ。しかしチョンは叔父に恨めしさを感じていた。初対面の姪に特に関心を持っていないようだ。チョンがどうやって生きてきたのかを尋ねることもなかった。

チョンにとって叔父は大いなる希望だった。叔父に会えるということに、どれだけ胸が熱くなったことか。叔父に会ったらクンジョル【ひざまずいて頭を深く下げる丁寧な礼】をして、叔父の胸に抱かれて思い切り泣きたかった。18歳で故郷を離れた父が慣れない北の地でどんな人生を送ったのか、夜通し話したかった。叔父の情愛を思い切り感じたかった。

しかし、クンジョルどころかあいさつも満足にできなかった。叔父にとって大切なのは姪ではなく、生きている兄なのだろう。約束どおりに兄に会うことができず、叔父の心は傷ついて閉じてしまったようだ。チョンは深いため息をついた。ブローカーはこぶしを揺すって目をぱちぱちさせた。元気を出せ、と言う意味だ。

昼食の時間になると叔父は立ち上がり、食事に出ようと言った。一行はホテルからそう遠くない韓国人の経営する食堂に向かった。チョンが初めて味わう韓国料理だ。韓国カボチャと豆腐の入った味噌汁や焼魚、数種類の副菜は、北で食べていたものとべつだん違いはない。食事をしながら、叔父は独り言のように言った。

「戦争のときにおまえの父さんが義勇軍に引っ張られていかなければ、おまえのおばあさんもあんなに早くは死ななかっただろう。兄さんは一家の大黒柱だったからな。勉強ができて孝行息子だった。だが兄さんが連れていかれたせいで、わが一族は崩れ落ちたと言っていい」

チョンは叔父の言葉に、はっと顔を上げた。

「連れていかれた、ですって？　叔父さん、父は高校生のときに共産主義にあこがれて義勇軍に志願入隊したと言っていたのですよ」

叔父は何を言うのかというように目をむいた。

「志願だと？　アカの軍隊に志願なんてするわけがない。おれが幼い頃の話だ。家の屋根裏に兄さんと姉さんが隠れていた。人民軍が銃を持ってやってきて庭に家族全員を立たせ、おまえの父さんと叔母さんを出さなければ殺すと言ったんだ。おまえの父さんと叔母さんは仕方なく手を上げて屋根裏から出てきた。そして義勇軍に引っ張っていかれたのさ。その後は生死も分からなかった。そのせいでおまえのおばあさんは、一生心に恨が残ったんだ」

「まあ、それならお父さんはなぜあんなことを？」

チョンは父が義勇軍入隊の経緯を故意に美化していたことを初めて知った。間違いなく北朝鮮で生き残るためだったのだろう。父が大学を卒業して平壌建築研究所に配置された後、住民登録事業が本格的に行われた。父の出身成分が問題になり、チョンの一家は平壌から恵山《ヘサン》に追放された。それから父は心身ともに大変な苦労をしたのだ。

「つまり、出身成分のせいで地方に左遷されたというのか？　出身成分がどうだっていうんだ？」

叔父が興味を示した。父は南の出身である上に、祖父が資産階級であることが問題になったのだ。

叔父はハハッと空虚な笑みを浮かべる。

「資産階級だって？　おまえの父さんが連れていかれた後、ホテルは爆撃で倒壊し、醸造工場はつぶれた。おれたちはしばらくソウルの母方の叔父の家に厄介になった。おまえのおばあさんが食堂で働いて、なんとか暮らしてきたんだよ」

チョンは空しくなった。名ばかりの資産階級出身成分のせいで、父は生涯、薄氷を踏むように生きていた。平壌からの追放後は、自分の出身成分が子どもの将来に良くない影響を及ぼすことをいつも心配していた。父はずっと入党にこだわっていた。入党さえすれば子どもの将来を邪魔しないで済むと考えていたのだ。入党するために、父は仕事が終わってから、自分の設計した建設現場で夜遅くまで煉瓦を運んだ。しかし結局、入党はかなわなかった。

父は生涯言葉を慎み、制度に対する不平ひとつも漏らすことはなかった。ただ与えられた仕事に献身的に取り組んでいた。いつも夜遅くまで働き、高熱が出ても欠勤することはなかった。進んで苦役の人生を送ったために、引退するとほどなく溶け落ちるように健康が悪化して亡くなったのだ。父の胸にしこりとなっていたやるせなさや切迫感、寂しさを、どうしたら一言や二言で表現できるだろう。叔父は理解できるだろうか。チョンは、父は心労を重ね生涯仕事ばかりして早く亡くなったのだ、と口の中でつぶやいた。

そんなふうに昼食を取りながら交わした話が、叔父との最後の意味ある会話となった。翌日の夜に父が川を渡るという約束は当然守られなかった。叔父から金をもらうという目的を果たせなかったブローカーは、国境の状況を言い訳にして、さらに次の日の夜に父が川を渡るとふたたび嘘をついた。叔父はブローカーの言葉を信じていない様子で、父と電話で話をさせろと要求した。しかし父と通話ができるはずはない。叔父は怒り、すぐに帰ると言った。叔父が兄に会えなかったとしても、肉親である姪に会えばかなりの援助をしてくれるという期待は、愚かきわまりない錯覚だったのだ。

叔父は最後の忍耐心を発揮し、もう1日待つことにした。叔父はホテルで、チョンはブローカーの隠れ家で1日を過ごした。その翌日、叔父は韓国に帰る航空券を予約した。チョンは電話で叔父に、どうしても話さなければいけないことがあるから最後にもう一度だけ会ってほしい、と哀願した。叔父はホテルに来い、と言った。チョンは涙を流して叔父に許しを乞うた。自分もブローカーにだまされて川を渡ったが、父はすでに亡くなっている、と事実を話したのだ。夫が亡くなると間もなく暮らしが立ち行かなくなり、叔父さんに会って援助を受けるために来たのだ、と。国境越えの費用を渡さなければすぐにホテルに公安を向かわせると、ブローカーに脅されたことも伝えた。

すべてを正直に打ち明けるチョンの言葉に、叔父は落ち着きを取り戻した。韓国の誰かに電話をかけ、2百万ウォン送ってくれと頼んだ。ブローカーは脱北の費用を受け取ると姿を消した。叔父は手元の金をはたいて中国人民元5千元をチョンに渡し、韓国に戻っていった。帰るとき、脱北者たちは韓国に来るんだから、おまえも自力で韓国に来い、と言った。

## 4

もはやチョンから金を取れないことを見抜いたブローカーは、電話の電源を切って雲隠れした。チョンはなじみもなく言葉も通じない中国の地にひとりで残された。隠れ家でも、ブローカーがいなくなったのだからもう置いておけない、と言われた。再び川を越えて北に帰ろうにも伝手《つて》がなく、方法も分からない。まして韓国に行く方法はもっと分からない。今夜眠るところもない。チョンが泣きながら頼むと、隠れ家の主人が一晩だけは泊まってもいいと言う。主人は唐突に、叔父は金をいくらくれたのか、とさらりと尋ねた。チョンは緊張しつつ、叔父はブローカー費用を払い、怒って人民元5百元だけくれて帰った、とごまかした。

隠れ家の主人は思いがけない提案をした。もう北に戻る道は閉ざされたのだから、いっそ伝手を作って韓国に行け、というのだ。チョンは自分が人生の重要な岐路に立っていると感じた。息子は妹に預けてきたから当座は面倒をみてくれるだろう。問題は、自分が生き延びなくてはならないということだ。北に戻るのも大変だが、たとえ帰ったとしてもひとりで息子を育てていくのは厳しい。主人は韓国の豊かさについて話し、自分の息子も韓国で働いていると言う。だが、どうやって韓国に行くというのか。

主人は、青島に行けば韓国人と朝鮮族が多いから韓国に行く伝手はたやすく作れる、とこんこんと説明した。自分が人をつけてやるから、青島に行ってもう一度叔父さんに連絡するなり、働いて生きる道を見つけるなりしてみろ、というのだ。青島は働き口が多く、しばらく隠れて過ごすのには良いだろう、と。チョンは広大な海原で太い綱をつかんだ思いで、主人に助けてほしいとすがった。家に置いておけないと言った人物が突然豹変《ひょうへん》し、このような提案をしたことを疑いもしなかった。人間的な同情であり、善意であると信じていた。

主人は数日後、ちょうど青島に行く人がいるからついていきなさい、と言った。主人が紹介してくれた朝鮮族の女に従って、チョンは列車に身を委ねた。朝鮮族の女は気さくにチョンの世話を焼き、中国語を話せないチョンはその女について歩いた。数日間列車とバスに乗り、とあるひっそりした村に着いた。朝鮮族の女は、自分が住んでいる村だと言う。青島にはバスでもう少し行かなければならないから、自分の家で少し休んで行こう、と。チョンは女の言葉をそのまま信じた。

しかしチョンが朝鮮族の家に入ると、女は顔つきも言葉遣いも一変した。中国語で何か言うと、女の夫がまず屋外の門に錠をかけた。そしてチョンを小部屋に押し込んだ。ベッドとたんす一つが置かれた湿っぽく狭い部屋だ。不吉な予感に髪が逆立つ。続けて朝鮮族の女は衝撃的な言葉を吐いた。

「私の言うことをよく聞きなさい。私は延吉まで行ってあんたを買ってきたんだよ」

「どういうことですか？　あの家の主人は私が青島に行けるよう手助けすると言っていたんですよ」

「おやまあ、北の人はみんなこんなに間抜けなのかい？　この世にタダのものなんてないんだよ。私がどうして見ず知らずの人間をこんな遠いところまで、それも自分の金で旅費を払って連れて来たと思う？　私があんたのきょうだいだとでも？　何のためにあんたを青島まで金と時間を使って連れていってやらなくちゃいけないんだい？」

タダ！　そうだった。チョンはタダでここまで来たのだ。なぜそんな明白な事実を見過ごしていたのか？　中国の地にひとりで残されたときに、すでに魂が半分抜けていたようだ。

「それじゃあ、私をどうしようというのですか？」

「どうしよう、だって？　見たところ食うに困って北から飛び出してきたようだから、運勢を変えてやらなきゃ。そうすればお互いに得をするんじゃないかい」

「どういう意味ですか」

「飲み込みが遅い人だねえ。簡単だよ。あんたをいい男に嫁がせるってことさ。あんたはきれいな顔をしてるから、きっといい新郎が現れるだろう。中国で嫁に行けば暮らしの心配はないよ」

チョンは初めて人身売買に引っかかったことに気づき、その場にぺたりと座り込んだ。朝鮮族の女と争う余地も、そうする必要もない。不法滞在者である自分は誰の保護も受けられないことを痛感した。乾きかけた舌をどうにか動かした。

「いくら払えば私を青島に連れて行ってくれますか?」

「そうそう。あんたは韓国に叔父さんがいるんだろう? わかった。吹っ掛けることはしないよ。人民元で1万5千元くれたら、あんたを青島行きのバスに乗せてやる」

チョンは携帯電話を持って叔父の番号を押した。叔父が買ってくれた電話だ。しかし叔父は電話に出ない。何度か繰り返しかけると、もしもし、という叔父の声が聞こえた。チョンは涙をあふれさせ、のどを詰まらせながらようやく言葉を継いだ。脈絡なく状況を説明し、助けてほしいと泣きついた。中国の金で1万5千元あれば朝鮮族の女から解放されると。青島で伝手を見つけ、韓国に行ったら必ず金を返すから、どうか助けてくれと哀願した。しばらく沈黙が流れ、硬くて耳慣れない声が頭に響いた。

「いま思えば、あなたが本当に私の姪なのかも疑わしいし、あなたが求める金を払う余裕もありません。自分のことは自分で解決してください。もうこれ以上、しつこく連絡しないでください」

## 5

当直のため病院の食堂で夕食を取り、診療室に入ると携帯電話のバイブレーションが震えた。見たことのない番号だ。チョンは胸がどきどきするのを感じながら電話を取った。

「もしもし!」

決して忘れることができなかった叔父の声だ。

「こんばんは」

少々いきり立ったチョンの声が、静かな診療室を満たす。

「叔父さんだよ」

叔父は数日前に会ったばかりの人のように言った。中国で叔父と最後に電話で交わした会話が思い出され、フッとそら笑いが出る。感激もときめきも湧いてこない。ただ昔から知っている親戚に会った気分だ。突然、叔父がちっちっと舌打ちをした。

「悪いやつだなあ。韓国に来て10年以上になるんだって？　なぜ訪ねてこなかったんだ？」

チョンは携帯電話を耳から離し、画面をしばらく見つめた。開いた口から、えっ、と息が漏れる。携帯電話の画面から叔父の声がふたたび飛び出した。

「今どこにいる？」

「今日は当直で病院にいます」

「病院？　どこか悪いのか？」

「いいえ、当直なんです。私が働いている病院です」

「うん？　じゃあ、おまえは看病人の仕事をしているのか？　それとも看護師？」

中国で会ったとき、叔父は姪が何の仕事をしているのか尋ねなかった。チョンが説明する機会もなかった。あのときはひたすら不安で気まずくて余裕がなかったのだ。

「私は北にいたときから医者でした。ここに来て勉強し直して医師国家試験に合格したんです。療養病院で働いて、もう10年目になります」

叔父はしばらく押し黙った。

「おれが住んでいる水原《スウオン》に来れるか？」

「はい、いつ行きましょう？　明日は時間がありますが、叔父さんはいかがですか？」

「おれはいつも家にいる老いぼれさ。住所を携帯メッセージで送るから、明日家に来なさい」

チョンは「ふう」と大きな息をついて、ひっそりと静まり返った診療室をわけもなくきょろきょろと見回した。きちんと整頓されたデスクのパソコンの前に座り、また立ち上がってベッドに腰掛ける。これまで叔父の存在を忘れて過ごしながらも、恨みがあるせいで、どうしているのか気になることもあった。明日叔父に会っても、気持ちよくあいさつするのは不自然だろうと心配になった。何の話をするか、しばらく考えてみた。感情を整理してから会うほうが良さそうだ。

なぜか気持ちは少し楽になった。叔父の嬉しそうな口調のせいかもしれない。もっとも、今さら恨んだり憤ったりする必要もない。もしかすると叔父はあのときのことを忘れているかもしれない。チョンが中国でどんな試練にあったのか、叔父は知らない。だからといって昔の借金を取り返すかのように苦労話をするのは嫌だった。発想の転換をしてみれば、叔父がいたから鴨緑江を渡り、韓国で暮らすことになったのだ。叔父が文句も言わずにブローカーの費用を負担してくれたから、有り金5千元を渡してくれたから、チョンが無事に韓国に来ることができたということは明らかな事実だ。それだけでも叔父に感謝すべきではないだろうか。あのときの難関は、自ら乗り越えたではないか。

## 6

朝鮮族の女から自由になるには逃げ出すしかないことをチョンは理解した。しかし朝鮮族夫婦はひとときも警戒を緩めない。夜も屋外の門と家のドアをしっかり施錠する。昼間にどこかに出かけるときはドアに外側から鍵をかける。外に出られるのはチョンが寝る部屋の窓だけだが、窓には太い金網がかかっている。

チョンは脱出を諦めなかった。頭をひねって方法を模索する。ひとりで家に閉じ込められているとき窓を注意深く眺めていたチョンは、思わず歓声を上げた。金網を固定する釘が、きわめて雑に窓枠に打ち込まれていた。釘さえ抜けば金網を丸ごと取り外すことができる。ひとりでいるときに倉庫から釘を外すための工具をひとつ持ってきて、ベッドの下にこっそり隠した。

チョンはわざとすべてを諦めたかのように、退屈だから散歩でもしましょう、と提案した。チョンを丸め込めば難なく売り払えると考えたのか、朝鮮族の女は文句も言わずに村の通りに出た。数歩後ろからは夫がオートバイを引いてついてくる。チョンの目的は、村から大通りに出る道を把握しておくことだった。頑強に抵抗していたチョンが心を変えたようで気をよくしたのか、女はおしゃべりを始めた。ありがたいことに、ここから青島はほんの2百キロほどで、大通りから東に向かえば青島に行けると説明してくれた。できるだけ青島に近いところに嫁がせてやる、と親切ぶって言う。チョンは無言でうなずきながら、道の方向や周辺の様子を頭の中に刻み込んだ。

チャンスは思いがけず早くやってきた。チョンを最も高く売り渡せる男を探して数日間あちらこちらを歩き回っていた朝鮮族夫婦が、村内で行われた結婚式から酔っ払って帰宅した。女はふらふらとよろめきながらもドアの施錠を忘れなかった。鍵をズボンと腹の間に挿し込んでチョンの部屋のドアを開け、眠っていることを確認してから夫と自室に引き上げた。

眠ったように息をひそめて布団の下に横たわっていたチョンは時が過ぎるのを待ち、こっそり寝床から起き上がった。今夜に限って明るい月の光が庭や部屋の中をこうこうと照らしている。逃げるには良いのかもしれないし、不利なのかもしれない。ベッドから工具を取り出して金網を固定している釘を抜き始める。思いのほか簡単ではない。手が切れて血が出たが、痛みは感じなかった。幸い金網を取り外すことができた。窓が音もなく開く。庭に飛び降りた。ひんやりとした夜の空気がむせるほどに押し寄せてくる。外の門にかかった大きなかんぬきを開ける数秒間が、数時間のように長く感じられる。ついに門が開いた。

チョンは両のこぶしをぎゅっと握りしめ、昼間に覚えておいた道に沿って夢中で走った。うっそうとした森の中央に、かすかに舗装道路が延びているのが見える。時折、車が通り過ぎる。そのたびに道の脇に身を隠した。ひとけのない静かな夜道はむしろ気が楽だった。

そうやって一晩中、朝鮮族の女が教えてくれた青島の方向に走ったり歩いたりを繰り返した。夜が明けると、道の脇の停留所にちょうど停まっていたバスにやみくもに乗り込んだ。どこに行くバスなのかは分からない。チョンは青ざめた顔でどうにか体を支え、繰り返し「チンタオ」とささやくように言った。じろじろ見ていたバスの運転手が手を広げ、百元出せと言う。あらかじめ用意しておいた金を渡すと、運転手はバスの後方を指差した。一番後ろの座席に隠れるようにうずくまって座るやいなや、前後不覚に眠りに落ちた。

青島に入ったチョンは、韓国語の看板をすぐに見つけることができた。最初に入ったのは韓国人が経営する食堂だ。そこで半年間働いて伝手を作り、韓国に来ることに成功した。

あのとき朝鮮族の夫婦に捕まっていたらどうなっていただろう？　会ったこともない中国の男やもめに売られていたら……。考えると鳥肌が立ち、くらくらする。幸いにも叔父がくれた中国の金5千元があったからこそバスに乗ることができ、青島で旅館に泊まりながら働き口を探せたのだ。

これまで叔父を訪ねようとしなかったのは、単に恨みのためだけではない。医師国家試験の勉強をしたり息子を連れてきたりと、本当に無我夢中で生きてきた。考えてみれば叔父にも、姪を顧みることができないやむを得ない事情があったのだろう。もう80を過ぎた叔父ではないか。いろいろあったが、韓国で叔父が生きているからこそ、この地に根っこがあるという心強さも感じていた。よし、叔父さんに会ったら何事もなかったように気持ちよく接することにしよう。チョンはベッドで寝返りを打ちながら心を落ち着かせた。

## 7

翌朝、チョンは病院で朝食を取ると、すぐに叔父の住む水原に車を走らせた。叔父の家は水原の中心部からかなり離れた閑静な村にある一軒家だった。古びた赤い煉瓦の家を、低い灰色のセメント塀が取り囲んでいる。小さな芝生の庭があり、片側に畝が数本ある菜園が見える。よくある農村の家屋だ。

塀の脇に車を停めると、叔父が木の門の外に出てきていた。危うく叔父だと気づかないところだった。13年前に中国に来たときは70代と思えないほど達者で若々しかった。しかし今チョンの目の前にいる叔父は、腰が曲がり年を取ってやつれた老人だ。一歩下がったところで叔母と思われる白髪の小柄な女性が笑っている。やはり叔母だと紹介された。二人にあいさつをするとき、叔父がちらりとチョンの車を眺め、それとなく尋ねた。

「新車のようだな。同じ値段ならグレンジャーじゃなく、外車にすればよかったのに。10年以上も医者をやってるんだろう？　ずいぶん稼いだんじゃないか？」

「ずっと中古車に乗っていて、去年一大決心をして新車を買ったんです。手ぶらで来て、これからようやく立ち上がろうというところなんですよ」

「確かにな。ところでおまえ、北朝鮮ではどんな車に乗っていたんだ？」

「もう、叔父さんったら。北朝鮮では車なんか持てませんよ。自家用車を乗り回すなんて、北では想像もできませんでした」

「ええっ？　北では車を持っていなかったというのか？　医者だったんだろう？」

「医者だからって車に乗れるとお思いですか？　北では偉い幹部しか自家用車に乗れないんですよ」

「北は医者の収入は高くないということか？」

叔父は本当に北朝鮮のことをよく知らないようだった。北ではどんな職業であれ報酬は似たり寄ったりで、配給とコメ数キロが買えるくらいの労賃にすぎないのだ、と説明した。それさえも供給が途絶え、医師なのに無報酬の仕事をしているも同然だったと。叔父は理解できないというように目をぱちくりさせた。庭に入り先に立ってドアを開け、玄関に入っていきながら叔父はまた尋ねた。

「じゃあ、どうやって暮らしているんだ？　働いても報酬がないなんて世界がどこにある？」

「どこって、北朝鮮ですよ。私も北ではとうてい暮らしが立ち行かなくて飛び出してきたんですから」

チョンは叔母を支えて家の中に入りながら答えた。叔父が革のソファに座り、頭を左右に振る。

「それなら、おまえの父さんは建築家だったというが、どんな暮らしだったんだ？　ここでは建築家は設計の注文を受けて図面を描いて金をもらうんだが」

「お父さんのときはまだ配給があって、飢えるほどではありませんでした。でも90年代に苦難の行軍が襲ってきて、配給が完全に途絶えてたくさんの人が飢え死にしたんです」

チョンは苦難の行軍について叔父に説明した。南の出身という首枷《かせ》のせいで父がどんな差別や苦痛、孤独にさらされて生きたのか、あの社会で認められようとどれだけ無理をしたのか、チョンの夫がなぜ死ぬことになり、チョンがどうやって暮らしてきたのかをとめどなく話した。叔父に話す機会を待っていたかのように……。叔父はじっと目を閉じてチョンの話を静かに聞いていた。叔母が運んでくれたコーヒーをひと口飲んで、叔父が言う。

「北朝鮮についてはよく知らないが、おまえの父さんはなんとも気の毒だという気がするな。おまえの父さんは、おれにとっては頼もしくて良い兄さんだった。だから兄さんに会えるというので、とるものもとりあえず延吉に向かったんだ。今だから言うが、実はおれはあのとき、やっていた事業が失敗してひどく苦しかった」

「あのとき、あなたの叔父さんは中国行きのお金を人に借りて行ったのよ。とても姪を助けられる状況じゃなかったの。私たちも本当に苦しかったんだから」

叔母が言い添える。チョンはびくっと身を震わせてうつむいた。突然涙があふれ出した。悲しみや怒りからではなかった。

「中国の延辺まで来て、私のブローカーの費用を払ってくださって本当にありがとうございました」

「うん、その話はやめよう。それでもおまえは韓国に来られたんだから、本当に良かったな」

叔父は話を変えた。あれこれ話をしていると、いつの間にか昼食の時間になった。叔母があらかじめ用意していたのか、盛り沢山な昼食が出た。たっぷりと太った叔母は、歩くのは遅いが料理の腕はたいしたものだ。叔父の事業が失敗したとき、叔母がその腕前で食堂をしながら借金を返し、どうにか乗り切ったという。

食後はチョンが腕まくりをして洗い物をした。手をつけたついでに家のあちらこちらの掃除もして、庭をきれいに整理する。叔母が何度か止めたが、叔父はやらせておけ、と言った。寒いのに叔父は窓を開け、チョンがあれこれ庭をいじり回す様子を嬉しそうに眺めていた。初めて来た叔父の家が、こんなに居心地がいいとは思わなかった。北で両親が生きているときに実家に遊びに行ったときのような気分だ。チョンにも週末になれば遊びに行ける家ができた。いつも心に留めて、気軽に電話で連絡し合える家族ができたというわけだ。まだ不慣れなことも多い南の地で、これは間違いなく幸せなことだと思った。

# 8

「今ね、うちの人が病院に来てるの。ずっと足が悪かったんだけど、ひどくなってね」

叔母の電話を受けたのは、初めて叔父の家に行ってから数カ月が経ったころだった。チョンは病院にわけを話し、叔父のいるサムスン医療院に向かって急いで車を走らせた。

これまでチョンは暇さえあれば叔父の家に行っていた。義務というのではなく、ただ行きたかったのだ。無愛想な叔父だが、それも好ましかった。叔父の身振りや言葉遣いに父と同じところを見つけては、手をたたいて笑った。同じ遺伝子を共有し、父と錯覚するほどに叔父はチョンの心の奥深くに入り込んだ。今では家に帰る前にためらわず叔父を抱擁し、子どものように甘えるようになった。叔母はおかずの一つでも持たせようと心を砕いてくれる。叔父はベトナム参戦勇士ということで、毎月国家から補助金が出ている。叔母が食堂をやりながら払ってきた年金のおかげで老後をなんとか暮らしている。ずっと韓国で生きてきた叔父の人生も、父に劣らず熾烈《しれつ》で厳しいものだったことをチョンは知った。

「おまえの父さんは勉強も運動もよくできて、両親やおれにも本当によくしてくれた。そんな父さんの子どもだから、おまえも賢くて生活力があるんだな」

叔父は何度も言った。叔父は医者をやっている姪だと、チョンを村じゅうに自慢して回った。おまえは根っこが韓国にあるんだから脱北者ではないんだと、微笑ましいこじつけを言ったりもした。叔父はいつしかチョンに頼り切るようになっていた。

サムスン医療院に着くと、叔父は外科病棟の椅子に窮屈そうに座っていた。チョンはすぐに担当医に面会した。診断名は腰椎脊柱管狭窄症だという。普段から脚がしびれると言っていたので、チョンも予想していた病名だ。叔父は痛いのは嫌だから手術してくれと頼んだが、医師は手術しないでもう少し治療してみようと言う。チョンも医師の意見に同意した。80歳を超えた叔父には手術よりも消炎鎮痛剤と筋肉弛緩剤を使い、理学療法を並行して行うほうが良さそうだ。

担当医の意見には意地を張っていた叔父は、チョンが説得すると素直に従った。脚がしびれて歩きにくい叔父をチョンと叔母が両側から支えた。叔母も歩くのが遅く危なっかしい。叔父が妻の手を押しやって言った。

「おまえさんは役に立たん。一人で歩きなさい」

叔父はチョンに頼ってゆっくり歩みを進めた。前方を見ながら何気ないふうに尋ねる。

「ほら、あのときのことだがな。朝鮮族の女に……、だから、あのとき……どうしたんだ？」

「ああ、あのときですか。私を誰だと思っているんです？　叔父さんの姪ですよ。逃げたんです。とても賢く痛快にね」

チョンは金槌で殴られたようにびくっとしたが、わざと軽口をたたいた。

「うん、本当に良かった。良かったな」

切り出した話で固くなっていた叔父の体が緩んでいくのが感じられた。叔父の腕をつかんだチョンの手に、叔父のもう一方の手が重ねられる。分厚く温かい叔父の手がチョンの手をしっかり握る。こんなことは初めてだ。叔父は冗談めかして言った。

「チョン先生、ソーリー」

チョンがけげんな表情で見ると、叔父は視線を避けてぶっきらぼうに言った。

「叔父さんが悪かったよ」

「いいえ」

顔をそらしたチョンの目の縁に露が光った。

# 青い落ち葉

# 1

朝、同居女性とひどく言い争った。いや、言い争うという次元ではなかった。まるでどちらがお互いの心を深く傷つけられるかを競い合うように、酷い言葉を浴びせ合った。私はついに言ってはならないあの言葉を口にした。

「恩知らずの性悪女め。人間らしい暮らしをさせてもらっておいて今度は裏切るのか？　脱北者のくせに、よくもこの俺に刃向かえるな」

脱北者のくせに、という言葉にミソンは最も敏感に反応した。顔を真っ赤にして、周りにある衣類やら化粧品やらを手当たり次第に投げつけてきた。私は次々と口をついて出てくる罵詈《ばり》雑言に舌を噛みつつさらに大声をあげ、結局家を飛び出した。しかし行く場所などなかった。あのような修羅場の中でも財布をポケットに入れておくという習慣は、ミソンとの暮らしの中で身についた行動だ。

私はいつものように家から遠くない公園に向かった。公園の休憩所に集まって暇そうに将棋を指している老人たちの方に自然と足が向かった。乾いた笑いが鼻から漏れた。以前はなるべく近くに寄らないように早足で通り過ぎていたあの将棋の集団。私はミソンと公園を散歩するときは老人たちを避けていた。精一杯背筋を伸ばし、20代の彼女と並んで歩いた。美しい花にミソンが声をあげ手を叩くと、私も大袈裟に喜んでみせた。しかし若さあふれるミソンの背中で艶やかに波打つ長い髪を見ていると、奇妙な妬ましさとやるせなさが込み上げてくるのだった。

ミソンと私は23もの歳の差があった。倍近く年上の私がミソンと7年も同居している様子は、誰が見ても奇異に映ることだろう。周りの人間に犯罪者だと指さされるかもしれない。しかし犯罪を働いたわけでもなく、私たちは運命のように結ばれる因縁だった。信じようが信じまいがこれは事実だ。

ぶつくさ言いながら家を出てきたものの、いざとなるともの悲しい気分になる私だった。行くところもなく頼るところもない惨めな中年男。前の妻と子どもとは連絡が取れなくなって10年経った。兄弟に連絡するのもみっともなかった。

夕方までやることもなく公園でぶらぶら過ごし、チムジルバン【浴室、サウナ、休憩室のある温浴施設】に入った。私はミソンからメールが来るのを今か今かと待ち構えていた。ビニール袋で包んだ携帯を風呂場に持ち込み、幾度となく画面を確認した。

「そこのじいさん、早く帰っておいで。次やったら終わりだよ」

ひどい喧嘩をしても、2日ほど経てばお決まりのメールが必ずやってくるのだ。さあ早く来い。どうかメールを送ってくれ。心の中で謝りつつ、もう二度としないと心に誓う。いくら揉めても以前は連絡が来る自信があった。しかし今回だけはなぜか不吉な予感があった。二度と連絡が来ないのではないか。何か背筋に寒いものを感じた。後悔の念が頭をぐるぐる回る。なるべくミソンの機嫌を損ねないよう無難に暮らそうといつも思っているのに、一旦こじれると声を荒らげてしまうのだ。

家もなく自分の食い扶持すら稼げない50代前半の男が、美しく若い女性の賃貸マンションに転がり込んでおいて、なぜこれほど傲慢なのか、自分でも愚かだと思う。

私はどんどん老いていき、ミソンはますます魅力的な女になるだろう。果たしてこの同居生活は続くのだろうか。こうなった以上この辺りで関係を整理しようか、と理性を奮い立たせようとする。しかしミソンと永遠に会えなくなると思うだけで、心の壁がガラガラと崩れ落ちていくような気持ちになるのだった。全身の力が抜け、座り込みそうになる。これほどまでにミソンは私の奥深くまで根を張っているのか。二人の関係は一体なんなのだろう。愛か。義理か。それとも憐れみか。

いつの日からか、私の愛情表現をミソンが負担に感じているのがわかった。私の感情は本当に愛なのだろうか？　普通に考えて、ミソンは愛らしい女性であることは事実だった。愛らしくないわけがない。人生の後半に若く美しく賢い女性と一緒に暮らせるなど、かつては考えてもみなかった。2人の子どもをもうけた前の妻は、私と同い年だった。

翌日の夕方、ミソンのメールは思いのほか早く来た。家の近くの喫茶店に来るようにということだった。いつもなら帰ってこいと言うのに今回は喫茶店か。ちょっと残念だがそれでもホッとした。言われた時間より1時間も前に喫茶店に来てミソンを待った。妙な胸騒ぎがした。涙が溢れてきた。目頭を拭いつつ「馬鹿馬鹿しい」と呟いてみた。

突然窓の外にすらっとしたミソンの姿が現れた。ジーンズに白Tシャツのカジュアルな姿だった。肩にかかる長いストレートヘアにつばのついたピンクの帽子を深々とかぶっている。私は思わず席から立ち上がり、慌てて座り直した。ドアを開けて入ってきたミソンは私をすぐに見つけたが、店の端の方の席に座った。「何でだよ」とぶつぶつ言いながら私もミソンのテーブルに移り、向かいに腰を下ろした。

私は用意しておいた謝罪の言葉を口に出そうと、まず咳払いをした。しかし許しを乞うつもりだったはずが突然気が変わり、自然と肩に力が入った。コップをいじっていたミソンの左手の小指が目に入ったからだ。先の潰れた、爪のないその指を見るたびに、私はいつも妙な自信を取り戻すのだ。卑怯かもしれないという考えが一瞬脳裏をよぎったが、潰れたその小指はミソンへの私の虚勢をいつものように後押しした。私はミソンが口を開くのを待ち構えた。

ミソンの白く小さい顔に表情はなかった。薄い唇はそう簡単に開くものかと固く結ばれていた。俯《うつむ》いた長いまつ毛に瞳が覆われ、表情は窺い知れなかった。かなり時間が経ってやっと私を一瞥し、口を開いた。

「もう終わりにしましょう」

低く冷たいトーンだった。しかし、しょっちゅう聞いていた怖くもない言葉だった。平気なふりをして私は諭すように言った。

「夫婦がそんなことを簡単に言うものじゃないよ」

「夫婦?」

ミソンが軽く鼻で笑った。

「じゃあ離婚しましょうよ。法的な夫婦じゃないし、口頭で離婚できるわよね」

「夫婦喧嘩は水を刃で切るようなものだ【犬も食わない】と言うじゃないか。年上のくせに俺がバカだったよ。ちょっと神経質になりすぎたみたいだ」

私はいつの間にか許しを乞うていた。ミソンはようやく私を見つめた。丸い瞳の奥にある冷たい光が怖かった。シワひとつないつるりとした顔に、私は気後れした。怒気を含んだ冷たい言葉が次々と弾丸のように飛んできた。

「もう終わりでいいわよ。いくら努力しても限界があるのよ。認めなさいよ」

緊張で体が震えた。ミソンの言葉を制止しようと急いで口を開いた。

「俺が悪かったって。本当に。もう言わないから。外で働いていれば男と会うこともあるだろう。家にばかりいるからくだらないことが気になってしまって。本当にごめん」

長々と言葉を重ね、事態を収拾しようと躍起になった。ミソンは何も言わず通帳を押し付けてきた。

「今まで貯めてきたお金を半分に分けたの。おじさん《アジョン》と私で一緒に稼いだお金だから」

胸に突き刺さる言葉だった。こんなことは今までなかった。

「俺が間違っていたよ。こうして謝っているじゃないか。もう言わないから」

「おじさんの荷物は管理人室に預けたし、玄関の暗証番号も変えた。もう来ないで。お願いだから」

きっぱりとしたミソンの言葉が遠くから聞こえてくる気がした。

「もう絶対におじさんとは暮らさない！」

ミソンはさっと立ち上がり勢いよくドアに向かって歩いて行った。私は体の力が抜け、ただぼうっと外を眺めるだけだった。ミソンを追いかけて引き止めなければ、と頭では考えるものの、金縛りにあったように体が言うことを聞かなかった。これはいつもの喧嘩の終わりのシーンとは違うと気づき、悪寒が走った。

「恩知らずめ。誰のおかげであの地獄から抜け出て韓国に来られたと思ってるんだ」。陳腐な台詞が頭に浮かびかけたが、あまりの稚拙さに自分でも馬鹿馬鹿しくなった。もどかしさと怒りがないまぜになり、涙が込み上げてきた。とりあえず喫茶店を出た私はしばらくうろついたあとチムジルバンに向かった。簡単にシャワーを浴び、休憩室の隅に頭を突っ込み横になった。改めて自らの境遇を呪った。涙が溢れ出て止まらない。人生を無駄遣いした悔恨と失望で胸が張り裂けそうになった。

長男が大企業に就職したという噂をふと思い出した。上の子は昔から勉強がよくできた。かといって、はるか昔に別れた息子を訪ねて行って金を無心するなど、とてもできない。子どもたちに会いたい気持ちが胸を締め付ける。孤独感で震えが止まらない。このまま死んでも誰一人として泣いてくれる人はいないだろう。ミソンがどれだけ自分にとって大事な存在だったか、今更ながら身に染みた。

己の身の程もわきまえず、何の考えもなく不満を口にするとは、なんてバカだったんだろう……自責の念が脳裏を交錯する。一人残された今後が怖くなった。ミソンがもし再び自分を受け入れてくれたら、どんなことでも我慢してみせる。私は急いで携帯を手に取った。電話をかける勇気はなく、メールでミソンに助けを求めた。お願いだから会ってくれ、と懇願した。返事はなかった。通話ボタンを押してみると、受信拒否します、という寒々しいアナウンスが流れてきた。感傷や興奮などの感情は、もう私には贅沢なものだった。今後の身の振り方を落ち着いて考えねばならない。

## 2

ミソンを初めて知ったのは8年前、中国でのことだった。かつて私はかなり大きな食品会社を経営していたが、アジア通貨危機【1997年のアジア各国における自国通貨の急落のこと。韓国もIMF(国際通貨基金)

などから支援を受けた】の影響で事業を畳むことになった。辛うじて自分の家だけは守ることができた。妻の必死の財産管理により何とか残せた家だった。借金で火だるまになった友人たちに比べればまだ軽傷だった。

当時、息子2人は中学生だった。どうにか稼がないと、と焦った。家を担保に借金をして中国市場に打って出た。日本料理の調理師資格を持っているのだから、韓国で料理長として人の店で働いてはどうかと妻は必死で止めた。私は聞かなかった。中国でのビジネスチャンスに対する誘惑を振り払うことはできなかった。

中国に何度か出入りして自分なりに市場を把握し、青島に食品の中継貿易会社を設立した。中国での事業に自分の生死をかけた。中国でひとり暮らししながら、常に生きるか死ぬかの勝負だった。最初の数年間、それなりに事業は順調だった。しかし関税と人件費が上昇し、次第に窮地に陥った。すでに会社が傾いてきた頃、通訳兼経理を担当していた朝鮮族の社員が会社の金を横領し逃亡した。警察に通報したが、公安は中国人の味方だった。経理は海に投げ込まれた石のように広い大陸の中に身を隠した。

会社をただ同然で引き渡すことになり、ソウルの家も借金返済のために売ることになった。妻は子どもたちを連れて一山《イルサン》の実家に帰った。同時に私に離婚を要求してきた。夫婦で手を取り合い一緒に頑張ろうと電話越しに必死で説得したものの、反応はなかった。

離婚書類に印鑑を押した日、青島で有名な飲み屋に行った。それまで事業のために節約を徹底していたので、飲み屋とは縁がなかった。今日だけは高い個室を取り、派手に酒を飲もうと決めた。「ホステスを呼びますか?」とのウェイターの問いに私は大きくうなずいた。財布の中身が心許ないことを一瞬思い出したものの、腹を決めた。何もかも失ってしまった以上、飲み屋で一晩過ごしたからといって自分の境遇に変化などあるものか。黄金に光る虎が描かれた派手なソファーに座り、立て続けに酒を飲み干した。現実を忘れたかった。

「おい、ホステスを呼んでこい!」。私は大声で叫んだ。

まるで返事をするかのように、重厚な茶色のドアがわずかに開いた。乱暴に誰かに背中を押され、ホステスが入ってきた。やっと20歳になるかならないかぐらいの綺麗な娘《アガシ》だった。こうした飲み屋に似つかわしくない雰囲気の娘だ。客に愛嬌を振り撒き媚びたりすることも知らないようだった。立ったまま私の様子をチラチラ覗っている。ちょっとがっかりしたが、娘に文句を言うほど私は酔っていなかった。こちらに来いと手招きした。

恐る恐る横に座った娘は最初の印象とは違い、慣れた手つきで酒を注いだ。私も1杯注いでやり、飲むよう勧めた。娘は飲むか迷ったが、少し飲み込むと顔をしかめた。やはりまだ慣れていない。身につけた拙い中国語で何歳かと聞いた。娘はさらに下手な中国語で19歳だと答えた。

「お前、もしかして朝鮮族の娘か?」

私は韓国語で聞いた。娘は一気に目を丸くして、小さくつぶやいた。

「えっ、じゃあおじさんは南朝鮮の人?」

韓国語ではあるが南朝鮮という単語とイントネーションに私はギョッとした。韓国人を南朝鮮人と呼ぶのは北朝鮮人以外にいない。それまで北朝鮮人を見たことがなかった。酔いが覚めた。警戒のアラートが後頭部に響き出した。私はすぐさまウェイターを呼ぼうと立ち上がり、「おい！」と叫んだ。娘は私の腕にしがみつき哀願した。

「おじさんに追い出されたら、殴られてしまいます。お願いだから追い出さないで」

子鹿のような澄んだ瞳に浮かぶ涙を見ると、ウェイターを呼ぶことはできなかった。再びソファーに座り、一気に酒を飲み干した。そして単刀直入に尋ねた。

「お前は北朝鮮の娘だな？」

娘はうつむくと、力なく頷いた。

「北の娘はこうやって中国の飲み屋で働くのか？ 北から工作員として派遣されたのか？」

私は尋問するかのように聞いた。矢継ぎ早の問いに、娘は口ごもった。大きな瞳から涙が次々溢れ、頬のファンデーションがまだらになった。絞り出すような声でようやく脱北者だと告げた。

「脱北者？」

いつかニュースで聞いた記憶があった。それまで脱北者について知らなかった。北朝鮮に関心がなかったし、他の星のことぐらいにしか思っていなかった。北朝鮮人は宇宙人と同じくらい遠い存在だった。

「北から逃げてきたということか？」

「はい……」

「なんで逃げてきたんだ？」

娘は唖然とした表情で私を見つめると、落ち着いた声で答えた。

「母は病気で亡くなり、父は餓死しました」

　思わず姿勢を正した。思い切り酔って少しでも現実から逃避しようと訪れた飲み屋で人を慰める羽目になるとは。

「南朝鮮のお客さんは今日が初めてです。言葉の通じる人に出会えて本当に嬉しい。今まで中国人ばかりを相手にしてきてしんどかったから」

　最初の印象とは違い、伝えたいことをしっかりと話す娘だった。重い話で気分は乗らなかったが、話すなとは言えなかった。誰かの悩みなど聞いたり同情したりする立場にない私だったが、気が向かないながらも娘の話に耳を傾けるしかなかった。

「私は朝鮮では新体操を専攻する体育大学の学生でした。国際試合にも2回出たんですよ。でも苦難の行軍で我が家の生活が苦しくなって大学を辞めることになって。そして両親を亡くしました。中国に行けばお腹いっぱい食べられるとブローカーに言われて脱北しました。でも女を食い物にする悪い業者に引っかかって。豆満江を渡り中国ブローカーに引き渡されてからは監禁されて、その後飲み屋に売られたんです。1年の間に3回も飲み屋に売られて転々としました」

　酒を飲む気持ちがすっかりなくなり、次第に不安な気持ちになった。初めて会った北朝鮮の娘の話は聞けば聞くほど恐ろしいものだった。人身売買などという言葉は本でしか知らなかった。まさか売られた本人を目の前で見ることになるとは。

　娘は左手を私に見せた。小指の先が潰れて爪がなくなっていた。以前いた飲み屋で3回目に逃げ出した時、ヤクザに金槌で殴られたものだという。

「お客の接待に失敗すると、また他の飲み屋に売られてしまうかもしれないんです」

娘はまたしくしく泣き出した。死ぬほどこの仕事が嫌いなのだと感じた。私は思わず深いため息をついた。助けてやりたい気持ちはやまやまだが、かといって私に何ができるだろう。お先真っ暗なのは自分も同じだった。こちらの表情を窺っていた娘が突然すがりついてきた。

「私を助けてください。ここではすべては話せないから、静かなところに行って私の話を聞いてほしいの。相談させてください。お願い。今夜私を買って」

急展開に私は慌てた。

「俺には人を助ける余裕はないんだ」

娘はむしゃぶりついてきた。

「言葉の通じる人は初めてなんです。おじさんは世の中のことよくわかっているでしょう? 相談したいんです。今夜私を買ってください。どうかお願い」

娘がどれだけ恐ろしく孤独な境遇にあるか少しわかった気がした。これ以上拒むことはできなかった。財布の金をはたき、モーテルに向かった。人相の悪い男2人が我々の後ろからついてきた。

モーテルに着き、あらためて見ると娘はとても美しかった。新体操専攻というだけあって、スラリとしたスタイルはモデルのようだった。色白で小さい顔はとても純真そうに見えた。飲み屋のソファーより、キャンパスのベンチの方が似合いそうだ。黒い瞳の奥から漂う不安の色に気づきさえしなければ。

金をはたいて娘を買ったものの、すぐに手を出すのは気が引けた。一旦酒を飲もうと座った。飲み屋でひたすら助けを求めた娘は、今はグラスをいじりながら私の顔色を窺っている。

「それでどんな相談をしたいんだ?」

「もしうまく逃げられたら、外でどういうふうに暮らせばいいと思いますか?」

「えっ? 中国語もできないし、すぐにばれるに決まってる。脱北者なら不法滞在だろう」

「はい、公安に捕まったら無条件で北朝鮮に引き渡されます。そして監獄に行くことになります」

「飲み屋から逃げられるものなのか? 逃げたとしてもどこでどうやって暮らしていく? 不法滞在者だから好き勝手に外を歩けないだろう?」

私は尋ねた。私の境遇も相当だが、この娘の状況はさらに困難を極めていた。

「逃げさえすればどうにか生きていけると思うんです。青島には韓国の会社と食堂が多いんでしょう? 脱北者たちがそういうところで働いていると聞いたことがあります。おじさん、ちょっと助けてくれませんか?」

胸がちくりと痛んだ。私は慌ててかぶりを振った。

「ダメだ。俺はお前を助けられるような立場にないし、力もないよ」

「南朝鮮の人はお金持ちのはずなのに。嫌なら仕方ないですね」

つんと澄ました表情をすると、娘は投げやりに服を脱ぎ出した。金で自分を買ったのだから好きにしたら、という態度だった。内心腹が立った。こちらだって今すぐ死にたいぐらいの状況なのに、どうしろというんだ。乱暴に娘をベッドに引きずっていった。娘は黙って私の欲求に応えた。散々自分の欲求を満たすと、私は少し落ち着いた。娘を抱いてベッドに横たわり、しばし考えを巡らせた。

「今まで何回も逃げたのに、うまくいかずに捕まって指まで潰してしまったんだろう？　それなのになんでまた逃げようとするんだ？」

「確かに逃げるのは簡単じゃない。飲み屋に入ると自由に外には出られないんです。今もモーテルの外でヤクザが2人見張っているでしょう？　お金を払えば解放してもらえるけど、大金です」

「大金ってどのくらい？」

つい尋ねてしまった。娘は目の色を変え、私の首根っこにしがみついた。

「もともと私の値段は1万5千元だったけど、3回売られて3万元になったらしいんです。飲み屋のオーナーは2倍払えば解放すると言っています。私には絶対無理です」。一息にまくし立てた。

まるで私が自分を助けてくれると確信したかのように、娘は必死にすがりついてくる。6万元は韓国ウォンでは1千万ウォン程度だった。事業が軌道に乗っている頃であれば出せる金額だったが、今の私には大金だ。流石に腹が立った。

「悪いが俺にはそんな余力はないんだ」

期待をもたせてはいけないと思い、冷たく言い放った。娘は長いため息をつき力なく頷いたあと、しばらくして黙って服を着始めた。

「私帰ります。これ以上いたらおじさんがもっとお金を払わないといけないから」

娘は部屋を出る前に名残惜しそうに振り返った。私は見ないふりをして素早く目を閉じた。

3

借りていた青島のマンションを整理したところ、約2千万ウォンの保証金が戻ってきた。この金があれば娘を身請けできるだろう。これは自分に残った最後の全財産だったが、韓国に帰っても賃貸の屋上部屋ぐらいは借りることができる。

しかしやたらと、北朝鮮娘のあの哀願する眼差しが脳裏をよぎるのだ。冷静になって忘れようと思うのだが、あの飲み屋につい足が向かってしまった。特に良い方法を考えついたわけでも、何か腹に決めたわけでもない。ただ娘のことが気になってしかたなかった。もしあの後うまいこと逃げたり、良い人に出会って助け出されたりしていたらいいのに、という漠然とした期待があった。しかし北朝鮮娘は飲み屋にいた。私を見て飛び上がるほど喜んだ。

「私、おじさんがくるのを指折り数えて待っていたんです。もう2度と来ないのかとものすごく心配で」

「俺はお前を助けてやれる人間じゃないといっただろう?」

「おじさんに折入って相談したいことがあります」

娘は私を自分の保護者であるかのように接してきた。私はつい眉間に皺が寄った。来るんじゃなかった。

「お金で助けて欲しいんじゃないんです。ただこの間みたいに相談できないかなと思って」

娘の言葉を聞いてやるしかなかった。またモーテルに向かった。娘はなぜか3階の部屋にして欲しいと頼んだ。モーテルに入るや、息を切らしながら言った。

「逃げる方法を考えたの。今みたいに飲み屋の外に出ている間に逃げるんです」

娘の単純さに呆れるほかなかった。

「外でヤクザが見張ってるじゃないか」

「方法があります。でもおじさんの助けが必要なの」

鳥肌が立った。海外ではヤクザは外国人を殺すことに躊躇《ちゅうちょ》がないというのは常識だ。娘を飲み屋から脱出させるということがどれだけ危険なことかは想像できた。薄っぺらい同情心で娘にまた会いに来たことを後悔した。すぐにモーテルを出ないといけない。私はサッと立ち上がった。その行動を自分への共感と勘違いした娘は、ぴったり私に寄り添い熱く語った。

「散々考えたんです。おじさん、今日私を助けてください。恩を忘れず一生感謝しますから。本当にお願い」

私は一歩下がって冷たく言い放った。

「何か勘違いしているようだが、俺はお前とはなんの関係もないただの客だ。この前も言ったが、お前を助けるどころか自分のことで精一杯なんだ」

「お金で助けて欲しいんじゃないの。逃げる方法があるんです」

娘は慌てて前に立ち塞がった。

「じゃあモーテルのドアの前で見張っているヤクザを振り切って一緒に逃げようとでも？　俺は若くないし、そんな技もないよ」

私は脱いだジャケットを再び着てすぐに出ようとした。娘は私の前にひざまずき哀願した。

「おじさん以外に助けてくれる人はいません。今が最後のチャンスなんです」

私は娘をぐいっと押し退けた。

「うるさい。俺は落ちるところまで落ちた人間なんだよ」

娘が怖くなった。北朝鮮の女はこんなにあざとく執拗なのかと思った。一刻も早くここから抜け出さなければと体を反転させた。娘は必死に私のズボンをつかみ、すがりついた。

「お願いだから最後まで話を聞いてください。私が考えた逃亡方法が可能か、それだけ相談させてください」

仕方なくベッドの端に腰掛けた。

「わかったよ。じゃあ話だけ聞こう」

娘は唾をゴクリと飲み込み、私のズボンをギュッと握ったまま早口で言った。

「映画みたいに逃げるんです。映画でやっている通りに」

「何？　映画の通りに？」

失笑を禁じ得なかった。こんな単純で無邪気な発想で、よくも命懸けの脱出を企む気になるものだ。しかし娘の表情は悲壮だった。

「北朝鮮で見た映画で、偵察兵が3階の部屋でベッドのマットレスカバーを切ってロープを作って、それを窓から垂らして脱出するんです」

「えっ？　マットレスカバー？」

私は驚いて、ついベッドの上の白いマットレスカバーを掴んでしまった。

「はい、だからさっき3階の部屋をお願いしたんです。1階の窓はヤクザが見張っている。でも3階の窓までは確認しません。そしてこの部屋は出入り口とは反対側にあるから、簡単に逃げられるんじゃないかと思って」

ようやく娘の言葉が単純な発想ではないことがわかった。無謀なことこの上ないが、可能性がないわけではない。私はためらった。再び考えを巡らせた。本当に成功する可能性があるなら助けてやらないといけないのではないか。心を落ち着けて窓を開き階下を覗き込んだ。モーテルの部屋から漏れる薄暗い灯りに照らされ、かすかに裏通りが見える。幸いこの建物には塀がなかった。窓の下がすぐ裏通りに面している。少し冒険心が発動した。ベッドに腰掛けしばし考えた。

「わかった。お前が先に降りてもし見つかったとしても、俺は寝たふりをする。お前は俺が酒を飲んで寝ている間に脱出した、それでいいな?」

大した効果はないが、そのぐらいの安全装置を仕掛けておかないと勇気が出そうにない。娘は涙を流し、何度も感謝の言葉を口にして深く頭を下げた。あとで考えると、どうやってあの時こんな無謀な決断をしたのか理解できない。

とりあえず夜が更けるまで待つことにした。まずドアをしっかり閉めて、剃刀の刃でマットレスカバーを切った。そして3本の紐を三つ編みのように編んだ。1本では切れてしまう可能性があった。布団カバーも動員して、かなり長いロープが完成した。もう後戻りはできない。私たちは一睡もできずに電気を消したまま窓の外を見つめていた。窓の下の裏通りにヤクザがいないか神経を張り巡らせた。夜が更け、次第に人々の往来が途切れてきた。1階と2階の部屋の窓の灯りも消えた。みんな眠りについたようだ。

私は窓を開け､試しにロープを下ろしてみた。幸い地面に十分に届く長さだった。ロープの端をベッドの脚に何重にも縛りつけ、ベッドを窓の下の壁にぴったり押しつけた。やたらと脈打つ鼓動を必死で鎮めると、娘に言った。

「まずお前が降りろ。上から俺がロープを掴んでいるから。できるだけ遠くに逃げるんだぞ」

「嫌です。おじさんも降りてきてから一緒に逃げます」

「先に逃げろって」

私は怒鳴りつけた。娘は目に涙を溜め、頑なに拒否した。

「だったら逃げません」

「このバカが。じゃあやめればいいだろう」

カッとして怒鳴ったが、娘はどうしても一緒に逃げると言って聞かなかった。娘は降りたあと下で隠れて、私が降りてきたら一緒に逃げることにした。もう心変わりはできない。ロープの反対側の端を娘の足首にきつくぐるぐる巻いた。娘を抱き上げ窓の外に出して、ロープを引っ張りながら少しずつ緩めていった。元体操選手らしく、娘は足の裏を壁に押し当てながらバランスを取り、するする素早く降りていった。身の毛がよだつほどの興奮の中、ついに娘は地面に降りた。私は早く逃げろと合図をした。娘は道の外に隠れた。ロープがしっかり結ばれているか再度引っ張って確認してから、私もロープづたいに降りていった。

今までこれほどまでにスリリングで無謀な挑戦をした試しはない。考える間もなく勢いで断行したが、命をかけた行動だった。天の助けか、私たちはその日冒険に成功した。脱出後に、娘の名前がミソンだと知った。

私は飛行機に乗り韓国に帰ればいいだけだが、不法滞在者のミソンは韓国に一緒に行くことはできない。当座住む場所も行くあてもなかった。仕方なくミソンのいた飲み屋からはかなり離れたワンルームを探した。

その日から私たちは自然に同居を始めた。私よりもミソンが同居を望んだ。最初は仕方なく一つの家で生活し始めたが、次第に私もミソンに依存することになった。だからといって、ずっと一緒に暮らそうなどという具体的な約束があったわけではない。二人とも今後のことを簡単に約束できる状況になかった。

ミソンは無条件に私に従った。私への信頼が重すぎて、とても裏切ることなどできなかった。逃避生活を長引かせることはできない。金は数カ月で底をつくだろう。私の事情を知った途端、ミソンは目に涙を浮かべた。自分が食堂で働いて金を貯めると提案した。

私はすでに帰国準備を終えた状態だった。これ以上いたら私も不法滞在者になってしまう。一旦私が先に帰国して、これからのことを模索することにした。わずかばかりの金を残して、取り急ぎ中国を発った。

中国を離れる日、ミソンは私にすがってずっと泣いていた。自分を捨てないでほしい、必ず連絡してほしいと哀願した。しかし私は必ずまた来ると約束することはできなかった。やっとのことでミソンの手をふり解き、その家から飛び出してきた。できるだけミソンから遠ざかろう。うわの空で歩き出した。

夏の終わりなのに、晩秋かと思うほどの急な寒さだった。前日の夜に強風が吹き、雨がひどく降ったためか、街路樹の枝が折れていた。びしょ濡れになった木の葉が地面に積もっていた。まだ枯れていない青い落ち葉だった。私は立ち止まり、まだ青い葉がしっかり付いている銀杏の木の枝を拾った。あの若さで冷たく固い霜に降られ、惨たらしく世間に放り出されたミソンの姿と重なった。しかし、いくらミソンが愛おしくてもどうにもできない。可哀想なのは私も同じだ。私は逃げるように韓国に帰った。

## 4

韓国に帰っておおよその身辺整理をし、兄弟や友人たちの助けで屋上部屋を一つ借りることができた。ひと月はミソンのことを考える暇はなかった。自分のことで精一杯だった。ミソンからこちらに連絡はできない。私の韓国の電話番号を知らないからだ。

日雇いで働くあいだ、韓国に定着した脱北者の実態を知った。そして脱北者を韓国に連れてくるブローカーと偶然知り合った。彼も脱北者だった。3百万ウォンの費用を出せば、責任持って連れてくると言っていた。私に3百万ウォンは大金だ。ブラックリストに載っているため銀行から金を借りることはできない。考えた末、春川《チュンチョン》にいる妹を訪ねた。兄の不憫な境遇を知ってか、快く金を貸してくれた。

北朝鮮の娘を連れてくるなどやりすぎではないかと思ったが、自分を止めることはできなかった。ブローカーと約束してミソンの住所を教えた日、震える指で中国の電話番号を押した。

ミソンは素早く電話をとった。「もしもし?」と聞き覚えのある声が聞こえた途端、なぜか涙が込み上げてきた。聞きたかった声だった。それまでのミソンに対する健気な努力が報われたからだろうか、自分自身に感動した。どなたですか、と問う声に「俺だよ」とひとこと言った。

「おじさん? おじさんですよね?」

「そうだ、俺だ。今まで大変だっただろう?」

中国の地で、ミソンが子どものようにわんわん泣きじゃくるのが受話器越しに聞こえた。

そうやってミソンは韓国にやってきた。ミソンがハナ院を出て、政府が割り当てた賃貸マンションに入居した日、私はミソンの家に駆けつけた。ミソンはドアを開けるやいなや私に抱きついて「おじさん!」と声を上げげた。私たちは長い間離れ離れになった夫婦のように再会を喜びあい、その日の夜を以前のように過ごした。

ミソンは私の状況を聞き、すぐに引っ越してくるよう言った。これからは自分が稼いでおじさんを養うと言った。まっすぐで純粋な気持ちに胸がジーンと熱くなった。しかし迷った。まだ韓国の実情を知らない純真な娘だ。中国にいる時より大人になったが、それでもまだ20歳にしかならなかった。満開のイチゴの花のように清楚だった。素敵な男性に出会い、いくらでも再出発できるだろう。40代中盤に差し掛かった自分と暮らすというのはどう考えてもおかしいことだった。父と娘にしか見えないだろう。ためらう気持ちがあった。

しかしミソンは強引だった。おじさんに対する恩は一生のものだし、おじさんが好きだから一緒に住みたいと言い張った。韓国に来て住むところもできたから、2人で稼げばいくらでも良い暮らしができるだろうと言った。真心を感じた。私と住むのが当たり前だと考えているようだった。

利己心がなく、義理堅いミソンの人間性を不思議に思った。私はミソンを自分のものにしたいという打算で助けたわけではない。今までミソンに使った費用はいちいち恩に着せるほどの大金ではなかった。ミソンが純真な態度をとるほど私には迷いが生じた。永遠に一生を共にする自信もなかった。

しかし若い娘が差し出す手を握りたいという誘惑はあまりにも強烈すぎた。後悔しているのは、その誘惑についに勝てなかったことだ。まだ世間を知らない娘のような年齢のミソンが手を差し出したとしても、私が諭して断るべきだったのだ。そうしていれば、ミソンは今でも私を一生の恩人として感謝してくれていただろう。私自身も自分の施した善行に満足しつつ、自尊心を守って生きてこられたのに。

私は我慢しきれず、ミソンの家に入ることになった。当時経済的に困難だったこともあったが、若く美しい娘を自分のものにしたいという欲望に抗えなかった。他人の目からは異常にうつるかもしれないが、私たちの仲はそれほどぎこちないものではなかった。中国で同居していたこともあり、年の差からくる違和感はすでに感じなかった。

しかしミソンとの関係においては、常に安心してはいられなかった。日を追うごとに花開くミソンの若さに引け目を感じ、強精剤を手放せなかった。服も若々しい流行のものを着て、香水も忘れずにつけた。白髪が目立たないようにこまめに染めた。美容整形外科にこっそり通って簡単な皺とり治療を受け、ボトックス注射を定期的に受けた。私たちの間隔を少しでも狭めようとした努力のおかげか、最初の数年は本当に仲睦まじい夫婦のように暮らした。

振り返ると私も一生懸命ミソンに向き合ったが、ミソンも真心を尽くしてくれたと思う。誰が見ても理解し難い私たちの関係だったが、かつて命をかけた必死の行動の中で結ばれた絆が、太い命綱になっていたのだ。

## 5

同居してみると、ミソンはとても聡明で賢実な娘だということがわかった。中国の飲み屋で恐怖に震えていた愚かな娘の姿はいつの間にかなくなっていた。ミソンは勉強したいと言った。35歳以下の脱北者は、入国後5年間無料で勉強できるという政府の支援策があった。

ミソンは看護大学に入った。大学入学後の4年間、私は肉体労働に運転代行にと手当たり次第金を稼いだ。ミソンは日を追うごとに自信にあふれ洗練されていった。そろそろ婚姻届を出さなければ、と恐る恐る口に出したことがあった。ミソンは特に拒むことはなかった。ただ、生活保護が受けられなくなるから、大学卒業まで延期しようと軽く言った。私は安堵のため息をつき、胸を撫で下ろした。

いつか捨てられるのではないかという不安が無意識のうちに私の中に根を下ろしていた。

ミソンは関係を持つたびに避妊薬を飲んでいた。大学生だから当然と言えば当然だが、あなたとの間に子どもを持つなどとんでもないと言われている気がした。ミソンのために、子どもが1人ぐらいいた方がいいのではと内心考えた。しかしその子の父親が自分であるべきだという確信は持てなかった。私の自尊心は常に頼りないものだった。だがどうにか、50の手前まで大したトラブルもなく同居生活を続けることができた。

しかし歳月は人を変えるものだ。過去のあの出来事も、ミソンの純粋さも少しずつ色褪せてきた。私たちの間がぎくしゃくしてきたのはミソンが大学を卒業し、病院で働き始めてからだ。

社会生活を始めてからミソンはさらに自信を持つようになった。聡明な彼女は大学を優秀な成績で卒業し、病院でも実力を認められてすぐに適応していった。若者らしく流行に敏感で、韓国生活数年間でアイドルの歌も上手に歌うようになった。

次第に、ミソンと私の間には南北間の文化的ギャップよりも、世代間ギャップが目立つようになった。ミソンは韓国を知らない純粋な娘ではなくなった。韓国の高等教育を受けて現代文明をいち早く体得した平凡な韓国の若者と、私は相対することになった。音楽やテレビ番組、食べ物や趣味生活など、世代間ギャップが明らかだった。

いつの日からか、ミソンが私に気を遣っているのがわかるようになった。以前より夜の生活に喜びを感じられない。いくら努力しても自分の性欲の減退を感じるようになった。夜にすべての体力を使い果たしぐったりした私は、すぐに体力を回復し再び求めてくるミソンに背中を向け、わざといびきをかかざるをえなかった。

ある週末に旅行に行く際、助手席に座ったミソンは運転する私の横顔をじっと眺めていた。窓から入る陽の光が顔の陰影を浮き彫りにする。50代の男の老いに寂しさを感じずにはいられなかっただろう。思い込みかもしれないが、気持ち悪いと思われていないか不安になった。私たちのキスは次第に情熱を失って、味気ないものになった。みずみずしく熱いミソンの唇に、皺ついた自分の唇を重ねることが辛かった。気後れした私は、自ら偏った考えに陥っていった。

ある日ミソンは違う部屋で寝ようと言い出した。私のいびきがひどくて眠れず、仕事に支障が出るというのが理由だった。私は胸が潰れる思いがした。夫婦が別室で寝るのはダメだとひたすら拒んだ。ミソンは夫婦という言葉に首をかしげて笑うと、最後まで自分の主張を曲げなかった。

どうすることもできずに仕方なくその要求を受け入れた。実際私はいびきがひどかった。私がいびきをかくと、ミソンはベッドから降りて床で寝ていた。さらに我慢できなくなると、布団を抱えてリビングに行って寝ているのも知っていた。どうしても反対とは言えなかった。

別室で寝るようになって、私たちの距離はさらに離れていった。まるで一つの家に長く住んだルームメイトのようになった。時間が合えば時々食事を共にした。私は日雇いで、ミソンは交代勤務だったこともあり、就寝時間と起床時間が合わなかった。

そうやって私たちはなんとか1年をやり過ごした。いつか別れるだろうという気持ちにさいなまれるたびに、私はミソンとの関わりを求めた。ミソンは私の関心はただの執着だと苛立った。執着ではなく愛なのだと自分自身を慰めたが、格好悪く惨めだという気持ちは拭えなかった。

そのうち私は一人で腹を立てるようになった。義理も恩も知らない裏切り者め。虚空に汚い言葉を吐き出した。胸の中に渦巻いていたその不満が、実際にミソンの前で破裂したのは1年ぐらい前だった。桜が散り、花びらが白く積もった春の日のことだ。

その日私は、今日はミソンと絶対寝てやると心に決めた。一つの家に男女が同居しながら何カ月も寝床を共にしないのはおかしい。この問題を解決しなければと心に誓った。ミソンに今日は早く退勤するようにとメールを送った。心を尽くして夕食を準備した。床屋に行って若者のようなヘアスタイルにして、シャワーでしっかり体を洗った。ミソンの好きな香水をつけて、静かな音楽も流した。

ミソンは私の頼んだ通り早く帰宅した。少し驚いたような顔をした。特に何も言わず、美味しく食事をした。ソファーに並んで座り、ドラマを見ながらあれこれと言葉を交わした。12時になりミソンが自分の部屋に入ろうとした時、私は若者の真似をしてミソンをグッと抱き寄せると、壁に押し付けいきなりキスをした。急な動作に息が切れ、呼吸が荒くなった。ミソンは顔を赤くし、力一杯私を振り払った。

「びっくりしたじゃない。疲れているの」

私の体も一気に冷え込んだ。

「お前、本当に怪しいぞ」

「何が?」

「もしかして他の男ができたんじゃないか？　正直に言え」

その瞬間ミソンの目の奥に青黒い光が見えた。

「みっともないわね」

小声で吐き捨てるように言った。とてもとげとげしい響きだった。

「なんだと？　みっともないだと？」

私はブルブル震える拳をギュッと握り締め、荒くなる呼吸を必死で抑えた。諭すような低いトーンでようやく言った。だが自信のないつぶやきのようになった。

「いいか。愛というものはお互いの努力が必要だということがわからないか？　別々に寝てどうやって夫婦の情を維持できる？　一つの布団の中で肌を合わせて生きるのが夫婦じゃないのか？」

ミソンは私の顔をじっと見つめると、いきなり身震いした。

「おじさんが隣でベッドが割れるほどのいびきをかくのに、どうやって一つの布団で寝ろというの？　おじさんの執着には疲れたし、もううんざり」

ミソンはサッと身を翻しリビングに出ていった。その瞬間、どうしようもない怒りが込み上げてきた。ミソンを追いかけ、知らぬ間に声を荒らげていた。

「なに？　うんざりだと？　もう稼げるようになったからか？　自分を買ってくれと俺にすがりついて頼んだのは誰なんだ？　お前がこうなれたのも誰のおかげだと思う？　よくも俺を非難できるな」

はるか昔の恩を返せと金貸しのように迫る自分自身が稚拙だとも感じたが、この日の怒りは私に分別を失わせた。

その日以来、必死で塞いできた穴が破れて水が流れ出すように、私たちはことあるごとに言い争うようになった。日を追うごとにそれは荒々しくなり、お互いに深い傷を残した。私は老いを嘆きミソンの良心に訴え、ミソンは私を金貸しのように執拗だと嫌がった。

ある日私は自ら家を出た。しかし数日経つとミソンは「仲直りしよう」とメールを送ってきた。慌てて家に飛んで帰り、ドアの前で呼吸を整えて胸を張り、ベルを押した。ミソンは疲れきった表情で黙ってドアを開けた。ドアの取手を握るミソンの左手の潰れた小指は、私に更なる勇気を与えてくれた。

そんななか偶然目にしたミソンの携帯に、ある男からの誘いのメールが来ていた。私は嫉妬と怒りで頭がおかしくなった。男が一方的に口説いているだけなのはわかったが、私は理性を完全に失ってしまった。数日前に私たちは、お互い親の仇《かたき》でもあるかのようにひどく喧嘩したばかりだった。そして絶対に侵してはならない一線を越えてしまった。

「脱北女の分際で、俺を馬鹿にする気か?」

6

ミソンが尋常ならざる別れを宣言した後、私は毎晩彼女のマンションの下に行き、窓を見上げた。このところひんやりとしてきた空気に鼻水をすすり上げながらも、なかなかその場を離れることができなかった。たまたま窓にミソンの姿が映ると、狂った馬のように興奮した。この感情は愛なのか執着なのか、私にも見当がつかなかった。ミソンのところに行きたい気持ちでいっぱいだったが、法的になんの関係もなく、どうしようもなかった。

ミソンのくれた金で、近くのワンルームマンションを借りた。中国でミソンにワンルームを借りてやった時のことを思い出し、再び怒りが蘇ってきた。7年間も一緒に暮らしたのに、こんなに虚しく終わるのかと涙が出た。どうもこうもできず、戦々恐々としながらひと月暮らした。

いよいよ仕事を探さなければと思った日の朝、電話が鳴った。意外にもミソンの電話からだった。急発進した心臓の拍動で息が詰まりそうになり、声が出ない。聞き覚えのない女性の声が聞こえてきた。

「患者さんの携帯に家族登録されていたのでお電話差し上げました。患者さんは今朝、出勤途中に交通事故に遭い、入院されました。頭に打撲を負っていますが命に別状はなく、今は眠っています。ご家族の方なら病院にいらしてください」

突然鼻がツーンとなり、涙が一気に込み上げた。頭の中が真っ白になり、全身ガタガタと震えた。ミソンが電話番号を変えていないのはわかっていたが、私が今も家族登録されているとは思わなかった。

「今も俺を家族登録していたのか。確かにお前に親兄弟や親戚がいるか? なんだかんだ言っても、肌を合わせて暮らした自分以上に近い人間などいないだろう。そうに決まってる」

希望で胸が詰まったが、病院に行くのはためらった。電話をかけてきたのは看護師であってミソンではない。突然降ってきた秋雨に服が濡れることも気づかず、タクシーを止めようと手をあげた。病院に到着してミソンの名前を告げると看護師が尋ねた。

「お父様ですか？」

「いえ、ただの……保護者です」

私は言葉を濁した。

「今日詳しい検査をする必要がありますが、大きな問題はないだろうと先生はおっしゃっていました。でも数日間は安静にする必要があります」

私は足音を殺してミソンの寝ているベッドに近づいた。寝ている姿勢すらも、乱れずにきちんとして見えた。口をしっかり閉じ、横向きになった小さな顔は青白かったが、弾力と若さに満ちていた。ぐっと込み上げる再会の喜びに、思わず一気に抱き寄せそうになった。一緒に暮らしていたのに、ミソンの寝姿をしっかりと見たことはなかった。向かい合って顔をはっきり見られるのが怖かった。ミソンをゆっくり眺められてよかった。

布団の隙間からミソンの左手がチラッと見えた。細く青い血管が浮く滑らかな白い手を握りたい衝動に駆られた。私は思わず手を伸ばしかけて止まった。力無く伸びたミソンの手の潰れた小指が私の目を釘付けにした。残りの4本は細く繊細で滑らかな指だった。

皺だらけの私の手はミソンの手の横で固まった。顔がカッと熱くなり、手を背中の後ろに隠した。まるで不純な行為を見咎められた時のように恥ずかしかった。ミソンの潰れた小指を見るたびに自信を取り戻していた自分の姿が浮かんだ。自分を金で売り買いした中国の飲み屋の男たちと変わらない、と私に叫んだミソンの顔が、ふと脳裏に浮かんだ。

「そうじゃないよ。絶対違う。お前を愛していたから……」

明るい光に照らされ、再び顔を見られることが怖くなった。ミソンが目を覚ますのが怖かった。パッと椅子から立ち上がった。さらにここにとどまれば、醜い男になってしまう。鳥肌が立った。逃げたくなった。しかし磁石に引き寄せられるように、私の足はその場から離れなかった。このまま去ったら、もう二度とミソンの前に現れる機会はないかもしれない。なぜ私を今でも家族登録しているのだろう。ただなんとなくだろうか。それとも私に未練でも?

ミソンが体をビクッとさせた。私は慌てふためいてカーテンの裏に隠れた。幸い目を覚ましたわけではなかった。うっすら微笑を浮かべているミソンの顔は少女のように純真に見えた。

私は慌てて病室を出た。とぼとぼと歩いていると、道端に散らばった青い落ち葉が目に入った。ふと中国にミソンを残して去ったあの初秋の日を思い出した。あの日のように、枯れる間もなく木から落ちた青い葉が、濡れた歩道ブロックの間に挟まっていた。水に濡れて光る青い落ち葉を数枚拾い上げ、ただただ眺めた。あの可哀想なミソンに、私はなんてことをしたのだろうか。雨と涙が前を覆った。

# チャン・チェンの妻

## 1

チャン・チェンが妻を捜しに中国から韓国に来て、はや10年が経った。数少ない手がかりは、ソヨンという名と、北朝鮮の清津《チョンジン》という町から来たということだけだ。逃げたときに、妻は写真1枚すら残していかなかった。瞳がこんなに大きくて丸顔で鼻筋が通っていて背がすらりと高い、といった彼の脳裏に刻まれている姿だけが妻の痕跡だった。

チャンは韓国に来て以来、ソヨンという名の脱北女性を捜し続けている。見つかった女性はわずか2人だ。1人は15歳の少女で、もう1人は50過ぎの中年女性だった。もちろん2人とも彼の妻ではなかった。初めて会ったときソヨンは18歳だったから、今は32歳くらいになっている。

妻は本当に韓国に来ているのだろうか? そうでなければ、どこに行ったのか? 再び北朝鮮に? 妻が逃げ出したときの激しい混乱と空しさが、時折チャンをかき乱す。妻は韓国にいないのに無駄な苦労をしているのではないか、と脱力することもしばしばだ。大勢の脱北者が外国で暮らしていると聞く。もしかしたら欧州に行ったのかもしれないと漠然と想像し、おびえたりもした。

はっきりしているのは、妻は北朝鮮には戻っていないということだ。チャンの記憶では妻は北朝鮮に何の未練もなかった。未練どころか、北朝鮮に捕まるのではないかといつも不安に取りつかれていた。村に公安が現れただけでも顔を真っ青にしていた妻をよく覚えている。両親は早くに亡くなったと話していた。親戚の家を転々としながら苦労し、たった1人の弟とは生き別れて安否も分からないのだと。北朝鮮に帰る理由はなかった。北朝鮮でさえなければ、韓国であれ外国であれ、妻がいるならどこにでも行ける。今から絶望する必要はない、とチャンは自らを励ました。

妻が韓国に来ていると確信したのは、中国で近所に住んでいた脱北女性から耳打ちされたためだ。魂が抜けたように妻を捜し回るチャンを哀れんだのか、「ソヨンは韓国に行った」とこっそり教えてくれたのだ。チャンは彼女を妻とつながる綱のように感じ、その縁を手放さないようにした。しかし不幸にも彼女は2人目の子どもを産んだ後、亡くなってしまった。

妻につながる唯一の縁が切れると、チャンは腹をくくった。妻を見つけ出すため韓国に行く、と固く決心したのだ。彼は歯を食いしばって韓国語を勉強し、2年後には韓国の就業ビザを取得できた。中国にいた頃から料理が好きだったチャンは、韓国で中国人が経営する食堂に就職した。幸い腕が良かったので、今では立派な料理長になっている。中国料理店の間では名が知られた料理人だ。金もいくらか貯まった。

チャンは食堂で働きながら、妻を見つけるためにあらゆる努力をしてきた。周りの脱北女性らと縁をつくり、妻の行方を捜してほしいと頼んだ。そうしてかなりの金を使った。しかし、いまだに妻の消息は分からない。警察にも依頼してみたが、妻と法的に夫婦関係であるという証明書がないため、個人情報保護の観点からどうすることもできないと言われた。妻を見つけなければいけないんだと必死に訴えるチャンに、警察官も哀れむようにかぶりを振った。

ソヨンという名前だけで妻を見つけようとすることは、誰が見ても無謀に思えた。それこそソウルで金《キム》さんを捜すとか【「金」は韓国人の姓の約2割を占める】、森の中で針を捜すとかいうようなものだ。チャンは韓国に来て、ソヨンが妻であることを証明できない現実に絶望感すら覚えた。

そうなのだ。ソヨンはただチャンの胸に妻として深く刻みつけられているだけで、この世のどこでも認めてもらえない関係だ。妻は中国では不法滞在者の身分だったから、すぐに婚姻の届け出をすることはできなかった。これから金を工面して妻の戸籍を買い、婚姻登記をしようと考えていたのだ。しかしそうする間もなく妻は逃げ出した。

だが、誰が何と言おうとチャンにとって北朝鮮女性のソヨンは間違いなく妻であり、初めて愛した女性だ。チャンの家族や周囲の人々は、義理も良心もない朝鮮女なんか忘れて新しい家庭を早く築いてほしいと気をもんでいた。しかし彼の心は揺るがなかった。妻を忘れられないからだけではない。ソヨンは彼の血筋となる子どもを身ごもっていたのだ。ソヨンとチャンの間に生まれた天輪【親子の縁】である子どもを諦めることは、どうしてもできなかった。

妻が逃げ出して、はや12年の歳月が流れた。妻と暮らした日々はわずか1年あまりだ。もう妻の顔を思い出そうとしても、眉間にしわを寄せて記憶をたどらなくてはならない。妻の姿を永久に忘れてしまうのではないかと恐くなり、絵描きに人相や身なりを伝えて肖像画を1枚書いてもらった。その絵を携帯電話に保存して行く先々で見せ、このような女性を見かけたら知らせてくれ、と頼んだ。

脱北民は韓国に来てから改名することが多いという事実を知った。それなら妻は韓国のどこかで改名して暮らしているか、もしかしたら結婚しているかもしれない。妻はとても美しく賢いのだから！それでも構わなかった。逃げたときに妻の腹の中にいた子、男か女かは分からないが間違いなくチャンの実子であるその子に会えれば、それでいいと思った。

その子ももう10歳を超えた。夢に時折、自分にも妻の顔にも似ている子どもが現れる。あれほど大切にしたのに逃げ出した妻が、いったいどれほど良い暮らしをしているのか知りたいという思いも、心の底にないわけではなかった。

## 2

チャンが初めてソヨンに出会ったのは人身売買のブローカーの家だ。当時、チャンが住む吉林省一帯の山村では、婚期を逃した男が北朝鮮の女性を買って妻にするのがブームになっていた。あまりにも不毛で深い山奥とあって、漢族の娘たちは嫁に来るのを嫌った。地元で生まれ育った子どもたちも、手づるをつかんで都会へ抜け出そうと必死だった。ともすれば男たちは一生独身で、女性を目にすることもできない状況だったのだ。

チャンは一人息子だ。二人の姉は近くの村に嫁ぎ、子どもを2、3人産んだ。チャンの家族の願いは、一人息子を結婚させて家系を存続させることだった。しかし嫁をもらうのは容易なことではない。漢族の娘を迎えようとすれば大層な額の結婚資金がいる。野良仕事で暮らす家にそんな大金があるはずがない。

チャンも、他の家のように北朝鮮の女性を買って嫁にしようと家族と話し合った。北朝鮮の女性は、漢族の女性を嫁にもらうよりずっと安く手に入るのだ。チャンの両親はブローカーに前金を払い、多少高くてもいいからきれいで若い女性を見つけてくれ、と頼んだ。

ある日ブローカーから、いい北朝鮮娘がいるから来るように、と連絡が来た。チャンと両親は急いでバスに乗り、数時間かけてブローカーの家に向かった。家の居間には3人の北朝鮮女性が並んで座っている。30くらいに見える女性は赤ん坊を抱いていて、もう1人は40過ぎと思われた。彼女たちは入ってくる人をちらちら見ながら耳慣れない言葉でひそひそ話をしている。

3人のうち、いちばん端に座っていた女性が、まだ18歳のソヨンだった。少女は身体が弱そうで、顔や髪には潤いがなくやつれて見えた。しかし元々の美しさは隠しようがなかった。小ぶりで丸みを帯びた白い顔に、大きな目が聡明そうに光っている。固く閉じた小さな口からはしっかりした性格がうかがえる。少女は、入ってきたチャンをじろじろと探るように見つめた。少女の刺すような強い視線に、チャンの方が照れて顔を赤くした。

「おや、男の方が恥ずかしがるとはね。まあ、こんなにきれいな娘さんの前ならどんな男でも気後れするだろうさ。この娘さんは年も若いし、いまは弱々しく見えても、たくさん食べさせればすぐに丈夫になるはずだ。尻も大きいから子どももするっと産めるだろうよ。それに、目つきを見ると本当に賢そうじゃないか。正直に言えば、あちこちからこの娘さんを紹介してくれとせっつかれて大変なんだ。先払いしてくれたチャンさんだから、こっちが損をしてでもこうやって引き合わせたんだよ。それは分かっておいてくれ」

ブローカーは中国語でくどくどと説明し、この娘は気に入ったかとチャンに尋ねた。チャンは胸がいっぱいになって言葉が出ず、ただ首を縦に力強く振った。心臓がはね上がり、すぐには息もできないほどだった。ブローカーは娘にも「この男はどうか」と尋ねた。このとき、娘が思いがけない条件を出した。

「この人に嫁ぐ代わりに条件があります。北で生き別れた弟を捜し出すことを約束してほしいんです。そうしたら、おとなしくついていきます」

娘はもう売られていく覚悟を決めているようだった。北朝鮮で生き延びる道がなくて脱北し、すでにブローカーに自分を売ったのだ。一銭の金も縁も持たないかよわい娘が、見知らぬ中国の地で何ができるというのだろう。

チャンは当然のように、娘の求めに応じると答えた。生き別れた弟以外に北に何の縁もないということに安堵し、全面的に自分に頼るだろうと考えたのだ。中国のどこを探してもこれほどの娘は見つからないだろう。チャンの目に映るソヨンは絶世の美女であり、最高の花嫁候補だった。

ソヨンを家に連れて帰った数日後、家族やきょうだいが総出で盛大に結婚式が行われた。挙式のために家で大事に飼っていた子牛1頭を売った。このあたりでは見たこともない華やかなドレスが新婦に着せられる。チャンは白いドレスを着てベールをかぶった新婦の姿を見て、天から仙女が降りてきたと感じた。

その日だけはチャンも長い間、鏡の前にいた。妻よりも15歳年上だが、まだ30代前半だけにみずみずしい若さがみなぎっている。労働で鍛えられた硬い筋肉質の胸をぴんと張って鏡に映る自分の姿に、チャンは満足そうな笑みを浮かべた。生まれて初めて着るスーツも不自然ではない。顔は赤銅色に日焼けしているが、ぎょろりとした目と大きな団子鼻はなかなか男らしかった。

チャンは妻を貴い宝物のように大切にした。嫁を甘やかしてはだめだと母が小言を言っても、指先に水も触れさせないように扱った。農作業の手が足りなければ、働き手を雇ってでも妻を畑に近づけようとしなかった。妻は感謝している様子で、そうかといってぼうっと座っているわけではなかった。腕まくりをして家の中の整理や掃除を引き受けたのだ。家は若い女性の香りで満たされ、つやつやと潤った。妻は本当に自分と家に愛着を持っているのだと、チャンは目を細めた。

妻は猛烈に中国語を勉強した。この地に早く定着し家族とうまくやっていこうとしているのだろうと受け止めた。妻と言葉が通じなくてもどかしい思いをしていたチャンは、率先してテキストを用意してやった。妻はテキストとテレビで昼夜中国語の勉強に没頭した。非常に賢い女性だったので、1カ月もたたずに会話はかなりできるようになった。半年たつと、新聞やテレビに出てくる言葉を少なからず理解した。実に驚くべき習得速度だった。

妻を迎えてから、チャンは友人との飲み会にあまり出かけなくなった。立ち働く妻の体臭が感じられる家が何よりも好ましい。食事づくりは手を抜かないでくれ、と母に注文をつけた。母は、嫁ではなく主人を迎えてしまったと愚痴をこぼし、生活費が2倍かかると文句を言った。チャンは家族に内緒で妻に小遣いを渡した。近くの市場で服を買い、食べたい物を食べたらいいと。妻が「ありがとう」と言ってにっこり笑うと息が苦しくなる。チャンは妻の笑顔が見たくて、へそくりを貯めることに熱中した。

妻が妊娠すれば、それ以上望むことはない。しかしどういうわけか1年近くたっても子どもはできなかった。病院で診てもらっても、子宮は丈夫ですぐにでも妊娠できるという。チャンの方も正常だと医者は言った。それに妻が同衾《きん》を拒んでいるわけではない。照れくさくて愛しているという言葉は言えなくても、チャンは妻を優しく愛撫した。妻も快くチャンの愛を受け入れているようだった。彼は幸せだった。夜が来るのを今か今かと待ち、夕食を終えるとすぐに夫婦の部屋に戻った。しかし妻は妊娠しない。どうも変だ。子どもは天から授かるものだと考えるようにした。

## 3

妊娠しなかった驚くべき理由が、偶然明らかになった。妻には毎日飲む栄養剤がある。ハングルで書かれていて意味は分からないが、当然ふつうの栄養剤なのだろうと思っていた。妊娠に効果があるという漢方薬を持ってきた長姉が、夫婦の部屋の引き出しから偶然その薬を見つけた。何かおかしいと感じた姉は、携帯電話で薬箱の写真を撮って帰った。間もなく姉から、青天の霹靂のような電話があった。

「バカね。あの嫁はずっと避妊薬を飲んでいたのよ。あの薬は栄養剤じゃなくて避妊薬だったの。それも知らずにあの娘にうつつを抜かしてたの？　あきれた……」

チャンも両親も、想像すらしていなかったことだ。家族全員が取り囲む中で、妻への厳しい追及が始まった。避妊薬をどこで手に入れたのか、なぜ飲んでいたのかと質問が降り注ぐ。妻は青ざめつつも落ち着いて答えた。避妊薬はここに来る前に買い求めたもので、自分がまだ幼く、子どもを産み育てる自信がないから飲んでいたのだと。勉強がしたいので、これから勉強させてほしいと頼もうと思っていた、と言う。

母と2人の姉は、大した魔物を家に入れてしまったものだと騒ぎ立てた。父は、勉強は子どもを産んでからいくらでもできる、子どもを産んだら勉強させてやろう、と言った。怒りが収まらない母が、ほうきを持って妻に飛びかかる。チャンはそんな母を押さえつけて抗議する。妻の髪1本でも傷つけたら死んでやるといって、壁に頭を何度も打ちつける。仰天した母は棒っきれを投げつけて息子を止める。そんな一波乱があって、事件はつつがなく収束した。〝栄養剤〟はもちろん没収された。2人の姉が夫婦の部屋から家の隅々までくまなく探し回って避妊薬を見つけ、毒でも入っているかのようにびくびくして火の中に投げ入れたのだった。

避妊薬を飲まなくなると妻はすぐに妊娠し、家には平和が訪れたように思われた。しかしチャンは心の平安を失った。農作業中に急に息が上がり、足の力が抜けてどっかりと地面に座り込んでしまう。腑抜けのように目を大きく開いて、訳もなく四方を見回す。妻が自分の愛を受け入れていなかったことへの衝撃は大きかった。真心を注いできただけに傷は深い。妻の本心がさっぱり分からないという不安が彼をむしばむ。あの事件があってから、妻の顔から表情が消えた。本音がばれたのだから、無理にいい顔はしなくていいと考えているようだ。妻の冷え冷えとした態度はチャンをさらに苦しめた。

ある日、チャンはとうとう畑で倒れて病院に運ばれた。医者は極度のストレスによる急性心筋梗塞との診断を下した。心臓疾患がすっかり根を下ろしたわけではないが、ストレスがひどくて心筋が収縮し、心拍と血圧が上昇して血管を圧迫しているのだそうだ。数日間入院して治療することになった。医者は、心配事を忘れて気楽に過ごすよう、重ねて勧めた。症状が続けば、心臓弁膜症や狭心症のような大病に発展する可能性もあるという。

母は驚いて泣き出し、嫁への不満をぶちまけた。嫁に寛大だった父も、一人息子を病の床につかせたソヨンを冷たい目で眺めた。だからといって、妊娠している嫁をどうすることもできない。母は怒りを抑えられず、頭痛がするといってひもで頭を締めて寝込んだ。あれほど期待した妊娠こそ実現したが、家の中には不信感と憎しみが澱《おり》のように積み重なっていく。その不快で重い空気は、家族の誰をも息苦しくさせた。

## 4

入院して5日目、チャンは退院することになった。点滴をして薬を飲むと、身体も心も楽になった。その日は、彼を迎えに母と妻がバスで病院にやって来た。妻は淡々とチャンの荷物を取りまとめる。母は嫁を横目でにらみながら息子の手をなでた。

チャンはこっそり妻の腹に目を凝らした。妊娠初期とあって特に変化はない。つわりが重いのか、顔がやつれているように見える。病院のベッドに横たわっていた間は妻に腹立ちを感じていたが、いざやつれた顔を見ると、無性にすまなさがこみ上げてくる。何であれ、自分の子を宿した女性ではないか。

チャンは妻に聞かせるように、秋が終われば建設現場で金をたくさん稼ぐよ、と言った。ソヨンの戸籍を早く買い、婚姻届を出して妻が安心して暮らせるようにする、そうすれば間もなく生まれる子どもも戸籍に載せられるじゃないか、と。反応がないソヨンにどう思うかと尋ねると、妻はちょっと笑みを浮かべ、「嬉しい」と言った。心臓が跳ね上がるのを感じながら、彼はぐいっと妻を抱き寄せる。おまえは女房のことしか考えていないのか、と母が叱った。

荷物をまとめると、妻は外来に降りて退院手続きをしてくると言う。母が金の入った封筒を渡し、入院費を支払っておやつを買ってくるように言いつけた。妻はうなずいて、静かにドアを開けて出ていった。まだほっそりしている妻の後ろ姿に、真昼の暖かな日差しがしばらくとどまっている。それは、チャンが見た最後の妻の姿だった。

病衣と使った布団をきちんとたたんで外出着に着替えたチャンは、母とあれこれ話しながら妻が戻るのを待った。最初の1時間は、退院する人が多くて遅いのだろうと思った。待ちきれず母が降りていくと、すでに入院費の精算は終わっていた。チャンは、妻はおやつを買いに行ったのだと特に気にも留めなかった。

しかし、1時間たっても2時間が過ぎても妻は現れない。妻は携帯電話も持っていない。同行者なしに送り出したのは妻が来てから初めてだということに、はっと思い当たった。これまでは妻は、どこにもひとりで出かけたことはない。監視というよりも、ほとんど本能的に常に妻のそばに人を置いていたのだ。見合いや恋愛でなく、金銭で妻を買ったために、妻の意思とは無関係の結婚だという思いが常に彼の潜在意識の中にあった。妻を心から愛していたが、完全には信じていなかった。それで心の片隅にいつも後ろめたさがあったのだ。

深い霧のように立ち込めた心配は現実となる。しばらくぼんやりと座っていたチャンは、千枚通しで刺されたようにさっと席を蹴って立ち上がった。またしばらくぼうっとした表情で四方を見回し、病院のドアを蹴って外に飛び出す。狂ったように妻の名を呼び、あちらこちらを虚ろに見回す。やかましい街の騒音が彼の物哀しい呼び声を飲み込んでしまう。似た女性を見かけると慌てて駆け寄り、顔を覗き込む。妻はどこにもいない。まるで煙のように、忽然と消えてしまった。

身重の妻がどこに行けるというのか。中国語が少し話せるといっても、不法滞在者の身で何の縁故もないのに、いったいどこに行ったというのか。金も持っていないではないか。いや、そうではなかった。よく考えてみると、これまで少しずつ渡していた小遣いが軽く2千元にはなっている。妻がその金を使っているのは見たことがない。服を買ったり何かを買って食べたりすることに全く興味がなかったのだ。中国語と漢字をあれほど熱心に学んでいたのは、逃げる準備だったのだろうか？

妊娠したので妻は自分としっかり一つに結ばれたと、ひそかに安心していた。実際、避妊薬を飲んでいたことを除けば、妻は結婚生活に不平を言ったことはない。むしろ家をきれいに片付け、愛情があるように振る舞っていた。これらの振る舞いがすべてまやかしだったのなら、自分はどれだけ悲惨な勘違いをしていたのだろう。注意を向けなかったのは、妻に対する信頼ではなく、愛に目がくらんだ放任だったことに強烈に気づかされる。今まで、第六感的に押し寄せていた疑いをあえて振り払ってきた。妻を完全には信じられないのに、完全に疑うこともできなかったのだ。

現実はいつも冷酷で無慈悲だ。妻は、チャンが寝込んで家中が落胆し、自分に注意が向かない状況を利用して逃げてしまった。彼の退院日を絶好のチャンスとみて、自然な流れでバスに乗り、街にやってきた。街中の混雑に乗じて煙のように悠々と消えたのだ。道端に座り込んだチャンはこぶしで胸を叩きながら、獣のような声で泣き叫んだ。「ソヨン！」

## 5

妻が逃げたあの日のことは、今でも悪夢となってチャンを襲う。あの日、母の手を借りてようやく家に戻った彼は、ベッドの枕の下にはさみ込まれた手紙を見つけた。妻がこれまで必死に勉強した中国語で書いた手紙だ。すでに脱出を企んでいた確かな証拠でもあった。

ごめんなさい。あなたの偽りのない愛に感謝しています。でも私は一生この山里で畑仕事をして暮らしていく自信がありません。私はまだ若いし、本当に勉強がしたいんです。新たな世界で別の人生を生きてみたいんです。私を許さないでください。子どものことは心配しないでください。私がしっかり育てます。私のような女は早く忘れて、いい人に出会って幸せになることを心から願っています。

ソヨン

妻が逃げた後、母は会う人会う人をつかまえては悔しさを訴え、逃げた嫁をののしった。

「悪い女、詐欺師みたいな女め。田舎で暮らしたくないんなら、そもそもあたしらの前に現れちゃいけなかったんだ。ない金を寄せ集めて買いに行かせちゃいけなかったんだ。こんなに苦しめるなんて、いったいこっちがどんな罪を犯したというんだい？　嫁を金で買うのはそんなに悪いことなのかい？　はじめから逃げるつもりで嫁に来たのは間違いないよ！　だとしたら、あの女は詐欺師じゃなくて何だというんだ？　飢え死にしそうになって中国に逃げてきた朝鮮女のくせに、あたしらをバカにするなんて。農村が嫌だって？　別の人生を生きてみたいって？　こんな罰当たりな女がいるかい？　別の人生だか何だか知らないが、なんでうちの息子を苦しめる？　出ていくんなら孫は置いていかないとダメだ。ひとの種を盗んでいった悪い女め！　ひとの目に血の涙を流させる女には天罰が下るよ！」

絶え間なく続く母の愚痴を、チャンは聞こえないふりをした。彼の気持ちも母とさほど変わらなかった。しかし韓国に来て苦労して妻を捜す間に、心の中では憎しみよりも恋しさが膨らんでいた。妻の面影はだんだん薄れていくが、直接触れた白く柔らかい肌の感覚だけは忘れることがない。妻を見つめて高鳴った心臓の鼓動や、抱きしめて横たわった夜の記憶が、夢の中で鮮やかによみがえる。深く刻まれた入れ墨のように、チャンは今も妻とともに生きている。

韓国で暮らすようになって、脱北女性の涙ぐましいエピソードを初めて知った。テレビに出てくる彼女らの一言一言を聞きながら、ともに涙を流した。ソヨンがなぜあの若さで他の国に渡り、顔も知らない自分に金で売られなければならなかったのかを知った。いくら妻に対する愛が本物でも、妻にとってチャンは、わずかな金で自分を買った男にすぎなかったのだ。

妻は、チャンの家に足を踏み入れたその日から脱出することを考えていたのだろう。中国の男に売られた脱北女性のほとんどは、心を許すことはなかったと明かした。彼女らが中国男性に売られたのは、韓国に来る途中でやむなく通らざるをえない受難だった。できるだけ早く逃げるために最善を尽くしたと彼女らは語る。脱北女性の方から見れば、金で買われて中国の男と望まない同居をしたことは、消してしまいたい恥に違いない。そうであるなら、自分の過ちとは何だったのかとチャンは考えた。悔しかった。

脱北女性の境遇を理解すればするほど、妻の消息を知りたくてたまらなくなる。苦労した妻が、どこかで元気に暮らしていてほしいと心から願った。妻に会えたとしても、彼の妻には戻れないという現実を受け入れた。ただ元気な姿を遠くから見るだけでもいい。もう少し欲を出すなら、すっかり大きくなっただろう自分の子どもに時々会わせてくれれば、それ以上望むことはない。妻に対する理解を深めるほど、チャンの心は安らかになった。

6

ある日、甥に当たる長姉の息子がチャンを訪ねてきた。中国の上海交通大学で学んでいた甥が交換留学生として韓国に来てから数カ月たっていた。甥が韓国で安心して暮らせるように大学の近くにワンルームを見つけてやり、時々小遣いも渡している。中国にいたときから特に懐いていたので、実の息子のように情が移っていた。その日は週末で食堂が忙しく、甥が仕事を手伝ってくれた。彼は時々、チャンが働く食堂でアルバイトがてら手伝いをしてくれている。

夜遅く仕事を終えて帰ろうとすると、今夜は叔父さんの家に泊まっていく、と甥が言った。大事な話があるという。「金が必要になったのだろうか？」などと思いを巡らせながら、２人で家に帰った。

チャンは、最初はアパートにチョンセ【「伝貰」、多額の保証金を一括で預け入れる賃貸方式】で住んでいたが、数年前に職場の近くにあるマンションの一室を購入した。10年以上韓国で働き、妻を捜すこと以外に金の使いみちはほとんどなかった。故郷の両親はまだ元気で農業で生計を立てているため、金はよく貯まった。

「叔父さんはすごいなあ。韓国人でもソウルで家を買うのは大変だっていうのに、ソウルのど真ん中にマンションを買ったんだから」

甥は、発音がまだ拙い韓国語と中国語を混ぜて話しながら親指を立てた。

「なあに、ここは町外れだし、そんなに高くないときに買ったんだ」

「今は値段が上がってるんでしょ？」

「そうかもしれないが、住んでいる家の値段が上がろうが下がろうが関係ないさ」

「違うよ。不動産の価値が上がれば、それだけ叔父さんの資産が増えるんだ。叔父さん、正直に言って。この家は叔母さんと子どもを見つけたら譲るつもりで買ったんだよね？　叔父さんは就業ビザを延長しながら働いているんだから、ソウルに家を持つ必要はないだろう？　不動産でお金を稼ぐなら、マンションを買うのは賢い投資と言えるよね」

「ずいぶん利いた風なことを言うなあ。それで、話したいことって何だ？」

チャンは話題を変えた。甥はチャンがなぜ韓国に来て、妻を捜すのにどれだけ苦労しているかを多少は知っている。

「叔父さん、ちょっとここに座って」

食卓に向き合って座ると、甥は少し間をおいてからｉＰａｄを起動させた。黙ってチャンの方に画面を向ける。ｉＰａｄの中では、スーツ姿で眼鏡をかけた若い女性が講義をしていた。中国語と韓国語を交えて話している。中国語の授業のようだ。

「これは何だ？」

「僕の大学の先生が講義しているところだよ」

「それがどうした？　おれに大学の講義を聞かせてどうする？」

「叔父さん！　講義している先生をよく見てよ。どこかで見たことのある顔じゃない？　僕は中国で中学生のとき、叔母さんに何回か会ったけど、この先生は叔母さんに似ているような気がするんだ」

チャンは目を見開いて顔を赤くほてらせた。大きく無骨な手で胸をぐっとつかんで、厚い唇の間からうめき声を漏らす。

「はっきりしたわけじゃないから興奮しないでよ。叔母さんは本当に悪い人だ。叔父さんみたいな一途な男はこの世にいないと思うよ。叔父さん、落ち着いて。気を楽にして見てみて。これが叔母さんだと決まったんじゃなくて、似てるから見せるんだ。もしかしたらと思って」

「分かった、分かってるよ」

チャンはまばたきをして、ｉＰａｄの画面に向かってぐっと首を突き出した。甥が画面を拡大してくれる。チャンの目の前に迫った女性教授は、黒縁の眼鏡をかけて、髪は短く切り揃えている。チャンの記憶に残る妻は、腰まである長い髪を結い上げていた。妻は一緒に暮らしていた頃、化粧や服装に全く気を使わなかった。初めから脱出を考えていたのだから、身なりを整える必要はなかったのだろう。化粧っけがなくても、18歳の幼い妻の顔はみずみずしかった。形のいい広い額がひときわ輝いていたことを覚えている。

女性教授はショートヘアで前髪を下ろしているので、額は半分隠れている。チャンは額にしわを寄せ、目を思い切り見開いて女性教授の姿をじっくり眺めた。長い歳月が流れたが、このとき脳裏に奇跡のように鮮やかに妻の姿が浮かび上がった。女性教授の丸みを帯びた顔や高い鼻筋、きりっとした口の動きはたしかに妻によく似ている。

次の瞬間、チャンは声を上げた。妻と同じ振る舞いを女性教授が見せたのだ。妻は何かを説明するとき、両手を合わせて揉み合う癖があった。間違いない。いま女性教授はそうやって両手を揉み合わせて講義をしている。甥がコップを差し出した。チャンはコップの水を飲み干し、ふう、と大きく息をつく。

「興奮しないでってば。決まったわけじゃないんだから」

「分かってる。だけどこの先生、ソヨンにそっくりだな。本当に似ている」

「声はどう？　僕は叔母さんの声を思い出せないんだ」

声。チャンもよく妻の声が思い出せなかった。1年以上も一緒に暮らしたが、妻はあまり話さなかった。彼の言葉にうなずくか、「はい」「いいえ」と答える程度だった。

「名前は分かるのか？」

「もちろん。驚かないでね。この先生は脱北民なんだ。でも名前はソヨンじゃない。ムン・ジョンっていうんだ。脱北民は韓国に来て改名する人が多いんだって？」

「そうらしいな。他には？　子どもはいるのか？」

「プライベートなことまでは分からない。でも同じ大学にいる脱北民の友達に、ムン先生のことをちょっと調べてくれと頼んでおいたんだ。もう一つ、叔母さんと共通するのは年齢だよ。ムン先生は32歳なんだ。脱北民の中では最年少の博士で教授なんだって」

　チャンはｉＰａｄから少し離れて座り直した。

「おれが思うに、この先生は違うようだな。ただ似ているだけだろう」

「どうして断言できるの？　叔母さんとかなり違う？」

　甥が残念そうな表情を浮かべる。

「その人がソヨンではない一番の理由は、博士で教授だということだ。よくは知らないが、中国でも韓国でも大学教授になるのがどれだけ大変かは分かってる。ソヨンが子どもを産んだなら育てなくちゃならないし、育てるなら金を稼がなければいけないのに、どうやったら博士だの教授だのになれるんだ？」

「たしかに、僕も中国で会った叔母さんとムン先生はうまく結びつかないんだ。ムン先生はものすごい秀才らしいよ。韓国に来て1年で高卒検定考試【高卒認定試験】に合格して、韓国外国語大学を優秀な成績で卒業したんだって。そして大学院に入って博士の学位を取ったそうだ」

チャンはため息をついて、手のひらで額をこすった。

「それなら、もっとあり得ないよ。無駄な期待をしてしまったようだ。ソヨンが中国語を勉強しているのを見て賢いのは分かったが、子どもを産んで育てながらどうやって博士や教授になれる？　俺でもそばにいれば手伝ってやれただろうが、女一人ではとても無理だ」

「それもそうだね」

「とにかく、ムン先生という人はただ似ているだけだ。おまえにまで気を使わせてすまなかったな」

チャンは地面がへこむほどにため息をつきながらも、ｉＰａｄの中のムン教授から目をそらすことができなかった。

7

数日後、夕方近くに甥から電話がかかってきた。今夜叔父さんの家に行く、という。前にムン教授の情報収集を頼んでおいた脱北学生から連絡があったというのだ。大学に通いながらユーチューバーとして活動している学生だが、これまでムン教授にインタビューしようと骨を折ってきたらしい。今夜ムン教授のインタビュー動画を撮影することになり、その友人は大喜びしている、と甥は何度も繰り返した。

「ムン先生のインタビューが終わったら、ユーチューブにアップするのと同時に僕にも送ってくれるんだって。とにかく僕は夜に叔父さんの家に行くから待ってて。念のため薬局で気付け薬も買っておいてよ」

「何が気付け薬だ。分かった。あまり期待しないでおくよ」

期待しなくていいと自分に言い聞かせたが、ずっと仕事に集中できず落ち着かなかった。手を何カ所かやけどしながら、夜の営業を何とか終えた。急いで帰宅すると、甥が待っていた。先ほど友達から動画が送られてきたという。チャンの目は光り、息づかいが荒くなった。甥が携帯に保存した動画をｉＰａｄにつなぐ。以前見たムン教授が、画面の中で少しはにかんだ笑顔を浮かべて座っている。今回もあの黒縁の眼鏡をかけていた。脱北学生ユーチューバーが巧みにインタビューを進める。

「現在、わが大学の人気ナンバーワンのムン先生を三顧の礼でお迎えしました。素朴なユーチューブチャンネルに出てくださって感謝します。光栄です、ムン先生！」

「ふふ、素朴な脱北学生のユーチューブチャンネルだからですよ。脱北民の力になることなら断ったりしません。私も脱北民ですからね」

「ありがとうございます。ムン先生は脱北民のロールモデルです。僕は先生の大ファンです。尊敬しています」

「あら、あまりおだてないでちょうだい」

「ひとつお許しをいただきたいことが。僕が未熟なために、ひょっとしたらプライベートな質問をするかもしれませんが、大目に見てください」

「ふふ、口が達者ですね。このユーチューブチャンネルも、もうすぐ大人気になるわね」

臨機応変に会話を交わすムン教授は、闊達で魅力的な知性美を漂わせている。見た目はソヨンと似ているが、だんだん見知らぬ人のように感じられてくる。チャンは、いつしか楽な姿勢でユーチューブの話に聞き入っていた。

「ムン先生、実はユーチューブの視聴者がいちばん知りたがっているのは、先生がどうして最年少の博士になって大学教授になることができたのか、ということです。ムン先生は優れた人だという噂がありますが、やはり普通の人には無理なのでしょうか？」

「何をおっしゃいますか。たぶん私は脱北民の中でもひときわ苦しみもがいて生きてきたと思いますよ」

「もちろん簡単なことではなかったでしょう。それならば、ムン先生がこんにちに至った最大の原動力は何なのか、お聞きしてもいいですか？」

「私の中には人並外れた根性があるようです。貧しくて立ち遅れた国で生きる道を探してきた自分、学ぶことができず文明の味も知らなかった自分、韓国の人たちの視線ひとつ、言葉ひとつに敏感に反応して、差別されたと悲しんだ自分、自分を責めていた情けない自分から抜け出そうともがいてきました。生活費がたくさん必要だったので、必死に勉強して奨学金をもらわなければいけませんでした。諦めそうになるほど本当につらかったんです。でも私の特別な境遇が、むしろ生きる原動力になったといえます」

「特別な境遇とは脱北民ということですか？　あるいは何か他の理由があるのか、伺ってもいいでしょうか？」

「これまで私は、プライベートなことはできるだけ話してきませんでした。でも、もう恐れることはありません。実は私は未婚の母なんです。韓国に来たとき、すでにお腹に赤ちゃんがいました」

「えっ、本当ですか？」

ユーチューバーと同時に、チャンははっと息をのんだ。いつの間にか食卓の縁をゆがむほど握りしめている。甥が動画を止めて、水の入ったコップをチャンに渡した。水が流れ落ちて、コップが歯に当たるカチカチという音が部屋の静けさを破る。甥が手のひらでチャンの背中を撫でた。チャンは激しく息をついて、動画を再生してくれと首を縦に振った。

「さっき言った気付け薬、買ってきた？」

「大丈夫だ。早く動画を見よう」

画面の中のムン教授が再び話し出す。

「あのとき、私はまだ18歳でした。飢え死にしたくない一心で脱北して、見知らぬ異国で売られる身の上だったんです。幸い、心の優しい人の家に売られていきました。その人は私を本当の妻と思って心から大切にしてくれました。でも私は、外国の深い山奥で田舎のおばさんとして一生暮らしたくはありませんでした。新しい人生を生きたかったんです。その家で1年あまり暮らしました。毎日空を飛ぶ鳥をむなしく眺めながら、脱出することを考えました」

「ある外国の映画に出てきたセリフを思い出します。羽が美しすぎて、まぶしくて鳥かごに入れておけない鳥がいると。そういう鳥は、鳥かごに閉じ込めるとすぐ死んでしまうからです。もしかしたらムン先生は、そんな鳥ではなかったのでしょうか」

「私にはもったいない例えですね。脱北民なら誰でも、韓国に来て初めて自分の価値に気付くのではないですか?」

「もちろんです。北では想像もできなかったチャンスが広がっていますから。ともかく先生は悲惨な体験をしましたが、いい人に出会ったのは不幸中の幸いですね。でも脱北女性は少なからず、中国の男性に売られて殴られたり輪姦されたりした経験があるといいます」

「私は幸い、そういう虐待には遭いませんでした。むしろ私は、あの家の人たちに申し訳なく思っています」

「それはまた、どうしてですか?」

「あのときは、その男性や家族を北朝鮮と同じ加害者だと思っていました。私をモノのようにお金で買った人だと思って心を許しませんでした。でも今は、その人も北が生んだ被害者だという思いを消すことができないんです。これらの悲劇はすべて北朝鮮によってもたらされた民族の受難だと私は考えています」

「ムン先生は思考のレベルが違いますね」

「明らかな事実です。子どものことがあるので、その家の人たちへの心苦しい気持ちがいっそう強いのかもしれません。だからこそ、一生懸命に生きて娘を立派に育てようと考えたんです」

女の子だったのか。チャンは叫んだ。彼の顔はいつしか涙にまみれていた。

「娘さんの父親は、その中国の男性ですか?」

「ええ。私は身重の身体で逃げ出したんです。娘はこうしたいきさつを知りません。でも幼いながらに何かを感じているのか、おかしなことに父親のことを一言も聞かないんです。そのことに、さらに胸が痛みます。娘が父親を気にしないわけはありませんから」

「では、これから……」

「いいえ、まだ娘には母親がお金で売られて産んだ子だということは言いたくありません。子どもが人生を理解できる年頃になれば、父親のことを話さなければいけないでしょう。今はその時ではありません」

「それなら、この動画を娘さんが見たらまずいですね？　それに中国にいる娘さんの父親が見てもいけないのではないですか？」

「幸い、娘はこういう動画に興味がないんです。男性は中国の農村に住んでいて、動画を見られるはずがありません。漢族ですから。私はここで話をすることで、その人と娘との天倫を無理に引き裂いたという罪悪感を和らげたかったのかもしれません」

　チャンはｉＰａｄをぐいとかき抱き、狼の声のような泣き声を上げた。いっそう赤らんだ顔に、涙が雨だれのようにぼろぼろと流れた。だが、その口元には笑みが浮かんでいた。

# あの日々

息子が家出した。もう5日が過ぎた。まだ行方は分からない。

「母さん、自分の顔を鏡で見てみろよ！」

家出する前、スクを押しのけて息子は叫んだ。スクは鏡で自分の顔をのぞき込む。あのとき顔をどんなふうに歪めたか、できる限り再現しようとする。あのときの顔の筋肉の感覚、目に込めた力の強さ、歯をむいて唇をつり上げた記憶を引っ張り出す。怒りと絶望が入り混じった見知らぬ顔がスクをにらみつけていた。スクは身震いして声を上げた。ひどい顔！

警察署に家出届けを出したが、まだ連絡はない。警察に任せたきりでただじっと待つことはできず、何も手につかなくて食堂の仕事は辞めた。数日間、息子を捜してあちらこちらを歩き回っている。足の向くまま、目に入るままにゲームセンターやコーヒーショップに入り、きょろきょろと見回しては通りに駆け戻る。これを毎日繰り返しているのだ。

最後にあんなことさえ言わなければ……。「死んでしまえ！」。椅子を蹴って飛び出していく息子の首元に短刀のように飛んだ最後の言葉が、スクの胸を切り裂いていた。どうかしていた。なぜあんなことを言ったのだろう。なぜ乱暴な言葉ばかり選んで息子に浴びせかけたのだろう。胸のあたりを握りしめてふらふら歩くスクを、道行く人がいぶかしげに見つめている。

親戚の家に5歳の幼い息子を預けて脱北した後、母と子が離れて暮らした10年余りの歳月！　その穏やかならざる歳月の間にも、今のように気が狂わんばかりの不安に胸が締め付けられることはなかった。むしろ韓国社会に適応しようとする中で、しばしば息子のことを忘れて過ごしていた。貪欲に稼ぎ、息子をよろしく頼むと親戚に金を送るときには晴れ晴れとした安堵すら感じた。自分が必死に送った金で、息子はまっすぐにたくましく育つものと信じていた。金を受け取った親戚は、息子のことは心配いらない、元気に育っていると言って、いつもスクを安心させた。

艱難辛苦の末に息子を韓国に呼び寄せると、送った金がまったく息子のために使われていなかったことが分かった。スクが送った金はそのまま親戚の生活費になり、息子はまるきり放っておかれていたのだ。親戚の虐待と空腹に耐えかねて、息子は家を飛び出して浮浪児《コッチェビ》として生きてきた。15歳の息子はハングルもまともに習ったことがなく、看板をどうにかたどたどしく読める程度だ。掛け算の九九も知らず、数字を数えるときは手足の指を総動員している。

母の顔を写真でしか知らない息子は、ハナ院で初めて向き合ったとき、きょとんと見上げるばかりだった。君のお母さんだよ。ハナ院のスタッフが息子の背を押すと、他人への挨拶のようにぺこりと頭を下げた。スクもまた体ががくがく震えて固まったまま、息子を抱きしめることも名前を呼ぶこともできなかった。まるで知らない子のようだった。5歳のころの丸顔にふっくらした頬のかわいらしい姿はなく、別の子どもが目の前に立っている。同年代の子より背は低く、無表情な顔は老人のようにひからびて真っ黒だ。

この子が私の息子だって？　涙があふれて息子の姿がぼやけると、ようやくスクは息子を抱きしめる勇気が出た。ジンチョル！　息子は固まった身を預けたが、何の反応も示さなかった。母と息子の再会のぎこちなさは、その後の生活にも長く尾を引いた。

ソウルで十数年暮らす間、スクは激烈な競争社会に適応しようともがいてきた。あれこれと資格を取り、体力が許す限りどんな仕事でもした。稼ぐためにがむしゃらに働いて悟ったのは、先進社会で生きるなら学ばねばならない、ということだ。息子だけは良い大学に行かせて何不自由なく育てたい。息子と同年代の韓国の子どもたちは、もう大学修学能力試験【日本の大学入学共通テストに相当】の準備を始め、塾通いに忙しい。だが息子は15歳になるまで初等教育も満足に受けていないのだ。

気持ちだけが先走ったスクは、息子を勉強させることに熱中した。10年ぶりに会った息子が何を望んでいるのか、どんな性格なのかを感じたり知ったりする余裕はなかった。息子がハナ院を出ると、直ちに地方の全寮制の代案学校【正規の教育課程と異なる教育を行う学校。オルタナティブ・スクール】に入学させた。脱北民の子どものために設立されたオーダーメード型の教育機関だ。

スクの切実な願いに反して、息子はいっこうに代案学校になじめなかった。年下の子たちと勉強することに抵抗を感じたのか、コッチェビとして生きてきた習慣のせいか、学校を嫌う理由を聞いても答えない。そんな中でも、ゲームだけはあきれるほど早く覚えた。ハングルはろくに読めないのに、ゲームに出てくる外来語はすぐに習得した。息子は時に代案学校を飛び出してインターネットカフェを転々とした。

代案学校から、これ以上息子に責任は持てないと電話が来た。家に連れ帰ってよく説得してから改めて学校に連れてきてはどうか、という教師の提案をのむしかなかった。心理カウンセラーからは、まず息子が何をしたいのか、したいようにさせて数日見守るようにとアドバイスされた。

半年あまりの時間を無駄にして代案学校から息子を連れ帰ったスクは、もう後がないと焦った。勉強だけが生きる道だ、技術を学べば生き残れるんだよ、と言い聞かせる。九九の表を買ってきて家の壁に貼り、本屋で小学生向けのハングルと算数の教本を買って息子に与える。家にいる間に九九を覚えてハングルくらいきちんと書けるようになろう、と息子に言い聞かせる。小学生の子どもの絵が描かれた本と九九の表をちらっと見やり、息子は顔を赤くした。母さんの前では恥ずかしがらなくていいと言うと、顔はさらに赤くなった。

どうにかして息子の気持ちを引き寄せなければと思ったスクは、できるだけ機嫌を取るように努めた。朝早く起きて、心をこめて朝食を作る。小遣いも十分に与える。息子のそばにいたかったが、金を稼ぐことをやめるわけにはいかない。仕事に行く前に息子に課題を与え、夜に点検すると伝えた。しかし息子は、母の真心も言葉も一切無視した。

スクが仕事に行くと、息子はすぐにネットカフェに出かける。夜にバスから降りるとスクは反射的にマンションの14階の窓を見上げる。勉強していてほしいという願いもむなしく、窓はいつも真っ暗だ。息子の部屋には、しわくちゃの布団がベッドの隅に雑に丸められている。与えた本は数日前に置かれたままだ。表紙が反抗するように電灯にぎらついている。

全く母を恐れない息子の驚くべき図太さにあきれ返った。10年間、コッチェビとして生きながらえた子だ。毒気がないはずがない！　合点がいって胸が張り裂けそうになった。しかし腹立たしさは抑えられない。息子との争いは長期戦になるかもしれないという漠然とした不安から、言いようのない脱力感にとらわれた。

怒ってばかりいるわけにもいかないと、スクはいら立つ心をぐっと抑え、週末にショッピングに誘った。気分転換がてら息子の心をつかむ助けになるのではないかと思ったのだ。普段はあまり返事をしない息子が、意外にも買いたい物があると言う。服を何枚か買ってやろうと考えていたところなので、息子を連れて近くのショッピングモールに行った。ショッピングモールに入るや、息子はまっすぐ速足でおもちゃ売り場に向かった。そして幼稚園児用のおもちゃの銃をうっとりと見つめ、撫で回した。

「おまえ、まさかそれが欲しいの？」

息子はちらっとスクの顔色をうかがい、うなずいた。スクは息子を奥まったところに連れていき、低いながらもいら立ちの混じった声で言った。

「幼稚園の子どもが遊ぶおもちゃが欲しいって、おまえはいったい何歳なの？　あれを買うお金があるならおまえの服やノートを買うよ。しっかりして。もう子どもじゃなくて15歳なんだから」

あのとき、なぜ息子がおもちゃの銃を欲しがるのか、その気持ちを分かってやっていたらどうなっていただろう。おもちゃを見ることも触ることもないまま過ごした幼い頃の苦労を思いやってあげればよかった。息子をいたわることも理解することもせず、なぜ勉強させることばかり考えていたのだろう。息子とすれ違うだけすれ違って、家出した今になって自分の愚かさに気づき、思わずうめき声を上げる。

10年間離れて暮らした空白がこんなにももどかしいものだとは知らなかった。息子はスクの分身なのだから、再会すればすぐに自分と一心同体になれると思っていた。息子を勉強させ、仲むつまじく暮らす未来が当たり前に訪れると考えていた。しかし息子は日がたつほどに知らない子のようになり、母に愛想を尽かせていくようだった。


あの日の朝、スクはクリームを塗ろうとして何気なく鏡台の引き出しを開けた。その瞬間、何か違和感を覚え、注意深く中を確かめた。引き出しの隅に入れておいた小さな純金のネックレスの箱が見当たらない。いざというときに役に立つと考え、一大決心をして買っておいたものだ。びくりと身を震わせ、あちらこちらを引っかき回したが、結局出てこなかった。スクは慌てて息子の部屋に走っていった。息子がのっそりと体を起こす。

「おまえ、鏡台の引き出しにあった金のネックレスを知らない？」

息子の眉毛がつり上がり、何を言っているんだというように目玉をぎょろりと回す。

「まさか母さんのネックレスを売ってしまったんじゃないでしょうね」

じっとにらみつけていた息子の目に涙が浮かび、あふれそうに盛り上がる。

「母さん、おれを泥棒だと思ってるの？」

むせぶような息子の声に、スクはびくっと震えた。じゃあ、ネックレスはどこにいったの？　足が生えて歩いて出ていくわけがないし。戸惑って独り言のようにつぶやき、そそくさと部屋を出た。そうよ、まさか息子がそこまでするはずはない。カッとなって息子を問い詰めた自分を叱りつけ、急いで出勤した。

仕事中はずっとネックレスのことを考えていた。もしやバッグに入れて外出したときに失くしたのか？　自分を疑って記憶をたどってみたが、そんなことは絶対にない。スクにとって純金のネックレスは、装飾品というよりも、預金通帳も同然のものだ。1度か2度は着けてみたが、それ以外は大事に箱に入れて鏡台の隅に保管していたのだ。ネックレスがスクの首にかけられて外の風を浴びたことは1度もない。いくら頭をひねっても他の場所にしまった覚えはなかった。

あの日、夜に帰宅すると、やはり息子は家にいなかった。息子を捜しにネットカフェに行くことはやめて、家の中を引っかき回し始めた。ネックレスが見つかれば、息子への疑いをきれいさっぱり晴らすことができる。たんすや引き出しの隅々、キッチンのシンクの下まで、捜せるところはすべて捜した。結局ネックレスは出てこなかった。

スクは気を取り直し、最後に息子の部屋のドアを開けた。机から服のポケット、ベッドの下、布団の下までしつこく調べる。枕を別のところに置き直そうとしたスクは、ふと妙な手触りを感じた。心臓が張り裂けそうに動き出す。まさか？　震える手で枕のジッパーを開ける。はみ出てきた中綿に手を突っ込むと、するりと紙が、いや札束が手に触れた。ぐいっと引き抜くと、むくむくとした綿の中にどうにか姿を隠していた札束が目の前に現れた。スクの口から悲鳴が漏れた。

5万ウォン紙幣が膝に散らばった。信じたくなかったし、嘘であることを願った。母に疑われたと、悔しげに言葉を返した息子の姿が浮かぶ。しらじらしく目を見開いて瞳に涙をいっぱいにたたえた表情は、やはり一貫したごまかしだった。あの年であれほど完璧に偽りの涙を流せるなんて。鳥肌が立った。くっくっと息が詰まる音が、体を揺らしながら漏れ出てきた。

気を失ったように体を横たえたスクは、がばっと身を起こし、息子の狭い部屋を我を忘れて歩き回った。机の上に、本ときちんとそろえた鉛筆があるのが目に入り、抑えきれない衝動に駆られた。鉛筆を握りしめ、無我夢中で本を突き刺し始めたのだ。鋭く削られた芯がたちどころに折れる。硬い表紙にはじかれた鉛筆が、力を失った手からすべり出て足の甲に落ちる。その場に座り込んだスクは、幼い子どものようにわんわん声を上げて泣いた。

その日は息子が帰宅しないことを願った。理性を失うのが怖かった。息子が恐ろしい。自分が産んだ子だというのに、何を考えているのか全く分からない。心を許さない息子が他人のように遠く感じられた。息子が隠しておいた場所に札束を戻し、知らないふりをしようかと考える。しかし、息子がその金で家を出ていくかもしれないと思うと不安になり、ひとまずバッグに金を入れた。急いで息子の食事を作って家を出た。そこにいたら息苦しくて気を失いそうだったのだ。

行くあてもなく、現金が入ったバッグを抱えてあたふたと夜道を歩いた。乱れた髪にしとしとと秋の雨が降り注ぐ。途中で〝国民銀行〟という看板が目に留まり、ドアを開け中に入って通帳に入金した。軽くなったバッグを脇に抱えて銀行を出たが、しばし行き先を見失って立ち尽くした。気持ちを落ち着け、そこから遠くないところにあるチムジルバンに向かう。そこで息子と一緒に寝転がってゆで卵を食べてみたかった。蒸し蒸しと熱いサウナに入ると疲れが飛んでいく。ざっとシャワーを浴びて館内着に着替え、洞窟のような一人用の空間に倒れ込んだ。

スクは数日間をチムジルバンで過ごし、息子が帰ってこない時間帯に少しの間家に立ち寄った。息子の食事を整え、小遣いを置いて逃げるように出てくる。ゲームで使い果たすことを知りながらも小遣いは置いてきた。そうしなければ、息子は母とつながった細いひもを切って、空にぷかぷか上っていく風船になってしまう気がしたのだ。虚空で破裂し、存在すら消えてしまう風船。スクは息子の姿が風船に重なってぞっとした。

盗みがばれたことを知った息子は、母が仕事から戻る時間と夜は帰ってこないようになった。昼になると、スクが置いてくる小遣いを取りに家に立ち寄っているようだ。一日中家で待っていれば息子をつかまえられるが、衝突は避けたい。息子は本当に手に負えなかった。


ネックレスの衝撃がある程度治まると、息子を説得しなければという強迫観念が何倍にも膨らんだ。思いあぐねてスクは心理カウンセラーを訪ねた。口を開いた瞬間に、頭が破裂するほどの悩みが滝のようにあふれ出すと思っていたが、ひとこと話すのもつらい。口を開けば熱い火の玉が喉をふさぎ、うめくような泣き声が突き上げてくる。

「話しにくければ話さなくていいですよ。息子さんのことでいらっしゃったのですよね？」

スクは子どものようにこくりこくりとうなずき、情が深そうなカウンセラーの顔を切実な目で見つめた。

「育児をしながら気をもまない親がどれだけいるでしょうか。もしかして息子さんは反抗期ですか？

それならもっと大変ですよ。その時期の子どもは父母の愛や家を、安心できる居場所というよりも、あたかも自分を束縛する足かせのように思うものですからね。おそらく自我が形成されて自分なりの考えが生まれる過程と見るべきでしょう。そういうときは小言ばかりいって無理やり従わせようとするより、黙って子どもの後に従ってみてください。子どもが何を望んでいるのか、何をしたいのか、子どもと一緒に迷い、一緒に振り回されてみてくださいい。そうすれば子どもとの距離が少しは縮まるのではないでしょうか。元気を出してください。きょうの苦しみもいつかは終わるといいます」

カウンセラーの言葉は漠然としていたが、風邪薬を飲んだ後のように少し頭がすっきりした。話の内容は本質的なことだったが、「きょうの苦しみもいつかは終わる」というありふれた言葉に力をもらった。

1週間たち、ようやくスクは家に帰った。今なら少し穏やかな気持ちで息子と向き合える気がする。まずは純金のネックレスを売ってしまったことを下手に追及しないよう、心に決めた。しかし、黙って子どもの後に従えというカウンセラーの言葉は理解できなかった。道を踏み外した子どもを静かに見守ることなど、どうしてできようか。それは放置にすぎないのではないか。息子にとって今の1日は1年に匹敵するほど大切だ。早く初等教育課程を終えないと、次の計画が立てられない。

スクはできるだけ柔らかな言葉を選び、早く家に帰って来なさい、おいしいものを作るから一緒に食べよう、と伝えた。母さんはどんなときもおまえを理解し愛しているよ、という長文の携帯メールを送った。しばらくたって、「じゃあ怒ったり叩いたりしない?」と、つづりも分かち書き【韓国語は原則、文節ごとにスペースを空ける】も間違いだらけのメッセージが届いた。スクはくすっと笑う。息子はまだ子どもなのだ。

「もちろん。会って話をしようね」

スクはゆっくりとうなずいてメールを返す。息子を説得できるなら、勉強に関心を向けさせることができるなら、ネックレスを売り払ったことなどいくらでも水に流せる。


北朝鮮から息子を連れてきて初めて、母子は真剣に向かい合った。こちらをちらっと見やる冷ややかな目つきが死んだ夫に似ていると感じる。夫は結婚してから5年しか生きられなかった。酒浸りの夫だったので情けのようなものは感じなかったし、いら立つばかりだった。おかしなことに、息子と仲直りしようと向かい合ったとき、夫に関する嫌な思い出ばかりがよみがえった。スクは頭を振って息子に声をかける。

「正直に言って。一番したいことは何?」

カウンセラーの助言を思い出して、あらかじめ用意しておいた質問だ。息子は頭の後ろをかきながらスクの様子をうかがう。思いがけない反応に、早く言いなさいとせかした。息子は、本当に正直に言ってもいいのかと尋ねる。スクは何度もうなずいた。しばらくもじもじしていた息子は、ズボンのポケットからしわくちゃになった紙の切れ端を取り出してスクに渡した。見つめる息子の目に切実さがにじむ。

紙切れを開くと、驚くことに北朝鮮の住所が書かれていた。息子を預けた親戚の家からそれほど遠くない所だ。息子はこの住所を、北朝鮮から韓国に来る間、忘れないようにずっと心に留めていたという。想像もしなかった答えが息子の口からすらすらと出始める。

この紙切れの住所に人を行かせれば〝ヒョナ〟という少女がいるので、その子をどうしても韓国に呼び寄せたいというのだ。その子は何者かと聞くと、コッチェビ生活をしているときに実のきょうだいのように支え合った子だと。息子が北朝鮮を離れるとき、絶対に迎えに来るからそれまで死なずに生きていてくれといって、泣きながら別れた子だという。

「それじゃあ、韓国でいう彼女《ヨジャチング》？」

スクの問いに、息子は顔を赤らめてうなずく。その子を連れてくるためにネックレスを盗んで売ったのか、という問いを飲み込んで、スクはしばらく呼吸を整えた。予想していなかった言葉だ。どう言えば息子の機嫌を損ねずに会話を続けられるかを考える。

息子が先に深いため息をついて話を続けた。ヒョナを連れてくるには金が必要だが、自分は未成年だからアルバイトができない。だからゲームで金を稼ごうとした、と打ち明けた。

スクが驚いて、賭博をしたのかと聞くと、首を振って否定する。耳慣れないゲーム用語を使い、嬉々として説明し始めた。ゲームに出てくる武器を買っておいて、値段が上がればそれを売ってもっと良い武器を買い、それをまた売る方式だそうだ。

スクはにわかに虚しい笑いがこみ上げてくるのを抑えられなかった。息子が少女を呼び寄せようとしてこんなに悩んでいたことにあきれ果てたのだ。思春期らしい純真な初恋に目がくらみ、突拍子もないまねをしたということだ。もしかすると、息子を説得するのは簡単かもしれないと思った。

スクはいっそう気が楽になり、息子を説得しにかかった。北朝鮮から人を連れてくるのはそんなに簡単ではないこと、ゲームで大金を稼ぐのはとうてい無理なこと、その子のためにもまず代案学校に行って勉強し、大学に行くなり技術を学ぶなりしてこちらの暮らしに慣れてからその子を連れてこよう、とひと息に話した。

「ヒョナが死んでしまったら？　あの子は身体が弱いんだ。間違いなく長くは生きられない！」

急に息子がカッとして怒鳴った。驚いたスクはつい怒鳴り返す。

「おまえ、いつまで甘ったれてんの？　いま母さんにそんな大金はありゃしないし、おまえもその子のために宙ぶらりんな生活をするのがどれだけ愚かなことか分からないの？　お願いだから母さんの言う通りにしてちょうだい。その子のためにもしっかり腰を据えて勉強しようね。いい？　今のようにハングルもろくに読めないようじゃ、ここに居場所はないよ」

口をぎゅっと結んだ息子の顔がしだいに土気色になってくる。そうなればなるほどスクはいら立ちを募らせた。もっと説得力のあることを言おうと努める。言葉を止めた瞬間に息子が消えてしまうようで不安になり、同じ言葉を何度も繰り返す。

「嫌だ！　あの子を連れてくるまでは何もしない！　ヒョナが死んじゃうかもしれないんだから」

スクの言葉を遮って、息子がさっと顔を上げた。そして母をにらみつけた。15歳の少年のまなざしではない。夫に似た冷たい目つきに、不気味な気配すら感じる。息子を説得できないのではないかと怖くなり、負けん気が湧いてきた。意地を通そうとする息子の強情さに腹が立つ。だんだんスクの言葉は荒くなり、息子の息づかいも激しくなる。コッチェビ根性を捨てないと、韓国でも一生物乞いみたいに暮らすはめになるよ、というとげとげしい言葉が飛び出す。ついに、そんなふうに生きるくらいならいっそ死んでしまえ、と言い放ってしまった。息子は放たれた矢のように、止める間もなくドアを蹴って出ていった。

そうして息子は家出した。どこに行ったのだろう。何を食べて、どこで寝ているのだろう。そもそも生きているのだろうか。ぼうっとした頭から、この問いは一瞬たりとも離れない。答えが返ってこない問いが繰り返し頭の中にがんがんと響く。携帯電話の電源が切れていて息子の位置を追跡できないと、刑事が言った。ありとあらゆる恐ろしい想像が波のように押し寄せてくる。

息子を捜し回っている間、家で食事をすることはなかった。空腹になればその辺のコンビニに入り、のり巻きやパンをいくつか無理やり飲み込む。日中は息子を捜して歩き回る緊張感で疲れることはない。だが夜に家に帰ると、そのまま敷物もない床に倒れ込む。体が鉛のように重く頭が割れるように痛いのに、眠気は訪れない。

いっそネックレスを売った金のうちのいくらかを息子のベッドに戻しておけばよかった。そうすれば不安も少しは軽くなっただろうか。ソウルでは、金さえあれば15歳の少年も寝たり食べたりできて、当分は家出を続けられる。飢えることなく、ひどい目にあうこともなく、悪いことに巻き込まれず、母に対する怒りが収まるまで静かに隠れていて、そして帰ってきてくれればどんなにいいか。息子が金を送ってくれというメールでもよこせば、すぐに送金してやりたい思いだった。

あの日、息子の言うとおりヒョナという子を連れてこようと言っていたら、家出することはなかっただろうか。素直に代案学校に行って一生懸命に勉強しただろうか。どうしてあの日は少しもそのことを考えなかったのだろう。スクは後悔していた。それぐらいの金が何だというのだ。金のせいで息子を失うことにでもなれば、決して自分を許せないと思った。

歩き回ってバスの停留所のベンチに座り込み息をついていると、担当の刑事から携帯メールが届いた。警察署に来いという。刑事の電話番号を押して電話をかける。

「うちの子がどこにいるか分かったんですか？　どこなんですか？」

担当刑事はしばらく沈黙し、ひとまず署に来るように、と言った。話し合いたいことがあるという。スクは急いでタクシーを捕まえ、乗り込んだ。

警察署の机に向かい合って座った刑事は哀れみのこもった目でスクを見つめ、コーヒーの紙コップを手渡した。そして自分の携帯電話で1枚の写真を見せた。人が横たわっているようだが、白い布が全身を覆っている。古くてひどく汚れた白いスニーカーをはいた足がにゅっと飛び出ている。人間の死体だ。スクは椅子から飛び上がった。その勢いで机の上の紙コップが倒れ、コーヒーが床にしたたり落ちた。スクは目をむいて叫んだ。

「これは何ですか？　いったい何なんですか？」

刑事は両手をすり合わせ、座るよう何度も促した。

「落ち着いて聞いてください。確実にあなたの息子さんだというわけではありません。ただ、年ごろや身長が近いので、もしやと思ったのです。ここからそう遠くない所の地下にあるネットカフェが火事になりました。みんな避難したんですが、居眠りしていて煙を吸って逃げ遅れた男の子が2人、亡くなりました。1人は身元が分かりましたが、こちらの子は身元が確認できていません。顔や手が火事でほとんど損傷しているんです。唯一、靴と足だけが識別可能です。息子さんが履いていた靴を覚えていますか?」

スクはがたがた震える身体を落ち着かせようと、骨が砕けるほど強くこぶしを握った。目を開いて写真の中の死体の足を注意深く見つめる。どうしても分からない。息子にスニーカーを何足か買ってやったが、どの靴を履いていたのか、どんな形だったのか思い出せない。

「息子さんの足に何か特徴はありませんか?」

刑事の問いに、頭の中がさらに白くなった。10年あまりの間、見ることも触れることもなかった息子の体、息子の足、再会するなりハリネズミのようにうずくまって母に心を開かなかった子、あの子の足はどんな形だっただろうか。スクは首を振って泣き出した。

「うちの子だったらどうしましょう? うちの子じゃないですよね?」

刑事は無言で再びコーヒーをいれてスクに渡した。

「遺伝子検査をするのはいかがでしょう。まだ決めつけないでください。しっかりして元気を出してください、スクさん!」

刑事の親身な言葉が力になった。息子じゃない! こぶしを握り締めたせいでコーヒーがあふれ、スクの手の甲をびっしょりとぬらした。

「おやおや、熱くないですか?」

刑事がすぐにウェットティッシュを持ってきて、赤くなったスクの手の甲を丁寧に拭いてくれた。

「刑事さん、その遺伝子検査というものをしてみます。きっと人違いでしょうけど……」

刑事はうなずいた。

「髪の毛を何本か抜いてください。今日はもう家に帰ってお休みください。そうしないとスクさんが倒れてしまいますよ。何かあれば、すぐ私に電話してください」

家に帰ると急に熱が出てきてめまいがし、動けなくなった。スクは引き出しをひっかき回して風邪薬を取り出して飲み、ベッドに倒れ込んで翌日の午後まで丸一日、ぐっすりと眠りこけた。

担当刑事からの電話が何度か鳴って、ようやく目が覚めた。幸いなことに、遺伝子がネットカフェの遺体と一致しないという結果が出たという。悪夢のようなつらい一日が過ぎていった。


息子を待つ日が続く中、スクは電源が切られた息子の携帯電話にメールを送り始めた。幼い息子を親戚の家に預けて豆満江を渡らざるを得なかった当時の切迫した事情、中国で人身売買された悲惨な経験、韓国に来てから息子が恋しく、金を貯めては北朝鮮に送っていたこと、息子を韓国に寄こしてほしいと北朝鮮の親戚に泣きながら頼んだこと、あれこれ言い訳をして息子を送り出してくれなかった親戚への恨み、金を受け取ったのに息子をコッチェビにしてしまった親戚への怒りを綴る。母さんが間違っていた、家に帰ってきてからヒョナを連れてくる計画を立てようと、バッテリーが尽きるまでメールを次々に送った。それは息子への言葉というよりも、自分自身に向けた泣き言に近かった。

返信のないメールを毎日送りながら、スクは初めて、幼い息子が北朝鮮でどのように生きてきたのか尋ねたことがないと気付いた。北朝鮮で学校に通ったことがなく、コッチェビとして暮らしていたという二言三言を聞いただけで、それ以上聞くのが怖くなったのだ。幼い息子のつらい体験を聞くのが耐えられそうになく、避けていたのだろう。苦しくても歯を食いしばって尋ね、対話をしていたら、息子との距離はずっと縮まったのではないだろうか。

　息子の家出から10日が経った。スクは相変わらず昼間は近所のネットカフェを見て回っていた。昼食どきを少し過ぎ、横断歩道を渡ろうとすると電話のベルが鳴った。肩に斜めがけにした小さなバッグから携帯電話を取り出そうとして下に落としてしまう。電話が鳴るだけで動揺し、手が震えるのだ。携帯電話を拾うと担当刑事の番号だった。

「ジンチョルのお母さん、急いで寿井《スジョン》警察署に来てください。今ここにジンチョルがいます」

「ええっ？　本当ですか？　うちのジンチョルに間違いありませんか？　ああ、ありがとうございます！」

　スクはその場にぺたりと座り込んで泣き出した。しゃくり上げながら電話に向かって問いかける。

「息子は大丈夫ですか？　どこかケガでも……」

　刑事は心配いらないから早く来るようにと言った。スクは道路に大きく一歩踏み出して手をあげた。車が鋭いクラクションを鳴らしてスクをよけていく。どこかの若者がスクの服の裾を後ろからぐいと引っ張った。

「しっかりしてください。事故に遭いますよ」

ちょうどタクシーがスクの横に止まった。

「寿井警察署へ。急いでください」

警察署に着くと、正面入口の前で待っていた刑事がすぐにスクに近付いてきた。

「お母さん、息子さんに会う前に私と少し話しましょう」

刑事は1階の小さな部屋にスクを招き入れた。お茶を飲むかと刑事に聞かれ、スクは首を振って切実なまなざしを向けた。

「驚かないでください。ジンチョルは市場で餅を盗んで捕まりました。餅屋の女主人は処罰を望んでいないそうです。そればかりか、家出少年に間違いないだろうから親を捜してくれ、と警察署に連絡してきたんです」

スクはまたわっと泣き出した。刑事が軽く息を吐く。

「息子さんは見つかったのですから、落ち着いてください。腹が減って餅を盗んだようです。だから、あまり叱らないでください。今は何よりも、子どもが家に帰って再び家出しないことが大事です。今回は餅を盗むくらいで済みましたが、家出が続けば子どもたちは生活に必要な金を稼ごうとして犯罪に巻き込まれやすいんです」

スクの目から涙が雨のように流れ落ちる。

「ジンチョルと話してみたんですが、あの子は賢くて度胸がありますね。突拍子もないところもありますがね。自分なりの考えをしっかり持っていて、生きる力がある子ですよ」

スクの緊張を解こうとするように、刑事は息子との会話の内容を淡々と話してくれた。息子は家出したとき15万ウォンの現金を持っていたという。母がくれる小遣いをためておいたものだそうだ。その金はチムジルバンに泊まるときにだけ使い、食べ物は主に市場で餅やパンを盗み、服はマンションのごみ捨て場から拾っていたらしい。息子は純金のネックレスを売った経緯やヒョナのことも、刑事に正直に話していた。母さんが憎かった、母さんにとても会いたかったのに、韓国に来るとすぐ代案学校に入れられたのが嫌だった、と。北で苦労したことをすべて吐き出し、母親に慰めてもらい愛してほしかったのだろう。刑事が、スクが送ったメールを見せて読ませようとすると、息子は目をそらして顔を赤らめたという。

「コッチェビとして暮らしてきたから、ハングルをまともに習ったことがないんですね。本当に胸が痛みました。私がスクさんのメールを読んでやりました。初めは口をぎゅっとつぐんで聞いているだけだった子が、急にわんわん声を上げて泣き出すじゃないですか。私も思わず一緒に泣いてしまいました。さあ、息子さんのいる部屋に行きましょう」

息子は2階の休憩室の椅子に座って携帯電話をじっと見つめていた。スクがドアを開けて入っていくと、ちらっと見てそっぽを向いた。

「こいつめ。まだすねているのか？」

刑事はスクに目配せし、ドアを閉めて出ていった。しばらく気まずい沈黙が流れる。スクは椅子に座った息子に近づいていき、床に膝をついて座った。涙でにじんだ目で息子を見上げる。そむけた首に小さな喉仏がかわいらしく動いている。私の子、大きくなったんだね。スクは息子の膝にそっと顔を埋め、体臭を胸いっぱいに吸った。温かい滴がスクの首筋にかかる。息子の涙だった。ぽとっ、ぽとぽとっ……。

# 将軍を愛した男

# 1

スノクはギョッとして歩みを止めた。全身の神経が後頭部に集中した。どしどしと後ろをぴったり追ってくる重い足音が、頭の中にまで響いてくる。ひどい汗の匂いを放ちながら、黒い物体が横をかすめるように過ぎ去った。夕方の薄明かりの中、巨大なリュックに隠れた人がぐらぐら揺れながら歩いて行った。スノクは水の中から突然浮き上がってきた潜水夫のように、こらえていた息を吸い込んだ。ひゅうっ……。口笛のような音が出た。

しかしスノクは、再び追われている感覚に襲われて駆け出した。息を切らしながら家の前に辿り着き、向かい側の倉庫の壁の陰に素早く身を隠した。倉庫の鍵を開け、夜の猫のように音も立てず真っ暗な闇の中に溶け込んだ。倉庫の隅に身を寄せ、息を殺して外の様子に耳を凝らした。そしてしゃがみ込むと床を丹念に手探りした。か細い気の抜けた声が出た。床に埋めておいたラジオは安全だった。土の床にへたり込んだ。

いつからか、尾《つ》けられているという不気味な感覚があった。そのたびに髪が逆立ち恐怖に怯えた。その薄気味悪い感覚は朝市場に出かける時も、夕方家に帰る時も常に続いた。寝床についても頭頂部に見えない鋭い視線を感じて、胸の動悸が止まらない日もあった。

数日前に保衛員が人民班会議で、小型ラジオを持っている人は自発的に提出するように、と言ってから、不安はさらにひどくなった。ラジオをこっそり聴いていてその内容を広めた者は、反革命分子として厳罰に処すると脅してきた。

スノクは1年前、市場で中国産の小型ラジオを買った。夫も姑もその事実を知らない。夫が鎮痛剤を飲んで深い眠りについてから、注意深くラジオをつけた。数日前にはそれをビニール袋で何重にも包み、倉庫の床に埋めた。当分は聴くのをやめるつもりだった。

しばらく経って倉庫の扉に鍵をかけ、家に入ったスノクは怒りを爆発させた。

「またバッテリーに繋げて映画を見てるの?」

奥の部屋から流れてくる音楽が、スノクの甲高い声をかき消した。奥の部屋と居間を隔てる引き戸の障子戸に、青みがかったテレビ画面の光が揺れていた。停電して真っ暗な居間では姑がいびきをかいていた。今年の春に軽い中風にかかってからは、夕方になると寝てしまうようになった。

スノクはガラッと引き戸を開けると奥の部屋に入っていった。煙草の煙は開け放した窓の方にもくもくと流れ出て、床は灰まみれになっていた。夫はじろっとスノクを見ると、お疲れと言って視線を外した。

「またその映画?　何十回も見たのに、どうしてわざわざバッテリーに繋げて見ているの?」

夫は聞こえないふりをして、全く答えなかった。テレビの画面を凝視しながら手探りで部屋の隅に丸まっている毛布を探すと、股の間に引き寄せた。くる病患者のように湾曲した夫の背中からは、どんな言葉にも応じるつもりはないという固い意志が感じられた。いつものお決まりの戦術だった。夫の横顔は見苦しかった。映画に夢中なその目は無限の憧れに光り輝き、半開きの口からは嘆声が漏れた。やつれた頬には涙の跡が染み付いていた。もう台詞まで覚えているはずなのに、見るたびに涙をポロポロこぼすのだ。

「本当にみっともない。男のくせになんでいちいち泣くの?」。舌打ちした。

「涙を流して悪いか。君には感情もないのか?」

夫は首をすくめ、ぶっきらぼうに言った。

「こっちは食べていくのに精一杯なのに、つまらない感傷に浸れるなんていいご身分ね」

「そう言うなよ。僕もあの時代に生まれていたら、将軍様に従って革命家になっていただろう。格好よかっただろうな」

夫はやっとこちらを向くと、遠くを見るような目つきでへらへら笑った。スノクはフンと鼻を鳴らして夫に釘を刺した。

「空想や妄想に浸って生きるのはやめて。それは映画だけの話だし、それに……」

真っ赤な嘘だから、という言葉をスノクはようやく飲み込んだ。怒りにまかせ引き戸をバン、と閉めて居間に戻った。ギョンスとの結婚は、人生で最大の過ちだった。憎い嫁は踵《かかと》も豚の鼻に見えると言うが、今では夫の行動すべてに怒りを感じずにいられない。女のように笑うのも憎たらしいし、ちょっとしたことでメソメソ泣くのも嘔吐したくなるほど腹立たしいのだ。

護衛局にいた時の夫の夢は、首領を護衛している際に敵の弾丸を受け、壮絶な戦死を遂げることだった。革命映画のように将軍様が自分を抱きかかえ、ギョンス同志、目を開けてくれ、と涙を流す姿を常に想像した。空想に浸って偽りの自我で思考し行動する夫の姿は、ともすると精神病患者のようだった。だが死の病にかかり除隊した夫は、空虚な夢を叶える機会を失った。いま苦しんでいる病気も、彼のおそるべき首領愛により得た勲章のようなものだ。

平壌の護衛局を除隊する1年前、ギョンスは久しぶりに休暇をもらった。しかし休暇を親兄弟に会うことなどに費やすのはもったいないと思った。金日成が抗日闘争を行った白頭山に赴き、革命精神を養おうと心に決めた。ギョンスは極寒の中、パルチザンよろしく一人で数十キロの行軍を始めた。肌を突き刺す北方の寒さにもめげず、悲壮な覚悟で革命精神の修練に励む彼の決意は相当なものだった。行軍の夜は森の中で焚き火をし、軍隊用の飯盒《はんごう》で飯を炊いた。就寝時は雪の上に枝を敷いて、ビニールと毛布を体に巻いて寝た。革命映画で見た通りに。

しかし現実は華麗な映画のシーンとは違った。ギョンスはついにたちの悪い風邪に罹《かか》った。高熱にふらふらしながら行軍を続けたが、とうとう意識を失い倒れた。ちょうど通りかかった踏査行軍の隊列が彼を発見しなかったら、空想通り白頭山で「壮絶な最期」を遂げるところだった。幸い病院に運ばれ、かろうじて命は助かった。ギョンスの熱烈な首領愛の精神は、たまたまその場に居合わせた記者により素晴らしい記事に仕上がった。おかげで表彰まで受けた。しかしそのせいで血行障害を起こした夫は、結節性多発動脈炎という難病を発症した。あれほどまでに栄誉に思っていた護衛軍官の制服を脱がなければならなかった。哀れにも社会保障患者【障害年金受給者】として残り少ない人生を送ることになったのだ。

夫の笑えない過去を思うとやるせない気持ちになってしまう。時には夫が気の毒だと思うこともある。徐々にやつれて死んでしまう病で、すでに体は骨と皮だけだ。死を意識せず妄想の中に生きることが、むしろ幸せなのかもしれない。夫が難病にかかっていなかったらとっくに離婚していただろう。望み通りに平壌で護衛軍官の妻として生きたとしても、夫を嫌いになっていたはずだ。

## 2

数日後、スノクを苦しめてきた不安が現実のものとなった。ある日の市場からの帰り道、暗がりのなか無言でいきなり立ち塞がった男たちにスノクは連行された。ジープがすでに待機していた。ジープの後部座席に座ると、2人の男たちがぴったりと横にくっついてきた。左に座った男の脇腹の、拳銃ホルスターの端が目に飛び込んだ。保衛員に間違いなかった。一瞬で口の中が渇き、めまいがした。スノクは意識が朦朧《もうろう》としてきたが、しっかりしなければと精神を集中させた。倉庫の床に埋めたラジオのことをすぐに思い出した。しかし朝に市場に行く前はその存在が確認できた。いつだったかラジオを聴いていた時、土間の窓の方からガタガタという音が聞こえてきたのをふと思い出した。あれは監視者の気配だったのだろうか。それとも、ラジオで聞いた話を市場で一言二言漏らしたからだろうか？　市場の売り子の中年女の中に保衛部の手先でもいたのだろうか？　考えれば考えるほど想像が膨らみ、連行の理由を推測することが難しかった。保衛部が連行するからには何か弱点を握られたはずだ。でもそれが何かわからない。気が触れそうになった。取り調べでは、なんとしても粘らないといけない。スノクは大きく息を吸い、拳をギュッと握った。

車は地域の保衛部に入った。初めて来る場所だ。スノクは保衛員に両腕を抱えられたまま、建物の奥にある鉄扉の中に入っていった。カビ臭さと湿気が顔に張り付いた。薄汚れた豆電球一つが、急な木の階段をかろうじて照らしていた。軋む階段を降りていくと、地下に蛍光灯に照らされた狭い廊下が現れた。両側に出入り口と小さい窓が交互に並んでいるのがちらっと見えた。保衛員は強引にスノクの背中を押し、腰をかがめろと言った。スノクは長い廊下の一番端の部屋に連れて行かれた。２坪ほどの小さい部屋だった。鉄の柵がついた小さい窓が廊下側に向いていて、部屋の中は暗かった。隅に畳まれた青い毛布が１枚見えた。小さな机と椅子が窓側に置かれていた。後ろの壁に小さなドアがある。トイレのようだった。保衛部の地下の牢屋に違いなかった。ほの赤い電灯が点くと、保衛員は白紙数枚と鉛筆を渡してきた。

「今から陳述書を書いてもらう。今までの人生で犯した過ちを一つも隠すことなくすべて書き記せ。正直に書けば罪が軽くなるだろう」

ガン、と鉄のドアはやかましい音を立てて閉じた。世の中から隔離されたと実感した。スノクは崩れるように椅子にへたり込んだ。耳が詰まり、息が苦しくなった。何を書くべきか。もちろんラジオのことや市場でのやり取りを書くのは絶対に駄目だ。スノクは唇をかみしめ、鉛筆の尻でトントンと机をこづきながら考えていた。しばらくして大きく深呼吸をして書き始めた。

次の日の朝、保衛員はスノクが書いた陳述書を持って出ていった。一睡もできなかったが頭は冴えていた。陳述書に対する反応が気がかりだった。

数時間後、保衛員が現れた。スノクはサッと椅子から立ち上がると、椅子の横に慎ましやかに立った。

「ふん、滑らかな文章だな。とても模範的で立派な共和国の公民だ。党の配慮で師範大学を卒業したあと道の史跡館の解説講師をつとめ、護衛局の除隊軍官である病気の夫を介護する糟糠《そうこう》の妻……と」

保衛員は突然拳を机に叩きつけた。机の上の鉛筆がぴょんとバッタのように跳ねて落ち、床をころころと転がっていった。

「どこからそんな嘘が出てくるんだ。もう1回書け。夫と結婚することになった経緯から結婚生活まで具体的に正直に書くんだ」

毒気を帯びた目つきでスノクを威圧すると、保衛員は新しい紙を数枚机の上に放り出し、ぷいと外に出ていった。スノクは足の力が抜け、ふらついた。心臓が激しく脈打った。恐ろしくて涙が出た。本当にすべて知っているのだろうか。いっそラジオを聴いたと正直に書こうか。スノクは激しく首を振った。昨日の陳述書には結婚生活をいいように脚色して書いてしまった。いっそ結婚生活をあるがままに書いた方がいいのではないだろうか。陳述書から現実味が感じられるようにしなければならない。震える手に力を込め、再び鉛筆を握った。

結婚生活を書き始めると、改めて自分の境遇が哀れなものに思えてきた。夫ギョンスと初めて出会ったのはスノクが勤めていた道の史跡館だった。ある日、スノクの解説講義を聞く観衆の中にギョンスがいた。スラリとした体格に護衛局の軍官服を着ていたからか、やたらと目立った。夕方に退勤しようと史跡館を出たところ、ギョンスが近づいてきた。その日から毎日、彼は史跡館前に現れた。彼の情熱も素晴らしかったが、平壌の護衛局勤務というその立場に惹かれてスノクはプロポーズを受け入れた。急いで結婚式を挙げた。友人たちはスノクが平壌の護衛軍官の妻として暮らすことを羨ましがった。地方の若い女たちにとって平壌に嫁ぐことはロマンだった。

しかし結婚後2カ月で、スノクの膨らんだ夢は床に叩きつけられたガラスのコップのように粉々になった。夫の職業は平壌の護衛局軍官ではなかった。白頭山に行って罹った難病のため、すでに除隊した状態だった。結婚詐欺にあったようなものだった。

スノクの肩から怒りが消え、ため息が漏れた。誰のせいでもない。詐欺に遭おうが目が眩もうが、夫を選んだのは自分だった。平壌に住めるという打算と愚かな虚栄心のせいで、夫の嘘にころりと騙《だま》されたのだ。夫はあっという間に結婚届を提出し、身動きも取れない新婚生活を送ることになった。

夫の正体を知った後は、きまり悪くて職場に通えなくなった。羨ましがる同僚に真実を明かしたくなかった。そんな中、苦難の行軍が始まった。自然に職場を辞めることになり、市場に稼ぎに出た。それなりに商売はうまくいき、生活を維持することができた。スノクが捕まったことを夫は知っているのだろうか。いつもはくだらない嫌な奴としか思わないが、この孤独で恐ろしい瞬間にはふと夫を思い出した。

3

ギョンスは結婚前から妻に遠慮していた。妻は度が過ぎるぐらいしっかりしていた。なまじ学があるからか万事理屈が必要で、いい加減さを許さなかった。結婚してからはもっと妻が怖くなった。最初は結婚詐欺がばれないかと戦々恐々とした。すべてばれた後は、妻の機嫌を伺いオロオロとした。自分の妻にしたくて結婚詐欺まで働いたのに、特に幸福を感じなかった。妻に向き合うと、自分がやたらとつまらない人間に思えた。妻は市場で稼いでギョンス親子を養った。さらにこの春には母が中風を患った。そうでなくても怖い妻が女王のように扱いづらくなった。

一番恐ろしいことは自分たち親子を捨てて妻がぷいと出ていくことだった。周囲には家庭を捨てて跡形もなく逃げ去っていく女たちが沢山いた。結婚詐欺がばれた当初、妻は離婚を言い渡してきた。ギョンスは田舎の伯父の家に逃げ、1カ月以上隠れて暮らした。そして涙ながらに許しを乞う手紙を何通も妻に送った。その効果か、その後は離婚するという言葉は聞かなくなった。しかし無理やり上から押さえつけたバネのように、妻の離婚宣言はいつ跳ね返ってくるかわからない。考えに耽る姿を見るだけで、離婚を考えているのではないかとはらはらした。妻の表情と口調はぎこちなく、怒りをかろうじて抑えているかに見えた。なるべく妻の機嫌を損ねないように振る舞うしかなかった。


「嫁はどうして家に帰ってこないの？　もう2日も経った。お前は嫁を探す気はないのかい？」

母の心配をよそにギョンスは含み笑いを漏らした。

「心配しないでください。もうすぐ帰りますよ。ちょっと痛い目に遭えば……。頭をすっきりさせて戻ってきます」

「どういう意味だい？　頭をすっきりさせて戻るって。お前もしかして何かを知っているの？」

ギョンスはギクッとしたがすっとぼけた。

「家にしかいない僕に何がわかるというんですか？」

「ああ、もどかしい。嫁が何日も戻らないのに、探す気もなくテレビの前に座ったきりで。私が見てもお前には呆れるよ」

「今度は母さんまで僕に説教を?」

ギョンスは腹を立て大声を出した。母親も負けじと声を荒らげた。

「何十回も同じ映画を見てよく飽きないね。バッテリーがもったいないよ」

「まったくスノクと同じことばかり言って。あいつのいない時ぐらいは好きにさせてくださいよ」

大声をあげたものの、ギョンスはパッと立ち上がり、大便を我慢する子犬のように部屋の中をうろついた。口をすぼめて煙草の煙をゆっくり丸く吐き出し、何かをじっと考えていた。

4

その頃スノクは3回目の陳述書を書いていた。保衛員に頬を張られた。都合のいいことばかり書こうとせず、結婚生活を正直に、具体的に書けと怒鳴りつけられた。結婚生活に問題があるという暗示のようでもあった。何か尻尾を掴まれるようなことでもあっただろうか? いくら考えてもラジオ以外のことは思い浮かばなかった。スノクはそういえば、と思い出し、唇を噛んだ。突然一つの記憶が鮮明に浮かび上がった。

その日の晩も、夫は革命映画を見ている最中に疼痛で倒れた。病気の症状である筋肉痛が始まったのだ。夫は鎮痛剤と免疫抑制剤で生きているようなものだった。強い鎮痛剤を飲んでしばらく経ってから、踏みつけられた虫のようにぐったりと横になってやっと眠りについた。スノクは汗でぐっしょり濡れた夫の体に布団をかけ、台所に降りて行って一人で泣いた。自分の身の上があまりに惨めに思えた。幸せな結婚生活の夢は絶たれ、夫と姑の病人2人が自分の肩に荷物のように覆い被さっている。姑が中風になる前にこの家を出て行かなかったことを幾度となく悔やんだ。夫に情や未練があったわけではない。ただ同情と憐憫《れんびん》を捨てきれなかった。こんな結婚生活を放棄できないほど自分は貞節な女なのだろうか。自分でも呆れるばかりだった。

スノクはひとしきり泣いたあと、引き戸の隙間から部屋の中を覗いた。死んだように眠る夫の傍らに姑が寝ていた。急いで外に通じる台所の扉を戸締りし、毛布で作ったカーテンで窓を覆った。そして、かまどの焚き付けの間に隠しておいた包みを取り出した。小型ラジオだった。アンテナを立て、眉間に皺を寄せて耳をそばだてた。ザーザーという雑音と共に女性の声が聞こえてきた。見ることも行くこともできないラジオの世界だけがスノクの唯一の慰めであり、安息の場所だった。

夢中でラジオに没頭したスノクだったが、突然頭頂部を刺すような視線を感じ、ぎくっとして顔を上げた。次の瞬間、驚きのあまり息を飲んだスノクは台所の床に尻餅をついた。気絶するように眠りについていたはずの夫が、目をむいてこちらを見下ろしていた。

「それはなんだ？　もしかして保衛員が聞くなと言っていた反動ラジオじゃないのか？」

「何言ってるの？　反動放送だなんて。ただの歌よ」

「じゃあ、聞いてみようか」

スノクは慌ててダイヤルを回し、音が聞こえないようにした。少しの間ラジオに耳を傾けた夫は、まだスノクを疑うような目で睨みつけてきた。

「歌だろうがなんだろうが、小型ラジオを聴いたら駄目だと保衛員がこの前の講演会で言っていただろう？　ラジオを聴いていることがばれたら追放されると言っていなかったか？　自首してラジオを保衛部に提出しろと言っていただろう」

「しつこいわね。これは私の友達のものなの。明日返さないといけないの」

スノクは落ち着きを取り戻し、言い逃れようとした。

「じゃあ明日必ず持ち主に返せよ。放送を聞いた瞬間、反動の嘘に騙されてしまうと保衛員が言っていただろう。革命精神を磨き続けないと目が曇ってしまうんだ」

ギョンスは訓示を垂れつつ、ドロンとした目つきでスノクを見つめた。見逃してやったのだから今晩は寝床を共にしないと許さないという圧迫だった。夫が嫌になったスノクはしばらく一緒に寝ていなかったが、妻に逆らえないギョンスはその決定に従うほかなかった。しかしこのようなチャンスを見逃すギョンスではない。彼には憎たらしいほどずる賢い面があった。だがスノクは、その条件を飲んででも、その瞬間の危機を免れる必要があった。


その日のことがばれて、もしかして夫が口外してしまったのではないかと考えてみた。いや、そんなはずはない。スノクは首を横に振った。ラジオを聞いたことがばれたら恐ろしい処罰が下されることは夫もよくわかっている。むしろスノク以上に心配して怖がっていた。もしラジオのことが明るみに出たとしたら証拠を突きつけてくるはずだが、そんな気配もない。保衛員が尋ねる前にラジオの話をこちらからするのは自殺行為に等しい。スノクは唇を噛み締め、慎重に鉛筆を動かし始めた。

## 5

スノクが尋問を受け始めて1週間が経った。すでに陳述書の文句まで全て暗誦できるほどだった。ビンタも数回くらった。その間保衛員が自分に関する確実な手がかりを何も得ていないことをスノクは確信していた。

「お前の悪さは並大抵じゃないな」

面倒くさそうに言い捨てると、保衛員はスノクを睨みつけた。

「それほどまでに賢いお前が、夫の世話もできずこんなザマか」

保衛員は鼻で笑って言った。スノクはぽかんとして保衛員を見つめた。保衛員は愉快そうな表情で、嘲笑うかのように手のひらほどの手帳をポケットから取り出した。

「いいだろう。今から俺の質問に答えてみろ。テレビを見ていて革命映画が出ると、必ずテレビを消しただろう？　うんざりだとぶつぶつ言いながら」

突然の言葉にスノクは思わず背筋を伸ばし、目を大きく見開いた。

「どうした？　今になって背筋が寒くなったか？　将軍様を心からお慕いする自分の夫を私生児と呼んだらしいな？　夫が私生児ではないと言い返したら、『あんたは首領の偶像化洗脳教育で作られた精神的不具者だ。時代に産み落とされた落とし子なんだ』と罵ったそうじゃないか。革命映画に憧れることがなぜ精神的不具者なんだ？　そのほかにも、お前が口にした聞き捨てならない言葉が、この手帳にはびっしり書かれている。これでわかっただろう？　自分からまず告白しておいた方が身のためだ」

スノクは目の前が真っ暗になるのを感じ、保衛員をぼんやり見つめた。全て事実だった。一体誰が告発したのだろう？　まさか夫？　夫の裏切りまで認めてしまうと自分自身があまりにも惨めになりそうだった。自己犠牲の精神で夫を支えてきたことが、ここまで馬鹿馬鹿しいことになろうとは。思わずかぶりを振った。次の瞬間、頬を張られ目の前で火花が散った。ヒリヒリ痛む頬を手のひらで押さえつつ、スノクは激昂して喚き散らした。

「違います！　絶対に違う！」

保衛員は殺気だった狩猟犬のように、黄色い歯をむき出しにして目を見開いた。

「殺されたいのか？　証人がちゃんと生きているのによくも否定できるな。お前の夫が日付や時間まで全て陳述したんだぞ」

保衛員は突然黙り込み、空咳をした。怒りにまかせて、告発者が夫であることを口にしてしまったようだ。思い切り見開かれたスノクの目の中で、瞳孔がブルブルと震えた。保衛員は口を歪めて嘲笑った。

「信じられないか？　革命精神に忠実に生きる夫がいて、お前は幸せ者だな」

全身の血がさーっと引いたようにだるくなった。虚ろな笑いが漏れ、涙が溢れてきた。焦点の合わないスノクの視線は虚空をさまよった。

「ふん、やっと事態を把握したのか？　さあ、ありのままを言ってみろ」

保衛員の刺々しい声に、スノクはやっと我に返った。興奮を鎮めようと目を閉じ、息を整えた。とりあえず夫に対する怒りは後回しだ。スノクは頭をフル回転させた。告発者が夫であることがわかった以上、やるべきことは一つ。家庭内のくだらない夫婦喧嘩だと言い張ることだ。倉庫に埋めたラジオの安全を確信し、スノクは力が湧いてきた。

「保衛員同志は、夫がどういう病気で、どのような症状なのかをご存知ですか？」

「夫の病気とお前の過ちとなんの関係があるんだ」

「関係あります。病名は結節性多発動脈炎で、その症状の一つが神経衰弱です。神経が非常に過敏で、異常な症状が現れます。夫はずっと部屋にこもりバッテリーまで動員して、同じ映画を何十回も見ます。これは正常ですか？　忠誠心の高い行動ですか？　こんな夫に小言を言わない妻がどこにいるでしょう？　彼は経歴を偽って結婚した人間で、いつも不満だらけで暮らしています。口喧嘩も多かったし、夫はこんな愚かな方法で私に復讐しようとしているんです。今回のことはくだらない夫婦喧嘩にすぎません」

「ほう、ずいぶんと頭を使ったじゃないか」

「私は数年前まで史跡館で革命歴史を解説する講師でした。神経衰弱の症状がある患者にそんなわけのわからないことを言うほど分別のない人間ではありません」

スノクは謙虚に振る舞いつつ、しかしどうしようもなく悔しげな表情を浮かべようと努力した。膝に置いた手のひらは汗でぐっしょり濡れていた。

「お前は普通の女じゃないな？　だからといってここまで大ごとになった罪を見逃すわけがないだろう」

保衛員の目つきは怒りで一層険しくなった。

6

2日間保衛員は現れなかった。書いた陳述書を叩きつけられることもなかった。さらに1日経って、スノクは留置所から2階の事務室に連れて行かれた。日の光が筋状に模様をなす明るい部屋に入ると、目がくらくらして倒れそうになった。待ち構えていた担当保衛員はスノクを鋭く睨みつけると、受話器を取って短く指示を出した。

「入らせろ」

しばらくするとドアが開き、驚いたことに夫が現れた。目だけがギラギラしているやつれた顔に卑屈な笑いが浮かんでいた。申し訳なさそうに両手のひらをひたすら擦り付ける様は、ボタンを押して動かすおもちゃのようだった。スノクの目に閃光がほとばしった。確かに夫が嫌いで憎んでいたが、保衛部に告発するような卑劣な人間だとまでは思っていなかった。保衛員がうっかり夫の名前を出さなかったら、誰の仕業かわからなかっただろう。しかし夫はほかでもない妻を、彼ら親子の面倒を見ているスノクを保衛部に密告した。思わず振り上げそうになった拳を必死に抑えた。ブルブル震える手をゆっくり下ろしたスノクは、ぷいと夫に背を向けた。

「お前の夫がお前に言いたいことがあると哀願してきた。規定に反するが面会を許可する。10分だけだ」

保衛員は部屋を出てドアをバタンと閉めた。誰もいない部屋で2人は向かい合った。張り裂けそうな静寂の中で、荒いスノクの呼吸がどんどん大きく聞こえてくる。ギョンスは恐怖に駆られた目つきで1歩下がり、違うんだ、とばかりに両手を左右に振った。

「落ち着いて僕の話を聞いてくれ。これは全て君を思ってのことだ。本当だ」

夫はこの状況で憎らしい笑みまで浮かべている。スノクは身震いすると、精一杯の力で夫の頬を張った。夫はふらつき、手のひらで頬を押さえた。

「お願いだから僕の言葉を信じてくれ。これは全て君のためにやったことなんだ」

「どうして？　私のために保衛部に告げ口を？」

「僕の告発は事実ではなく、病気のせいでうわ言を口にしてしまっただけだ、とさっき保衛員に対して陳述を訂正してきたから。本当だ」

「頭おかしいの？　人を病気にしておいて薬をよこす【人をわざと窮地に陥れた後に親切を施す】つもり？」

「どうか信じてくれよ。僕の言葉を信じれば君は助かるんだ。これはすべて君のためにしたことなんだ。本当だ」

君のためにしたことだ、という言葉を何度も聞いて、スノクはためらった。夫の表情はあまりに真摯で、その眼差しは切実だった。率直な心情を訴えているようで頭が混乱した。夫の言葉の意味を理解できなかった。

「一体どういうこと？　私のためにしたって言うけど」

「君がこの頃恐ろしい言葉をしょっちゅう口にするので……とにかく革命精神に背く言動が多すぎて、心が苦しく辛かったんだ。これはちゃんと矯正しなければならないと思った。でも自分の力で君を正しく導く自信がなくて、悩んだ挙句保衛部に告発したんだ。正直言えば保衛部で少し怖い目に遭えば、君の革命精神がしっかりすると思って。それで、捕まってから1週間後に保衛部まできて、自分の陳述は事実ではないと言ったんだ。僕の心のうちを理解してほしい」

夫は誇らしげに、にやっと笑って見せた。スノクは、はあ……と力の抜けた声を出した。未知の存在でも見るかのように、ぼうっと夫の顔を見つめた。これが事実なら、夫以外には決して思いつかない行動だろう。自分の言葉に妻が耳を傾けていると錯覚したギョンスは、興奮してさらにまくしたてた。

「君を密告するつもりなら、全てを打ち明けることもできただろう。でも台所の床でラジオを聴いていることは言わなかったし、国民を飢え死にさせるのが人民の父なのか、と将軍様の悪口を言ったことも言わないでおいたよ」

「しーっ！　黙って」

スノクは慌てて周囲を見回した。

「僕ら2人だけだから大丈夫。それから……」

「黙れってば！」

次の瞬間ドアがパッと開き、4人の保衛員が突然入ってきた。2人はスノクの両腕を掴み、1人はギョンスを押さえつけた。担当保衛員は、小さなトランクのようなものを持って入ってきた。机の上でトランクを開ける保衛員の口元には残忍な笑みが浮かんだ。トランクの中の機械からさっきの2人の会話がそっくりそのまま流れ出した。スノクは全てを悟り、歯ぎしりをした。

「この出来損ないが！」

ギョンスは訳が分からず、飛び出た目をキョロキョロさせて保衛員を見回した。ぽっかりと開いた口を、釣られた魚のようにただパクパクさせていた。

スノクの手首にガチャリと手錠がかけられた。ギョンスは事態をやっと悟り、悲鳴を上げた。

「これは違う！　すべて嘘なんだ！　妻をちょっと懲らしめてくれと保衛部に頼んだだけだろう？これでは話が違う」

「バカなやつだ。騒ぐと共犯者になるぞ！」

ギョンスを掴んで立ち上がった保衛員が、からかうように言った。

「離せ、この手を離せ！」

朝の光に映し出されたギョンスの長い影が、身悶えするかのようにうねった。魂も生命も感じられない黒い影が歪む様は、鳥肌が立つほど不気味な光景だった。スノクは自分の方に必死で迫ってくる影を避けようと後退りした。氷のような鋭い視線でギョンスを制した。保衛員の荒々しい手がスノクの背を押した。

「僕の忠誠心をこんな形で悪用するなんて。自分の妻のためにしたことなのに。スノクを返してくれ！　僕の妻を返してくれ！」

罠にかかった獣のように泣き叫ぶギョンスの哀れな声が、ナイフのようにスノクの背中に刺さった。

# ご飯

ご飯が捨てられる。半分も食べられていないツヤツヤの真っ白いご飯だ。齧《かじ》っただけの骨つきカルビの煮物も捨てられる。付き合い程度に汁だけ啜《すす》ったワカメスープの具も、流しのプラスチックの容器に入れられる。これは出産後の体型を戻そうとダイエットに必死な嫁の食後の風景だ。大きいカルビの煮物がもったいなくて、嫁の齧った反対側を口に持っていき、ハッと気づいて思わず投げ捨てた。いくらもったいないといっても、食べ残しを口にするなんて。スンニョはため息をつきながら生ゴミを、いや、まだ美味しそうな残り物をビニール袋にぶちまけた。とても重く感じた。ビビンバのように色とりどりの生ゴミをぼーっと眺めた。

突然真っ黒なあかぎれだらけのやつれた手が伸びてきて、生ゴミを奪った。ビニール袋に頭を突っ込んだ。鼻にも口の周りにも生ゴミがべったりついた。人目も憚《はばか》らず白目をむいて、気がふれたように食べ物を握っては口に運ぶ。真っ黒だった手が生ゴミに洗われて、筋状の跡がついている。骨だけの腕と指の間から、濁った液体がダラダラと垂れた。突き出た頬骨に尖《とが》らせた口。掘ったばかりの熟れたジャガイモのようにガサガサした黒い皮膚が骨に張り付き、骨格をはっきりと浮き出させている。枯れ草のようなボサボサの頭には真っ白にシラミがわいていて、思わずゾッとする。男の子はやっと10歳になったかどうかだが、聞けば14歳だという。そういえば……その子が漁っていたものはビニール袋ではなく、北朝鮮の民家の庭から盗まれた犬の餌だった。片付け忘れて雨水が溜まった餌入れの中で、水を含んでふやけた菜っぱの切れっぱしだ。

スンニョは幻影を追い払おうと頭を振った。あの頃は多くの子どもが痩せこけた犬のように道端で倒れて死んでいた。北は今、もっと大変だと聞くが……。

スンニョは啜り泣くかのように息を吐き切った。外に出る時にビニール袋をゴミ捨て場の生ゴミ用の容器に捨てるつもりだ。もう韓国に来て10年以上経ったが、いまだに食べ物を捨てる時にはついため息が出てしまう。

嫁が嫌がっても今夜は小言を言ってやろう。なんでも節約しようと必死な姑を田舎じみていて貧乏くさいと思っている嫁だ。顔が浅黒く、どんなに良い服を着ても似合わない姑を鬱陶しく思っていることをスンニョは知っている。息子のことは好きでも、その親であるスンニョはくっついてきたおまけのようなもので、仕方なく同居していることは百も承知だ。姑との同居は施しのようなものだと思っているだろう。まあ、間違ってはいない。いまどき、どこの嫁が姑と同居しようと思うだろう。

しかしいくら嫁との同居が辛くても、息子と離れて住もうとは思わない。脱北中に生き別れ、やっと再会できた息子だ。離れて暮らそうという考えはみじんもなかった。

最初は、美しい韓国の若い女性が脱北者の息子を好きになってくれたことがありがたかった。若い夫婦の幸せのために、あらゆることを我慢して暮らそうと心に決めた。それなのに最近はしょっちゅうため息をつき、心の靄《もや》を持て余して過ごしている。

嫁は金持ちの娘でもないのに、なぜこんなに金離れがいいのだろう。とにかく金が使いたくてたまらないようだ。無条件に、良いもの、洗練されたもの、高級なものにこだわる。市場で値切ろうとすると、嫁はみっともないとその場から逃げてしまう。

もちろん息子は収入がよく、嫁も働いているのでなんの問題もないのだろう。だが、スンニョの目には見栄のために金を浪費しているように映ってしまう。食べ物を半分も残したり、賞味期限が1日切れただけで捨てたりするのが気に入らない。まだ履けそうな靴や、着られそうな服を流行遅れだからと捨てて、新しいものを買うのももったいないと思う。デパートの服もその辺の店の服も特に違いはないだろうに、頑なにデパートで買おうとするのも理解できない。嫁は背も高いし若者向けの服を着ているので、捨てた服をスンニョが着ることもできない。韓国で生まれて暮らしてきた嫁と、生涯のほとんどを北で過ごしてきた自分が違うのは当然だと心に言い聞かせるが、それでも嫁の行動にいちいち驚いてしまう。

スンニョは息子の通帳に金があるか、どれだけ貯まったかなどを一切知ることができない。息子が結婚する前は金の管理はスンニョがしていた。結婚するやいなや、当然の如く嫁が息子の通帳を管理し始めた。これもまた北とは違ってどうも腑に落ちない。北では家事を担うものが金を管理するのが普通だ。むしろスンニョに任せてくれれば節約に努め、貯蓄を増やして息子の人生をサポートできるだろう。人の良い息子は嫁の金の管理に関心もないようだ。しかしうっかり口を挟もうものなら、嫁は露骨に嫌な顔をする。さらに寂しいのは、以前は母親べったりだった息子が嫁の肩を持ち、スンニョに譲歩を求めることだ。残念なことに、息子は北での苦労を忘れかけているようだ。スンニョは悔しい思いを押し殺した。

リビングに戻ったスンニョは、ゆりかごの中でスヤスヤ寝ている孫を見て、にっこり微笑んだ。確かにそうだ。目に入れても痛くない大事な孫と息子と嫁のために、いい物だけを使うのも悪くはない。

嫁の言葉通り自分がケチケチしすぎていたのかもしれない。なんの稼ぎもなく息子夫婦の稼いだ金で暮らす自分に、口出しする権利などあるだろうか……。

スンニョはテレビをつけようとしてやめた。赤ん坊が起きてしまうと思った。何かやることはあるだろうかと部屋を見回すが、部屋の中はこれ以上整頓するところがなかった。まだ夕飯の準備には早い。スンニョはしばしぼんやり座っていたが、携帯を取り出して節くれだった指でぎこちなく番号を押した。北で同じ町に住んでいた同い年の友達の電話番号だ。スンニョの家からいくつか先のバス停のそばに住んでいる。友達とおしゃべりでもしたら胸のつかえが取れる気がした。

「いま何しているんだい？　時間あったら遊びに来てよ」

友達は数日前から家政婦の仕事が入り、忙しくて来られないと言う。それより週末に遊びに行こうと誘ってきた。スンニョはがっかりして電話を切った。痺れた足を軽くトントン叩きながら、大きく息を吸い込んで心を落ち着かせた。この足さえまともであれば、スンニョの性格ならどんな仕事でもやったはずだ。韓国育ちの女性たちは、60代前半ならまだ生き生きとして若く見える。しかしスンニョはすでに髪は真っ白で、足を引きずって歩いている。北で痛めた膝は油切れでも起こしたのか、いくらしっかり食事を摂って薬を飲んでもあまりよくならなかった。今は孫の子守をして暮らしているが、具合が悪くなって息子に迷惑をかけるのではないかと心配になる。なんの蓄えもなく息子に養われて暮らしている我が身を日々恨めしく思うのだった。

スンニョは夕飯作りに取りかかった。米2合をボウルに入れ、水道水で研いでいく。いつもの癖で白い研ぎ汁を別のボウルに取り分ける。きれいな米なので研ぎ汁も牛乳のように白い。北では研ぎ汁を大事に使う。スープに入れれば特に調味料を使わずとも香りよく仕上がる。溜めておいて食用の豚や犬の餌にもできる。水を含んだ米粒は宝石のようにキラキラ輝いている。炊飯器の内釜に丁寧に米をあけ、水加減をしてボタンを押す。炊飯器からは「白米炊飯をスタートします」と美しい声が流れ出る。その声はいつも不思議で楽しい。でもこんな便利な米の炊き方は少し味気ない感じがする。

北では鉄の釜で米を炊く。火と水の加減をうまくしないと、美味しいご飯が炊き上がらない。とはいえ、米のご飯は節句や家族の誕生日に食べるくらいだ。普段は米粒ほどの大きさに砕かれたトウモロコシと、ジャガイモが混じった雑穀米を炊いて食べる。これを炊く時には、さらに繊細な技術と努力が必要になる。トウモロコシをまず茹でて、その上に細かく割ったジャガイモを釜の縁に沿って並べ、その中に一握り分の米を入れて、火の調節をしながら炊いていく。

「ここは本当に生活が便利だね。私も豊かになりすぎて贅沢になってしまったのかねえ」

スンニョは首を左右に振った。冷蔵庫から韓国カボチャを取り出し、切りながら炊飯器から流れてくるご飯の匂いを鼻から吸い込んだ。何度嗅いでも飽きないご飯の匂い。北では常に空腹だったせいか、ご飯の匂いを嗅ぐだけで口に唾液が溜まった。食欲が掻き立てられ、いつも気が急いた。もうすぐご飯が食べられると考えるだけで、浮ついた気持ちになったものだ。しかし今嗅いでいるご飯の匂いは、居心地の良い空間で名づけようもない香水の香りに包まれているような、そんな感じの匂いだ。

スンニョは炊き立てのご飯とスープ、ピリッと辛いチゲの匂いが部屋中に立ち込めているのが好きだ。しかしご飯とおかずを作り終わると、窓と玄関のドアを開けはなし、食べ物の匂いを外に逃す。匂いが取れないと、部屋中に芳香剤のスプレーを撒く。嫁が会社から帰った時に少しでも食べ物の匂いがすると顔を顰《しか》めるのだ。芳香剤の匂いを嗅ぐと食欲がサーッとなくなってしまう。

「お義母さん、私ダイエットにいい食材と料理をインターネットで見つけてきたんです。大変でしょうけれど、このまま私だけ別メニューにしてもらえませんか？　もうちょっと体を絞らないといけなくて」

夕食時に嫁が印刷された紙1枚を渡してきた。

「母さん、ヒョナの面倒も見て、彼女の食事も別に作るのは大変でしょう？　すみません」

息子は極まり悪そうに笑い、顔色をうかがった。スンニョは文句を言わずただ頷いた。嫁の体が健康そうなのはいいけれど……という言葉を、ご飯と一緒にごくりと飲み込んだ。つい嫁の機嫌をうかがってしまう。さっき言おうと決意した、心の中に膨れ上がった言葉は一言も口にできなかった。一人の時はぶつぶつ言っているのに、いざとなると諦めてしまう。友達と喋っていても思わず嫁に対する愚痴が出そうになるので、飲み込むのに必死だ。ただひたすら心の中でいつも自問自答している。

そんな月日がすでに3年近く経った。

「お義母さん、私がインターネットでいくつか料理のレシピを探してきましょうか？」

嫁の言葉にスンニョはビクッとした。

「どうして？　私のご飯はまずいのかい？」

「そんなことありません。母さんの作るご飯が一番美味しいですよ」

息子は慌てて答えた。

「あなたは北のご飯に慣れているからね。私の口にはちょっと合わないのよ」

嫁はいつもの通りまたご飯を半分も残してスプーンを置いた。

「そんなにすぐにご飯を飲みこまないで、最後の1粒までよく噛んで食べないと米の甘味や香りを感じられないよ」

「ふふふ……。お義母さんったら昔のお婆さんみたいですね。ご飯に特に味なんかないでしょう？　色々なおかずの味で食べるものですよね？　それにご飯は炭水化物が多くてすぐ太るんです。草だけ食べて生きられたらいいのに。そしたらスリムな体を維持できるし」

「まったく。ご飯をそんな風に言うなんて。農家の人が知ったら悲しむよ」

「ふふふ、お義母さんったら」

食器を下げると、嫁はすぐに子どもを抱っこした。スンニョは何も言わず、皿を洗いに台所に向かう。息子はオロオロと後ろをついてきて、僕がしようかと手を差し出した。

「一日中働いてきたんだから私に任せなさい」

スンニョはそんな息子の態度が嬉しくて顔をほころばせた。息子はしばらく迷っていたが、スンニョに背中を押されリビングに戻った。皿洗いを終えて戻ると、息子が浴室で孫の服を手洗いしようとたらいに水を溜めていた。大人の服は洗濯機で洗うが、子どもの服はほとんど綿素材なので手洗いする。嫁はシャワーを浴びたのか、濡れた髪を揺らしながら自分の部屋に戻って行った。スンニョは思わず息子の手から洗濯物をとりあげた。

「疲れているんだからもう休みなさい」

「母さんもヒョナの世話で大変だったんだから、僕がやりますよ」

息子は笑って言った。スンニョは強張った表情で視線を落とした。

「男がしょっちゅうこんなことをしていたら、嫁に悪い癖がつくよ」

「母さん、ここは北とは違うんです。家事は女だけじゃなく男も同じようにするものですよ。彼女も会社勤めをしているし」

「お前は居候なの？　それにどこが同じなんだい？　私はお前の嫁がヒョナの服を洗うのを一度も見たことがないよ。なぜ嫁をお姫様のようにちやほやする？」

「北と同じように考えてはダメですよ。それに綺麗な韓国の女性と結婚した僕を、友達はみんな羨ましがっているんです」

「なんでそんなに弱気になるんだい？　いい大学を出ていい職場に恵まれ、研究員になって高い給料をもらっているお前になんの不足があると思う？　この家だってお前の買った家だし。十分に夫の役割を果たしているじゃないか。なんで頭を下げる必要がある？」

「僕らは脱北者なんです。母さんが理解してくださいよ」

「脱北者は犯罪者じゃないよ。なんでいちいち頭を下げるの？」

「母さん、僕らが諦めましょう。そうすれば楽に生きていけますよ」

スンニョは唇を噛み締めた。嫁に対する愚痴をこれ以上迂闊に息子には話すまい。正直、息子に心の鬱屈をぶちまけたかったが、腰をかがめて洗濯する息子が気の毒で、とても口には出せなかった。スンニョは無理やり息子を追い出し、部屋に戻らせた。こうして家事はすべてスンニョの役目になっていく。

息子の部屋から笑い声が聞こえる。そう、これでいい。お前たちの仲さえ良ければなんの問題もない。スンニョは服をもみ洗いしながら頷いた。しかしいくらそのように心を慰めても気持ちは晴れなかった。凝った肩をほぐし、大きく息を吐き切ると、突如涙が溢れてきた。手の甲に盛り上がっていたシャボンの泡に、大粒の涙がポタポタと落ちて穴ができた。やるせない思いでいっぱいになり、悪寒がしてきた。

ふと、今日はあの警備員の担当日だと思い出した。袖で涙を拭い、洗濯を終えた。台所に行って器にご飯と残ったおかずをよそった。黄色い風呂敷で器を包んでから、ちらっと息子の部屋の様子をうかがった。息子夫婦は孫との遊びに夢中だ。スンニョは髪と身なりをさっと整えて、素早く家を出た。外に出るとホッと息をついた。エレベーターのボタンを押すスンニョの指はかすかに震えた。夜だが、マンションから漏れ出る灯りで外が明るく見える。スンニョは辺りを見まわし、マンションの入り口にある警備室に近づいてドアをノックした。

「もし夕飯がまだならこれを召し上がってください。夜食にしてもいいですし」

「おや、いらっしゃい。奥さんのご飯は、夕食後でもまた食べたいほど美味しいですよ。ありがとうございます。いつもお世話になります」

青い制服を着たマンションの警備員は、スンニョが持参した包みをありがたそうに受け取り机の上に載せた。急いで包みを解くスンニョの顔に笑みが溢れた。美味しそうに食べる彼の姿を見るのはとても嬉しい。自分の作ったものを美味しそうに食べてくれる人に韓国で初めて会った。息子もここまで美味しそうには食べてはくれない。彼の食べる姿を見ていると、食事のたびに嫁から受けるストレスが消えていくようだった。ご飯をしっかりよく噛むと、宝物を飲み込むように喉仏を膨らませる姿は見ていて本当に気持ちがいいのだ。

ご飯を長い間噛んでいると、甘い味と良い香りで口の中が満たされ、次第にふわっと眩暈《めまい》に似た感覚に襲われることをスンニョは知っている。北にいる時は、飯粒をしっかり消化するためには粥になるぐらい口の中で噛まなければならないと家族に言い聞かせていた。そうすれば、少ないご飯の量で栄養を取れるのだと小言を言った。食糧を少しでも無駄にしないようにするためにはよく噛まなければいけない。これは長い食糧難の期間を経て得た知恵だ。彼はスンニョが持ってきた食事を一つ残らず平らげた。水を一口飲んだ後、分厚い手で腹をゆっくりさすった。

「ごちそうさま。美味しかったです。奥さんが持ってきてくれるご飯を食べると、しばらく満足感が続くんです」

警備員は口元に皺を寄せ、歯を見せながら人の良さそうな笑顔を浮かべた。いつの日だったたか、スンニョが家にいない時に、嫁が注文した運動器具が家に届いたことがあった。配達人から「家に誰もいない」と電話を受けた嫁は、家の前に置いておくように告げた。そしてスンニョに電話で、運動器具を家に入れてほしいと頼んできた。しかし、運動器具はスンニョ一人の力では運べないほど重かった。ちょうどその時、スンニョの住む階に居合わせた警備員が手伝ってくれた。そうやってスンニョと彼は知り合ったのだ。その時のことがありがたくて、ある夜スンニョは、家にあるご飯とおかず数種類を彼に届けた。彼があまりにもご飯を美味しそうに食べるので、夕飯が余ると彼のことを思い出した。いつからか夕飯時になると、わざわざマンションの下まで降りて彼がいないかをそっと確かめるようになった。

息子夫婦と向かい合わせで食べる夕食より、狭苦しい警備室の机の前でご飯を食べる彼の姿を見ている方が、今はよっぽど心が落ち着く。スンニョは空いた器をさっと包み、素早く警備室を後にする。人目についたら困ると思った。

「私は何か悪いことでもしているのかね」

自らに問うと、気の抜けた笑いが出た。胸いっぱいに広がっていたあの変なもどかしさは少し薄らいできた。

「お義母さん、どこか行っていたんですか?」

ツヤツヤした白い顔を手のひらでマッサージしていた嫁が、戻ってきたスンニョを怪訝《けげん》な目で見つめた。スンニョは思わず弁当の包みを背中に隠し、首を横に振った。

「ちょっと風に当たってきたんだよ」

「インターネットで探した韓国料理のレシピと材料を印刷するついでに、ヒョナの育児に必要な常識を書き出してみました。お義母さんが見やすいように大きな文字で」

嫁から差し出された数枚の紙をスンニョは黙って受け取った。

「その通りにやれば、だいぶ楽になると思いますよ」

嫁は相当な配慮をしてやったとでもいうように満足そうな笑みを浮かべた。その瞬間、スンニョは心の中で毒づいた。私が育児を知らないとでも思っているのかい？　私も子を育てた母だ。私がこの家の年長者だと知りながら、自分の口に合う料理を作れと指示するとは何様のつもりだ。私はお前の下女か？　私は仮にもお前の姑なんだ。しかしスンニョは唾とともにすべての言葉をのみ込んで、ただ頷いた。

「わかったよ。ご苦労さん」

嫁は褒め言葉までしっかり聞いて、体を揺らしながら部屋に戻って行った。バタン。息子の部屋の扉が閉まると、スンニョは突如孤独に苛まれた。息子夫婦はテレビを自分たちの部屋で見る。最初はリビングにテレビを1台置いていたが、好きなチャンネルや番組があまりに違いすぎてお互い気まずくなり、もう1台購入した。一日中ヒョナと過ごしているので、息子が帰ってくる時間になると気分が弾み嬉しくなる。しかし食事が終わるとまた一人になってしまう。息子の部屋から笑い声が聞こえる。「ギャグコンサート」とかいうお笑い番組を見ているようだ。

そのお笑い番組は、いくら聞いても何を言っているのかさっぱりわからない。息子夫婦はその番組が大好きだ。北では漫談を見ては腹を抱えて笑っていた。しかし韓国に来て10年を超えるが、ギャグコンサートはいくら見ても変だと思うだけでまったく面白いと思えない。

スンニョは地面がへこむほど大きくため息をついた。ドラマの内容はまったく頭に入らず、息子の部屋ばかりが気になってしまう。独身の頃の息子はリビングのソファにスンニョと並んで座り、母親がわからない言葉を説明してくれた。あれこれと外での出来事も優しく話してくれた。

スンニョは冷蔵庫から梨を取り出し、丁寧に剥いて食べやすく切り、皿に盛った。息子の部屋に行って少しでも言葉を交わしたかった。果物の皿を持って息子の部屋をノックすると、パジャマ姿の嫁が出てきて嬉しそうに皿を受け取った。

「お義母さん、ありがとうございます」

嫁はにっこり笑うとすぐに扉を閉めた。スンニョはしばらくぼうっとドアの前に突っ立っていたが、苦笑いをしてまたリビングに戻っていった。

「私はいったい何をしているんだろう？　結婚した息子が嫁と過ごすのは当然なのに、やきもちだろうか？　ああ、ボケてきたのかねえ。本当にみっともない」

スンニョはドラマに集中しようと努力したが、ついにテレビを消して部屋に戻った。引き出しから関節炎の薬を取り出して服用し、布団を敷いた。この薬を飲むとすぐ眠くなる。スンニョは薄暗い天井を眺めながら、あれこれ考えを巡らせた。

「馬に乗ると馬引きが欲しくなる【人の欲には限りがない】というけれど、暮らし向きが良くなると人が妬ましくなるものなんだねえ。北では食べることだけで頭がいっぱいだったのに、何が不満なんだか。かけがえのない我が息子と一緒に住めるだけで十分だ。いちいち気を揉む必要はないよ」

自分自身を慰める心の声が、まるで子守唄のようにスンニョを寝かしつけた。


次の日、同郷の友人から電話が来た。

「ちょっと、あんた。子守りばかりしていないで遊びに行こうよ」

「あんた家政婦してたんじゃなかったの？」

「してたよ。でもよく考えたら一人暮らしで子どももいないのにそんなに稼いでどうするんだと思ってさ。それでちょっと休もうかと」

「ふん、すぐ気が変わるんだね。年寄りは金がないとダメだと言ってたのに」

「そうだけど、北とは違って食べる心配もないのに、なんで気まで遣って仕事をするのかって思ってさ。北で辛い思いをしたぶん、これからは楽しく遊んで暮らさないと。だから私と遊びに行こうよ。この楽しい国で、どうしてそんなに息苦しく暮らすんだい？」

「ダメだよ。息子と暮らしているから生活保護も受けられないし、孫の面倒も見なきゃ」

「あんたは北で旦那も長男も亡くして、その息子を育てるのにえらく苦労したじゃないか。そして息子をとうとう韓国まで連れてきた。それだけじゃないだろう？　食堂で仕事して息子を大学まで出した。もう十分に母親の役目は果たしたよ。息子夫婦はもう母親を休ませてあげなくちゃ。息子はいい大学を出て給料もいいそうじゃないか。なぜ子どもを母親だけに預けるんだい？　ベビーシッターを雇ったり保育園に預けたりするべきだろう？　もどかしいねえ」

「まだ赤ん坊だからしょうがないよ。ばあちゃんがいるのに他人に預けるのもねえ」

「年取ったら遊びに行きたくても行けなくなるよ。だから私と遊びに行こう。いま桜が満開だよ」

「まったくもう、呑気なこと言わないでおくれ」

　どこかに花見に行こうと誘う友人をなんとか宥《なだ》めて、スンニョは電話を切った。孫の散歩の時間になった。しぶしぶ嫁の決めた日課通りに孫の世話をする。

「子どもを2人育てたけれど、ここまで育児に気を遣ったりしなかった。息子も息子だよ。母さんが大変だろうからヒョナを保育園に預けよう、の一言もない。嫁のチマ（スカート）に包まれて【尻に敷かれて】だんだん母親の気持ちをわかろうともしなくなった。ああ、この虚しい心をどうすればいいのかね」

スンニョはベビーカーを押して散歩道を歩きながら、虚空に向かってとめどなく愚痴を吐き出した。

息子夫婦は食卓でも自分たちの話ばかりだ。時折息子がスンニョに話しかけるものの、二言ぐらいで終わってしまう。スンニョは、息子の周りにある自分の意思などない家財道具のような存在なのだ。どんどん口数は少なくなる一方、心の中で過激な言葉が次々と沸き上がる。暴れ出した言葉で頭がズキズキと痛み出す。行き場を失った言葉たちが固まって体の奥底に沈澱していく。単語は破片のように鋭くなり、体のあちこちを刺してくる。なおさらスンニョは、中から言葉が飛び出してこないよう必死で口をつぐむ。これが家庭の平和を守る道だ、これが大人の道理だとスンニョは信じていた。

しかしいつの日からか、スンニョは胃腸の調子が悪くなり、食欲がなくなってきた。いくら必死でご飯を噛んでも、以前のような美味しさを感じなくなった。むしろ砂をジャリジャリ噛んでいるような気がして、すぐに吐き出したくなってしまう。ここしばらくは、水にご飯を何匙《さじ》か入れてふやかし、飲み込むように食べるようになった。夕飯後に息子夫婦が部屋に戻ると、ひとり台所でマッコリを1杯チビチビと飲む。そうするとやっと、消化できずにいるご飯が下に降りていく気がする。最近では料理が段々嫌になってきた。全身の力が入らず、足がふらつく。関節炎の痛みもひどくなってきたようで、最近では薬なしでは眠れない。しょっちゅう冷や汗もかくようになった。

ベビーカーを押して登る散歩道がだんだん遠く感じられ、途中で帰りたくなる。息子夫婦のお荷物になることを恐れるスンニョは、彼らの前では具合が悪いと言い出せない。外で働いて疲れて帰ってくる息子に比べれば、自分の辛さは大したことではないように思え、気後れしてしまうのだ。

昔みたいにあくせくと働いているわけじゃない。ずっと家にいて家事と孫の世話しかしないのに、食欲などわくわけがないよ。人は死ぬまで働いて当たり前。楽をしすぎて消化がうまくできなくなったのかね。スンニョは独りごちた。

スンニョが散歩から戻りマンションの庭に入ると、警備員が満面の笑みで出迎えた。スンニョも嬉しさが込み上げ、急いで駆け寄った。

「こんにちは。ちょうど訪ねていこうと思っていました。これ、市場で色々買ったんです。すみませんが夕食を作っていただけないでしょうか？」

彼は大きいビニール袋を二つ、両手にぶら下げていた。

「こんなに買わなくても。うちの夕飯を少し分ければいいだけですし」

「いいえ、今までお世話になったので。奥さんが料理上手なので、しょっちゅう奥さんのご飯を思い出してしまいます。あれは北の調理法なんですか？」

「調理法というほどでも。ただ北で暮らしていた時に食べていた物です」

「同じ民族だから、北でも南でも美味しいものは同じなんですね。申し訳ないですがお願いします」

スンニョの顔が明るくなり、目に光が宿った。ベビーカーをスンニョと交代で見ていた警備員は、ビニール袋を持ったままスンニョの前を歩き出した。エレベーターに乗る時、いつもは重いベビーカーも、二人で持ち上げるととても軽く感じた。彼は部屋の前まで来てくれて、孫を抱き上げ、ベビーカーを畳み、玄関に入れる作業まで手伝ってから帰って行った。

孫娘はゆりかごでスヤスヤと寝ている。警備員が持ってきたビニール袋にはタラと豚肉、様々な野菜、果物などが入っていた。スンニョはしばらく悩んだが、ピリ辛のタラ鍋と茹で豚を作ることにした。さっきは体がだるくて、帰ったら横になろうと思っていたはずなのに、疲れはどこかに飛び、力が湧いてきた。

会社から帰ってきた息子は、今日の食事は豪勢だと喜んだ。息子夫婦に食事を出していたら7時になってしまった。彼が空腹になる頃だと思い、スンニョは焦った。急いで準備しておいた弁当の包みを手に家を出ようとした。

「夕飯も食べないでどこに行くんですか？」

息子が怪訝な顔をして聞いた。

「それは……下にいる警備員さんが宅配の荷物を運んでくれたり、色々世話になったりしたから、夕飯を差し入れようと思ってね」

「それはありがたいですね。ぜひ持って行ってあげて」

言い訳するかのような口ぶりになったが、息子は大して気にもせず視線を戻した。嫁はそもそも関心もない感じで、ヒョナを抱いて食卓についた。息子夫婦の無関心がむしろありがたかった。スンニョはホッと安堵のため息をつくと、あたふたと家を出た。

狭い警備室の机の上に料理を広げると、警備員は歓声をあげた。

「わあ、すごいご馳走ですね。見るだけで涎《よだれ》が出ます。本当にありがとうございます。こんなにお世話になっているのに今まで自己紹介もせず申し訳ない。私はハン・ジョンホといいます」

「私はオ・スンニョです」

「穏やかできれいな名前ですね。スンニョさんのように」

スンニョは頬がカッと熱くなり、どうしたらいいかわからず手をもじもじさせた。

「見たところ夕飯前のようですが、一緒に食事しましょうよ。ところでどこか具合が悪いんですか？　唇がかさついているし、顔色も良くないようです」

突如目に涙が溢れてきて、スンニョは思わずうつむいた。しかし突然、食欲が湧いてきた。警備員は引き出しからスプーンと箸を取り出し、スンニョに握らせて食べるように勧めた。スンニョは椅子を壁の方に移動させると、彼とは距離を置きつつ並んで座った。

「スンニョさんのご飯を食べると、昔のぼんやりとした記憶が蘇ってきます。うちのかあちゃん《オンマ》のご飯を食べていた頃が」

「かあちゃん？」

白髪の男性のかあちゃんという言葉に、思わずスンニョは笑ってしまった。

「なんでですか？　かあちゃんは死ぬまでかあちゃんでしょう？　うちのかあちゃんは貧乏暮らしの中でも一生懸命ご飯を作ってくれた。テンジャンクッ【韓国の味噌汁】にキムチだけでも本当に美味しく食べたものです。かあちゃんは、ご飯はしっかり噛めば美味しくなる。いつも楽しく感謝しながら食べれば、ご飯はお前の骨や肉になる。そう言っていました。私はいつもご飯をしっかり甘くなるまで噛んで、そのご飯が自分の骨や肉になることを想像しながら食べていました。奥さんのご飯を食べると、その頃のことを思い出します。奥さんのご飯には限りない愛情が込められているように感じるんです」

警備員はゆっくりもぐもぐとご飯を噛むと、目を細めて笑った。スンニョはまたもや涙が込み上げてくるのをこらえようと、必死で瞬きを繰り返した。

「奥さんを見ていると、北の女性は純粋だなと思います。穏やかで温かい感じがします。失礼ですが、ご家族は何人ですか？」

「息子と嫁と孫の4人です」

「お幸せですね。私には息子と娘がいるんですが、娘は結婚してアメリカに行って、息子は仁川《インチョン》で小さな会社を経営しています。息子と一緒に暮らした時期もありましたが、色々不便で、今はこの下のアパートで一人暮らしをしています」

「じゃあ、奥様は……？」

「女房は10年前、ＩＭＦ【アジア通貨危機の際、韓国を支援した国際通貨基金のこと。韓国ではこの経済危機自体をＩＭＦと呼ぶことが多い】で私の経営していた会社が潰れた時に……あっ、北からいらしたならＩＭＦのことをご存じないかもしれませんね？」

「聞いたことはあります。テレビで」

「そうですか。その時に逃げられたんです。私が必死で息子と娘を育てている間に再婚したと聞きました」

「ごめんなさい。余計なことを」

スンニョは申し訳なく、泣きそうになった。警備員は、そんなスンニョを見てハハハと笑った。

「大丈夫ですよ。昔の話ですから」

彼はスンニョの器におかずをよそい、しきりに勧めてくる。あれこれ話しながら食べていると、いつの間にか器が空になった。このところ食欲がなかったのに、こんなに食べたのは久しぶりだった。

「ごちそうさまでした。このままでは奥さんの料理の虜になってしまいそうです」

「とんでもない。うちのご飯でよろしければ、これからも持ってきていいでしょうか？」

「私こそ、そうしていただけると嬉しいです。本当にありがとうございます」

彼はにっこり笑うと、スンニョが風呂敷で器を包むのを手伝った。スンニョははにかんで視線を逸らした。外の涼しい空気が、スンニョの火照った顔を優しく撫でた。

家に帰ると、息子夫婦はすでに自分たちの部屋に戻っていて、リビングは物音一つしなかった。その静けさが、今日は心地よく感じられた。スンニョは寝床に入ってからも、彼が美味しそうにご飯を食べる姿を何度となく頭に思い描いた。

眠っていたスンニョの腹から、突如熱いかたまりが湧き上がってきた。喉を塞ぐような痛みに驚いて目を覚ましたスンニョは、大声をあげてうずくまり、のたうちまわった。やっとの思いで薬箱を開け、いつもの消化剤を震える手で口に押し込むと、唾でゴクッと飲み込んだ。時計を見ると朝の5時だ。朝食を作る時間だが、起き上がることなどできそうにない。布団を抱きかかえ、背中を丸めて歯を食いしばり、痛みが消えるのを待った。しかし痛みの間隔はさらに早まった。胃痙攣《けいれん》だ。夕飯を食べ過ぎたようだ。一人で唸っていたスンニョはこれ以上耐えきれず、ドアを開け息子の部屋まで這って行き、ドアをノックした。しばらくして灯りがつき、息子が出てきて「母さん！」と驚いて声をあげた。

救急室で注射と点滴を打つと、痛みは少しおさまった。

「外来に行って内視鏡検査を受けてください。見たところ胃腸炎がひどいようです。随分前から痛かったはずですが、なぜもっと早く来なかったんですか？」

「随分前からですか？」

息子の慌てる姿を見て、スンニョは目を閉じた。息子に付き添われ救急病棟から外来病棟に向かい、ソファに座って順番を待った。息子は会社に電話をしていたが、そこに孫をベビーカーに乗せた嫁がやってきた。嫁は今日、休暇を取ったと言った。

「もう治ったのに何しに来たんだい？　私のせいでお前たちは会社にも行けずに……」

「何をおっしゃるんですか。今もすごく痛みますか？」

嫁が心配そうな表情でスンニョの手を優しく撫でた。スンニョは思わず涙が溢れそうになるのを必死に堪えた。最近は、ちょっとしたことでところかまわず涙が出てしまう。

救急室経由で外来に来たので、順番は早く回ってきた。医者は、麻酔をかけて内視鏡検査を行うと説明した。

……周りに何もないだだっ広い芝生の上で、スンニョは手足を投げ出して寝転び、青い空を見上げていた。心地よい草の匂いが鼻をくすぐる。日の光が強くて目を開けることができない。突然、大きな影が目の前を覆った。見上げると、警備員が野の花を抱えてニコニコ笑いながらスンニョを見下ろしている。サッと起き上がり花束を受け取ろうとしたが、体がぴくりとも動かない。息子夫婦が両側でスンニョの手足を押さえつけていた。離しておくれ。起き上がらなきゃ。言葉は口の外に出てこない。息子夫婦は、スンニョを押さえつけたままお喋りに忙しい。警備員は首を左右に振ると、後ろを向いてそっと立ち去った。スンニョは喉がからからに渇き、水をちょうだいと哀願した……。

「それ、どういうこと?」

嫁の言葉にスンニョは目が覚めた。目を細く開けて四方を見渡し、内視鏡検査の麻酔を受けるためにベッドに横になったことを思い出した。息子夫婦は、スンニョに背を向けて横のベッドに並んで座っていた。

「じゃあ、あなたは私がお義母さんにストレスをかけて病気にしたと言うの?」

険のある嫁の低い声に、スンニョはビクッとした。

「そんなこと言ってないよ。医者が言うには、母さんの病気は神経性胃炎だそうだ。ストレス性の胃炎ってことだ。鬱気味だとも言われたし。だから君に尋ねているんだよ」

「私にもわからないわよ。正直、お義母さんになんの不満があると思う? お金を稼ぐ心配もないし、私たちがお義母さんをいじめたこともないし、生活費も十分渡しているし。ストレスなんてないはずよ」

「だからって、僕らが母さんのせいで不便だったこともないじゃないか」

「私がいつお義母さんのせいで不便だなんて言った? 今まで仲良くやってきたつもりなのに、鬱だなんてこっちも傷つくわよ」

「そうだよな。僕も自分なりに母さんに一生懸命尽くしたと思っていたんだけど。正直戸惑うよ」

スンニョは突如みぞおちを押さえた。息が止まるほどの痛みに襲われ、小さな呻《うめ》き声をあげた。そして背中を丸め、子どものようにすすり泣いた。息子が医者を呼びに行ったのか、勢いよくドアを開けて出ていくのが朧《おぼろ》げに見えた。スンニョは枕に顔を伏せたまま、腹を押さえて泣き声を出すまいと必死に堪えていた。

柔らかい手がスンニョの乱れた髪を撫で、背中を優しくさすった。嫁だ。

「お義母さん、すごく痛みますか？　ちょっとだけ我慢してください。すぐお医者さんが来ます。ごめんなさい、お義母さん」

ごめんなさい、だって？　息を吸うと同時に、スンニョのすすり泣きが体の中に吸い込まれた。スンニョは切々たる想いを込めて嫁を見つめた。

「私が悪かったんです。これからはもっと頑張ります。ヒョナの面倒も見て、家事も全部引き受けてくださって、苦労させてしまいました。本当にごめんなさい。そしてありがとうございます。お義母さん！　だから安心して……」

嫁の目には涙が浮かんでいた。少しずつ痛みがおさまってきたようだ。思わずスンニョは、両手で嫁の柔らかい手をぎゅっと握った。ありがとう！

# 赤い烙印

丸10年ぶりだ。妹のジンミと別れて10年ぶりに姉妹の再会が実現するのだ。ジノクは20歳で中朝国境の豆満江を渡って中国で6年を過ごし、韓国に定着してから4年たっていた。

韓国発中国行きの飛行機に乗り、上海に到着して2日待てば、あれほど捜した妹に会うことができる。妹はブローカーが手配した延吉の家で待機している。

妹が豆満江を渡ったとの連絡を受け、ビデオ通話をしたジノクはびっくりした。ジノクの記憶の中の妹は、干し草みたいな髪の毛を持つ10歳の少女だった。か細い手足で、ジノクがよく髪からシラミの卵をむしり取っていた。ジノクと同じ大きな目をしていて、珍しいことに左の頬に深い片えくぼがあった。ところが、携帯電話の四角い画面では長い髪を垂らした若い娘《アガシ》が泣きじゃくっている。娘の左頬の片えくぼと大きな目が、同じ遺伝子を持っていることをどうにか教えてくれた。妹が5歳の時だったか、姉ちゃんのお手伝いをする、と言ってかまどの火を見ていて、首にやけどを負った。あのときの傷を見せられて、ようやく画面の中の娘が妹のジンミだと確信した。10歳違いの妹は、ジノクが豆満江を渡ったときと同じ20歳になっていた。

ジノクが10歳のとき、妹を産んだ母は、ひと月後に産後の肥立ちが悪く亡くなった。それからジノクは、通っていた学校を辞め、姉ではなく母になった。妹が赤ん坊だった頃は、心温まる思い出よりも、横たわって自分の手を吸っている妹を見て、死んでしまえと泣いたことばかりが思い浮かぶ。ろくに食べ物もない状況で赤ん坊を育てるのは、とうてい10歳の幼い少女の手に負えることではなかった。父が仕事に出る前に粥を作っておくことはあったが、赤ん坊を負ぶってあやすのは全てジノクの役割だった。何よりもつらかったのは、小さな手に息をふうふう吹きかけて小川でおむつを洗うことだ。赤ん坊をようやく寝かしつけてその横に倒れ込むたびに、目が覚めたら赤ん坊が死んでいることを想像した。しかし赤ん坊は、薄い粥しか食べていないのに不思議なほど元気に育った。

妹がよちよち歩きをして言葉を話し始めた頃、父は幼い2人の娘を連れて中朝国境の田舎にある祖母の家に行った。祖母に妹の世話を任せ、久しぶりに少女に戻ったジノクは、村じゅうを走り回って夢中で遊んだ。気分がいい理由はそれだけではなかった。夕ご飯に祖母がゆでてくれるジャガイモを、久しぶりにお腹いっぱい食べた。妹ができてから初めて、赤ん坊の目覚めを心配することなく、好きなだけ眠った。

祖母の家に来て数日後、父が見えなくなった。父さんはどこに行ったのかと聞いても、祖母は泣くばかりで答えない。後から、父が不治の病にかかって子どもたちを祖母に預けたことを知った。1年後、もともと住んでいた地方で父が亡くなったという知らせが届いた。幼い少女2人を抱えた祖母は、息子の死亡の知らせに身動きできなかった。葬儀は父が働いていた工場が執り行ったという。

両親を失った姉妹は祖母の手で育てられた。それでも祖母が亡くなるまでは、たとえジャガイモであっても腹一杯食べられた。ジノクは大嫌いな妹の世話からも解放された。祖母が妹の世話をするようになってから、妹への愛情はむしろ深くなった。10歳も下の妹をジノクはとてもかわいがり、ジンミも姉にちょろちょろとつきまとった。妹が5、6歳になってからは、祖母の家から1時間もかかる学校に連れていった。妹が足が痛いといえば負ぶって学校に通った。学校で授業を受けている間、妹は運動場の隅っこでおとなしくままごとをしていた。授業が終わってカバンをかついだ姉が現れると、妹は駆け寄って抱きついてきたものだ。

あの妹が、いまジノクのもとに近づいてきている。ジンミは妹というよりも自分の子どものようなものだ。たった10歳の妹を孤児院の前に置いてきたときも、別れがこんなに長く続くとは思いもしなかった。姉ちゃんがお金をたくさん稼いで1年後に必ず迎えにくるよ、と約束してから、もはや10年たっている。

ジノクが18歳のとき、祖母が亡くなった。中学校を卒業したジノクは、農場員として働きながら小学校に通う妹を養わなければならなくなった。だんだん山奥の農作業に嫌気がさしてくる。祖母のくたびれた作業服を着て、一生農作業をするのは本当に嫌だった。凶作が続き、もうジャガイモも腹一杯食べることができない。山が幾重にも重なるあの谷間さえ抜ければ新たな世界が広がると思った。すぐにでも逃げ出したかった。

そのとき仲買人が寄ってきた。泣きたがっている人を殴ってやる【したかったことの口実を作ってやる】かのように、中国に行けば簡単に金が稼げる、と言う。稼ぎさえすれば、都会に行って家を見つけ妹と一緒に暮らせる、という仲買人の言葉は蜜のように甘く、信じたくなった。ジノクは喜んで仲買人に従った。問題はジンミだ。最初は一緒に脱北しようと考えたが、中国がどんなところかも知らずに妹を連れていくわけにはいかない。悩んだ末に、ジンミを地域にある孤児院の前に置いていくことにした。

いっそあのとき、ジンミを連れて脱北していたらどうなっていただろう。いま考えても、妹を置いて脱北したことは幸いだった。幼いジンミは当然、北朝鮮で苦労したことだろう。もしかすると浮浪児《コッチェビ》になって命を落としていたかもしれない。しかしジノクが中国で味わった凄惨な苦しみを、妹は経験しないで済んだ。あのとき一緒に脱北していたら、ジンミも人身売買の網にかかっていたに違いない。それはあまりにもむごいことだ。

仲買人に渡された中国の5百元を幼い妹のズボンの腰の隙間に入れてやりながら、あんたがちゃんと孤児院にいないと姉ちゃんは迎えに来られないんだからね、と念を押した。姉ちゃんがお金をたくさん稼いでくるから、都会で家を見つけて一緒に暮らそう、と小指を絡めて約束した。幼い妹はしくしく泣きながら、ワラビのような指を差し出した。遠ざかる姉の姿を見ながら、座り込んだ場所で足をバタバタさせながらも、追ってはこなかった健気な妹。ようやくその妹に会えるのだ。

韓国に来てようやく、妹を捜すための行動を起こすことができた。中国の地では考えることもできなかったのだ。韓国に来て2年間で高校の課程を終わらせ、去年教員大学に入学した。週末はアルバイトをしている。基礎生活受給費や奨学金を節約し、妹を捜すのに使った。それはたやすいことではなかった。孤児院の住所に人を行かせたが、その建物は外貨稼ぎの会社の倉庫になっていたという。どのブローカーも、妹は見つけられなかったと知らせてきた。

妹を永遠に捜し出せないかもしれないと不安になり、脱北民のテレビ番組に出演して事情を訴えた。もし妹のことを知る人が脱北していたら、連絡をくれるかもしれないと考えたのだ。すると、妹のジンミを知っているという人が奇跡のように現れた。北の国境都市で暮らしていたという脱北民だ。その人の話によると、ジンミは地域の芸術団の声楽俳優だという。幼い頃から美しい声で歌をよく歌っていたが、声楽俳優になるとは思っていなかった。その人に会い、どうか妹に会えるよう力を貸してほしいと涙ながらに頼み込んだ。ジンミとは思いのほか早く連絡が取れた。

ジンミは姉に言われた通り、孤児院で育った。孤児院を卒業する頃に、旧正月の公演で独唱し、それがきっかけで芸術団の俳優に選ばれたという。現在は芸術団の寄宿舎に住んでいるらしい。ジノクは胸をなでおろした。姉がいない間、運に恵まれて育ったことが、涙が出るほどありがたい。姉ちゃんのところに来るか、と尋ねたときも素直に応じた。急いで脱北ブローカーを物色した。意外なほどに事はうまくはかどり、あっという間に進んだ。川が凍るのをひと月待って、ジンミは1月の初めに豆満江を渡ることになった。約束通りにジンミは川を渡った。いま延吉でジノクを待っている。何もかもが夢のようだ。

出国時刻より4時間も早く空港に着いたジノクは、大ぶりのトランクをカウンターで預けた。妹用の衣類や靴や化粧品を買って入れてある。ジノクの着替えも入れたので、大きなトランクはいっぱいになった。手荷物のバッグを肩にかけただけの軽装で数時間空港の中をぶらつく。とうてい椅子に座っていることなどできず、売店をいちいちのぞき込んだりもした。妹とつながった中国のブローカーの電話番号を押したかったが、ぐっと我慢する。中国側から連絡するまで電話はしないようにと言われていた。

バッグの中で携帯電話の呼び出し音が鳴った。あわてて取り出すと、中国のブローカーの番号だ。

朝鮮族のアクセントのブローカーが、妹が話したがっているという。すぐに妹の声が聞こえた。

「姉ちゃん、いつ出るの？」

「うん、あと2時間ぐらいしたら出発するよ」

「何時に着く？」

「たぶん2時間かかる。上海に着いたらブローカーが私のパスポートを持ってジンミの所に行くから、それを使って上海に来れば、そこで会えるよ。もう少し我慢してね」

突然、ぶっきらぼうなブローカーの声が聞こえた。

「おいおい、電話でそんな話をしちゃだめだぞ」

続いて通話がブツッと切れた。しまった、と頭をたたく。細心の注意を払わなくてはいけない。延吉に直行しないのは、妹とジノクの安全のためだ。家族を脱北させるために中朝の国境へ行って行方不明になる事例が多いのだ。脱北の過程において安全がどれだけ重要なのかを、ジノクはよく知っていた。

最初に妹の脱北を依頼したときは、ブローカーが韓国に連れてくる予定だった。しかし、妹が中国に着くと、ブローカーが意外な提案をした。姉のパスポートがあれば、妹をラオスとの国境まで安全に連れて行けるというのだ。ラオス国境を越えさせた後、パスポートを姉に返すという。きわめて合理的な提案だと思った。妹を安全に連れてこられるなら、中国に10回だって行こう。ちょうど2年生の期末試験が終わり、1月は冬休みなので、気楽に中国行きを決めた。

ジノクは大勢の人でごった返す空港の中を見渡した。胸がいっぱいになる。学校が休みになったら、妹と一緒にこの空港から飛行機に乗って海外旅行をしよう。その前に、まずは済州島《チェジュド》に行きたい。妹は北朝鮮の芸術団の声楽歌手なのだから、韓国に来たらその方面に進んでもよさそうだ。もしくは大学に行ってもいい。妹とひとつ屋根の下で共に暮らすことを思うと、大声で叫びたいほどの喜びが沸き起こった。ソウルの陽川《ヤンチョン》区に韓国政府が用意してくれた賃貸マンションがある。パスポートを申請して待つ数日の間に、ベッドを買って部屋に置き、布団も新調した。

今か今かと待ちわびた搭乗時刻が近づいてくる。飛行機に乗るのはこれで2回目だ。脱北して、タイから生まれて初めて飛行機に乗り、韓国に来た。新しい社会に慣れるための苦労や大学入学が重なり、まだ海外旅行には行けていなかった。ほどなく客室乗務員の案内が始まり、飛行機が身を震わせて空に飛び立つ。ふうっと深く息を吐いたジノクの両頬にとめどなく涙が流れる。タイから初めて飛行機に乗ったときも、今のように涙があふれ出た。あのときは、未知の世界である韓国に行く感激もあったが、中国の夫の手中から完全に抜け出した安堵感の方が大きかった。

中国にいた頃は、空を飛ぶ鳥を見れば、我を忘れて仰ぎ見た。鳥のように羽が生えて、中国の家を抜け出そうと羽ばたくのだが、そのまま庭に真っ逆さまに落ちる夢を何度も見た。中国の夫からようやく逃げ出し、韓国入国に向けてラオスからタイに行く間も恐怖におびえていた。追いかけてきた夫に首根っこをつかまれて引きずられていく幻覚に、昼夜を問わず苦しんだ。小さな音にも悲鳴を上げて後ろをうかがうジノクを、一行は迷惑そうに眺めた。

タイの収容所に入ると、もう夫は追いかけてこられないだろうと、少し気持ちが落ち着いた。しかし、タイだからといって夫が訪ねて来られないわけではない。脱北者がタイの収容所を経て韓国に行くことを、夫は知っている。結婚写真と婚姻証明書を持って現れ、「おれの妻を出せ」と言えば、収容所ではどうすることもできないのではないか。同じ部屋の脱北民たちに聞いて回った。ある者は舌打ちをし、ある者は安心させてくれた。

当時のことを思い出すと、急に中国に行くのが怖くなってきた。空港で中国人の夫が待っている気がする。すぐにでも飛行機を降りたい。どうかしている。私が中国に行くことを、あのヤクザが知っているはずはない。しかし、金もあり腕っぷしも強い夫がその気になれば、ジノクの足取りを調べることなど難しくない気がした。背筋がぞっとして、冷や汗が流れ出す。サングラスを持ってくるべきだった。中国の空港に着いたらすぐにサングラスを買おうと決めた。しばらく気をもんだが、ふっと自分を笑う。

「ばかばかしい。まだあのヤクザを怖がっているなんて。私はれっきとした韓国の国民で大学生よ」

妹に会いにいく高揚感に冷水を浴びせる過去が本当に嫌だった。手元の瓶をつかみ、ごくごくと水を飲み干した。

飛行機を降りて荷物をピックアップしたジノクはすぐ売店に走っていき、大ぶりのサングラスを買って掛けた。初めてふうっと大きな息が出た。サングラスの奥に隠れて、浦東国際空港のロビーの隅々まで見回す。天井の照明が連なって映る大理石の床の上を、人々が自由気ままに行き来する。気を取り直してよく見ても、知った顔はいない。目を向けてくる人もいない。今まで忘れていた中国語が四方から耳に飛び込んでくる。

ジノクは空港の外に出てタクシーに乗った。口をついて出た流暢な中国語で、上海デコホテルへ、と行き先を告げる。中国に着いたらすぐに中国語が出てきた。いくら忘れたい、消し去りたいと思っても、中国での6年間の痕跡は、まるで烙印のように消えてはいなかった。

ジノクが中国で味わった筆舌に尽くしがたい苦難を妹が経験しなくて済んだことに、心底ほっとした。姉として先に立って、いばらの道をかき分けたのだと自分を慰めると、無念さも少し治まった。あの苦しみのトンネルを抜けたからこそ韓国に定着し、別の人生を生きることができるのだ。あんな男の幻影におびえる自分が滑稽だった。

20分ほど走って、タクシーはデコホテルに到着した。ホテルで待機していればブローカーから連絡が来ることになっている。妹が上海に着いたら、このホテルで1泊か2泊するつもりだ。

ホテルで荷ほどきをしてシャワーを浴びると、フロントから連絡があった。1階のロビーで、用心深そうな目つきの太った50代の男が待っていた。ジノクが中国語で話しかけると、相手が朝鮮族訛《なま》りの韓国語で返事をした。男は中国の携帯電話を手渡し、これからはこの電話で連絡を取ろう、自分の番号はそこに入っている、と言った。ジノクが渡したパスポートを受け取り、内ポケットに入れる。これからジノクのパスポートを持って延吉に行き、ジンミを連れて上海に戻るのだ。行きは一人なので飛行機で、帰りはジンミと列車で来るのだという。

ブローカーが出発すると、緊張で首が凝り固まってきた。妹の中国からの脱北の旅が本格的に始まるのだ。部屋に戻ったジノクは両手を合わせて目を固く閉じ、上海まで妹が無事に到着できるよう祈った。いくら姉妹だからといっても、30歳のジノクの写真が20歳の妹に見えるかが心配だ。だが、すでに賽《さい》は投げられた。部屋の中が重苦しく、息が詰まる。昼食がてら部屋を出ようとすると、ブローカーに渡された中国の携帯電話から女の甲高い歌声の着信音が響いた。先ほどのブローカーの声が電話から聞こえる。

「すぐホテルのロビーに来てくれんか。急ぎの相談だ」

ロビーの片隅のソファに座っていたブローカーが、ジノクを見るや歩み寄ってきた。ジノクにパスポートを返す男の目が光り、不満の声が飛び出した。

「まったく、気まぐれにもほどがあるな。あんたを連れて延吉に来いというんだよ。あんたがわざわざ行く必要なんてないんだ。なんで飛行機代が2倍もかかるのに連れて来いというのか分からんよ」

「そうですか。理由をもう一度聞いていただけないでしょうか?」

男が電話のボタンを押してジノクに渡した。延吉のブローカーが、姉に会うまでは一歩も動かないと妹が言っているから、妹と話してみろという。少しすると電話機から、姉ちゃん、と呼ぶジンミの声が聞こえた。

「姉ちゃん、早く延吉に来て。会えたらここを出発するから」

ジノクはうなずいてブローカーを安心させた。飛行機代は心配しないようにと伝える。上海のブローカーはすでに飛行機を予約していたので、先に出発しなければならない。ジノクはやむを得ず夕方の飛行機を予約した。男は延吉で会おうと言って小走りで去った。あたふたと部屋に戻って荷物をまとめたジノクは、タクシーに乗って空港に向かった。カウンターで延吉への荷物を預け搭乗時刻を待っているると、延吉のブローカーから電話がかかってきた。いらだちの混じったがらがら声で性急に質問を浴びせる。

「娘さんよ！　ここにいる子はあんたの妹に間違いねえんか？　本当の妹なんかい？」

「はい、私の妹に間違いありません。どうしましたか？」

ブローカーは、何のことだか分からんとぶつぶつひとりごち、動画を1本送るから見るようにと言った。動画には部屋に1人でいる妹が映っている。黒いズボンにグレーのセーターを着て、長い髪を後ろで結んでいる。ジンミが窓の外を見やり、ズボンの腰の間から手探りで電話機を取り出した。ジンミは携帯電話を持っていたのか。じゃあ、どうして私に直接連絡してくれなかったのだろう？　ブローカーに止められていたのか？　唾を飲み込んで見ていると、ジンミがどこかに電話をかけた。妹の声がはっきりと聞こえる。

「保衛員同志、午後7時に姉が延吉の空港に着くそうです。え？　保衛員と呼ぶなと？　つい習慣で……。ブローカーは外に出ていて、部屋には私だけです。姉は全然気づいていません。私の言うことを信じるはずです。はい、落ち着いてうまくやります。ご心配なく」

ジノクは呆然として、携帯電話の画面をぼんやりとのぞき込んだ。いったい何の話？　ジンミの電話は何だったの？　頭の中にびゅうっとつむじ風が吹き、全く考えに集中できない。携帯電話が光り、中国特有の甲高い歌声が響く。延吉のブローカーがまた電話をかけてきたのだ。

「見たかい？　おれが送った動画のことさ。万一の場合に備えて部屋に監視カメラを仕掛けておいたからよかったが、あんたもおれも大ごとになるところだったべや。何気なく監視カメラを見ていて、卒倒しそうだった。妹とかいう女が北朝鮮の保衛員に電話しとったのを見たべ？　ありゃ妹じゃなくてスパイだ。北の保衛部のわななんだよ。あきれたもんだべ。もしもし。聞こえてんのか？」

ジノクは返事ができず、首だけを縦に振った。

「ともかくな、あんたは飛行機で延吉に来ちゃダメだ。その時間に間違いなく保衛員が空港で変装して張ってるべ。おれの言ってることが分かるかい？　下手をするとあんたは北に拉致されるかもしれねえぞ。もしもし？　聞いてんのか？　ああ、くそっ。もしもし？」

携帯電話を握ったジノクの右手は感覚を失ってぶるぶる震えた。重いものを支えるように、電話を握る右手を左手でぐっとつかんで唇をかむ。

「はい、聞いています。あのう、妹は保衛員に脅迫されているんじゃないでしょうか？　姉をわなにはめる妹がこの世にいるでしょうか？　どうか妹を助けてください。謝礼はお支払いします。お願いです、お助けください」

延吉のブローカーは、妹を心配している場合か、と怒鳴った。とりあえず延吉にはあす早朝の飛行機で来るようにと命令調で言った。延吉の空港には上海で会ったブローカーを待たせておく、今夜中に上海のブローカーと一緒に妹を隠れ家から連れ出す努力をしてみると。間違いなくあの家は保衛員が監視しているから簡単にはいかない、と恩着せがましく言った。ジンミを連れ出すことができれば、ブローカーがいくら恩に着せようと構わない。

「ともかく、妹をあの家から連れ出せたら電話すっからな。ちくしょう、なんでこんなことに……」

「どうか助けてください。必ず妹をわなから救ってください。お願いします」

電話を終えると、がっくりと膝が折れた。延吉のブローカーは信用できるのだろうか、延吉のブローカーが保衛部とつながっているのではないだろうか、などという考えが頭をよぎる。よく考えてみると、もし延吉のブローカーが保衛部とつながっているなら、動画を見せることはしないだろう。保衛部の網にかからないよう早朝の飛行機に乗れとは言わないだろう。もはや全面的に延吉のブローカーに頼るしかない。しばしぼうっと座っていたジノクは、椅子に両手をついて重たげに身体を起こした。空港のカウンターに行き、夕方の飛行機をキャンセルして早朝5時の便を改めて予約した。このまま空港のロビーで搭乗時刻を待つつもりだ。動く元気はない。夕食どきで腹がぐうっと鳴ったが、口の中が苦くざらつき、何も食べたくなかった。あとは妹に会うだけだと思っていたのに、いきなり雷に打たれた思いだ。

携帯電話ばかりを見つめていると、夜10時に延吉のブローカーから電話が来た。妹を隠れ家から無事に連れ出し、他の安全な家に身を隠したということだ。ジノクは短く叫び、感謝の言葉を繰り返した。妹と話ができるかと聞くと、いま深く眠っていると言って、眠るジンミの写真を送ってきた。妹を起こして電話に出してくれと言うと、延吉のブローカーはいきり立って言った。

「妹は安全だって言ってるべや。いま睡眠薬を飲んで寝てるんだ。妹を保衛部の手から取り返すのにどんだけ手間がかかったか、延吉に来たら詳しく話してやっから。007の映画じゃあるめえし、まったくよお、ブローカーをやっててこんなことは初めてだ」

延吉のブローカーに従うしかない。ジンミを安全な場所に避難させたというから、早く行って延吉から連れ出さなければ。妹が簡単に川を渡ったのも、保衛部の口車に乗せられたからに違いない。具体的な経緯は妹に会って聞くまで分からないが、保衛部が後ろで糸を引いてジノクを拉致しようとしていることだけは明らかだ。どこから保衛部が介入してきたのか考えてみた。テレビに出て妹の話をしたことが発端かもしれない。妹は、もとより保衛部の要求を拒否できなかっただろう。

早朝、延吉朝陽川空港に降り立った。保衛部の要員が四方に潜んでいるような恐怖が襲ってくる。飛行機から降りるとサングラスで目を隠した。どんよりと曇った天気にサングラスをかけた姿はむしろ異様に見られかねない。しかしサングラスでもかけないと勇気が出そうもなかった。荷物を取ってロビーに出ると、上海のブローカーが見えた。頭を上げてあたりを見回していたブローカーは、ジノクを認めて先を歩き出した。ついてこいという合図だ。ブローカーについてタクシーに乗り込み、サングラスを取った。後部座席に並んで座った上海のブローカーが低い声で言った。

「心配はいらん。空港に保衛員のやつらはいなかったようだ。まったく、あんたの妹の行動は理解できんよ」

車は市内中心部をしばらく走り、3階建ての建物の前で止まった。中国の文字とハングルで〝旅館〟と書かれた看板が見える。上海のブローカーはタクシーの荷物入れからトランクを取り出し、無言で進んだ。建物の入口に入ろうとするブローカーを呼び止めて、ジノクは尋ねた。

「妹はここにいるのですか?」

「いや、ここで延吉のブローカーが待っているんだ。あんたの妹は今、わしの伯母の家で休んでいる」

ブローカーが受付に向かって何か言うと、中に座っていた中年の女がうなずいた。かび臭い1階の廊下のいちばん奥の部屋に入ると、抜け目のなさそうな30代の男がベッドから立ち上がった。延吉のブローカーだ。目つきが鋭く口がぴくぴくと動くのが少し怖い印象を受ける。男はベッドに面した椅子を指さし、何か飲むか、それとも食うかと聞いた。アクセントの強い口調は、電話で話した延吉のブローカーに間違いない。ジノクは首を横に振り、まず妹の安否を尋ねた。

「妹は安全な場所にいる。妹のところに行く前に確認しておかなきゃならんことがあって、先にあんたに会うことにしたのさ。正直に言って、こんなことはおれも初めてだべ。妹を連れ出すのは本当に骨が折れた。おれの顔も保衛員に知られてるようだから、上海のブローカーと他の人間をあの家に行かせて、妹に睡眠薬入りの飲み物を飲ませた。妹が保衛員と話しとった電話機は位置追跡装置がついてるようだから、あの家に置いてきたんよ」

延吉のブローカーは、妹を連れ出した緊迫の状況の一部始終を話した。聞けば聞くほど、実に用意周到な脱出劇だった。ジンミの頭に白髪のかつらをかぶせて老女に変装させ、病人のように負ぶって外に出てタクシーに乗り、脱出したのだ。夜にかつらを入手するため延吉市内を駆けずり回ったという。幸い、知り合いが演劇サークルからかつらを借りることができたとのことだ。だから、かつらの借り賃も払わねばならず、ジンミを負ぶって逃げてくれた人にも謝礼を渡さねばならないと釘を刺された。いま妹の世話をしている上海のブローカーの伯母さんにも謝礼がいるし、自分と上海のブローカーにも当然上乗せしてほしい、これらすべての交渉がまとまれば妹に会わせると、延吉のブローカーは断固とした口調で言った。ジノクは慌ててうなずいた。

「いくら必要なんでしょう?」

「最低1万5千はもらわんとな」

幸い、ジノクのバッグには仁川空港で両替した中国の1万元がある。万一に備えて現金を用意しておいたのが先見の明だった。ためらいなくバッグから1万元札の束を取り出して渡し、朝になったら一緒に銀行に行って5千元を振り込むと伝えた。

「ほう、太っ腹な人だなあ。これならうまくいきそうだべ」

延吉のブローカーはにやりと笑い、握った札束をぽんぽんと叩いた。


一行はすぐに旅館を出てタクシーを捕まえた。タクシーは延吉市内を少し外れ、煉瓦の平屋が建ち並ぶ路地に止まった。上海のブローカーの伯母の家だという。赤く「福」の字が刻まれた典型的な中国式の木の門が見える。庭に入ると、首に鎖をつけて隅に座っていた馬のような黄色い犬が荒々しく吠えたてた。玄関が開き、パーマをかけた短い髪に刺し子のジャンパーを着た老女が顔を出した。うるさい、と犬に向かって叫び、中に入れと手招きする。玄関で靴を脱いで中のドアを開けると、台所と居間を兼ねた長い空間が現れた。両脇に四つのドアが見える。一つは手洗いで三つは部屋だ。そのうち台所寄りの最後のドアを指し、老女は入れとあごをしゃくった。家の中に緊張感がぴーんと張りつめる。上海のブローカーがあくびをして言った。

「この人とわしはあっちの部屋でしばらく寝るから、あんたは妹さんと積もる話をして少し休んだらいいさ。伯母さん、うまい朝食を頼んだよ」

ドアの前でしばらく息を整えたジノクは、ドアを注意深く引いた。きしむ音にびくっと手を止める。

ドアが開閉する音が真っ暗な部屋の中に響いても、ベッドの上に人の気配はしない。近づくとすやすやと寝息が聞こえる。妹だ。すすり泣きが漏れ、急いで手で口をふさいだ。息を落ち着けて、ドアの横のスイッチを押す。明るい電灯が天井に灯り、妹の顔を正面に照らし出した。ぽっちゃりした白い頬の妹の顔は、全く見慣れないようでもあり、見慣れたものでもあった。ぴんと張った額の上に乱れた長い髪がかかり、枕の上にだらりと垂れている。安らかな寝顔のジンミを見て、初めて妹を脱北させたのだと実感した。ジノクはベッドの脇に座り、横向きに寝ているジンミを布団ごと抱きしめた。懐にすっぽり収まった幼い妹はすっかり大きくなり、両腕を一杯に広げても足りない。絶対に妹をこの腕から離さないと誓った。絶対に。

睡眠薬を飲んだ妹があまりに長く眠り続けているのが怖くなり、ジンミを揺すって起こした。

「ジンミ！　姉ちゃんだよ。起きて」

「うん？　姉ちゃん、着いたの？」

目を閉じて何かつぶやいていた妹が細く目を開けた。まだぼんやりとしている瞳に光が宿る。

「本当に姉ちゃん？」

ジノクは妹の首の下に腕を入れて起こした。重くて支えるのがやっとだ。妹の肌のにおい、眠りから覚めたばかりの酸っぱい口のにおいに再び涙があふれてくる。目を大きく見開いて首を揺すっていたジンミが、こちらをじっと見つめる。大きな瞳にみるみる涙が溜まり、唇を震わせて「姉ちゃん！」と幼い頃のように泣き出した。姉妹はひたすら抱き合って、ただ涙を流した。ジンミが泣きながら姉の肩をどんどんと叩く。

「もう大丈夫。ジンミ、もう二度と姉ちゃんと離れることはないよ。韓国に行って姉ちゃんと一緒に幸せに暮らそう。ジンミ、心配しないで！」

ジノクがむせびながら言うと、ジンミは初めて泣きやんであたりを見回した。ベッドからがばっと立ち上がろうとして、逆に後ろにばたんと倒れる。まだ薬が体に残っているのだろう。自分がいた部屋とは違うことに気づいたようだった。戸惑った表情でズボンの腰のあたりを探っている。保衛員と話した電話機を捜しているようだ。

「ジンミ、心配しないで。保衛部の監視網から抜け出したの。ここは安全よ。保衛員と話していた電話機はあの部屋に捨ててきた。だからあんたを見つけることはできない。安心して」

ジンミはがくんとうなだれ、老人のように深いため息をついた。ジンミの瞳が不安そうに震え、涙があふれる。ぽろぽろと涙が転がる色白の頬が青白く光る。

「姉ちゃん、私はあそこに戻らなくちゃ。姉ちゃんと一緒に」

「どういうこと？　そこは保衛員が見張っている危険な所よ」

「違う。保衛員同志は姉ちゃんを助けに来たの。姉ちゃんを祖国の懐に連れ戻すために私と一緒に来たの。南朝鮮【北朝鮮における韓国の呼称。近年はあえて「大韓民国」という正式名称で呼ぶ事例が増えている】の傀儡《かいらい》どもから姉ちゃんを救おうとしているの。今ごろ必死で私を捜しているはず。ひょっとしたら、私まで祖国を裏切ったと誤解しているかもしれない。早くあの家に戻らないと！」

ジンミの言葉は冗談にしてはあまりにも真剣だった。本心だとしたら、とうてい信じられなかった。

ジノクはすっと息を吸い込んだ。するとしゃっくりが襲ってきた。しゃっくりを止めようと、喉仏をぎゅっと押さえて頭を下げる。しかし強い刺激を受けた横隔膜はけいれんを止めない。肩を震わせてジノクは言った。

「ジンミ、それは……、冗談よね？　私は……、あんたが何を言っているのか全然理解できない」

ジンミは再び目を潤ませて首を横に振った。

「冗談なんかじゃない」

「あんた……、保衛員から脅迫されたのが怖くてそう言っているのね。心配しなくていいんだから。ここは北韓【韓国における北朝鮮の呼称】じゃない。保衛員ももうあんたを捜すのは難しいと思うよ」

ジンミは立て続けに深いため息をついて、ジノクをじっと見つめた。瞳孔が曇った眠たげな妹の目には、20歳の青春期のはつらつさはない。人生の終わりに近づいた老人の哀しみが感じられる。

「まだ眠りから覚めていないのね。あんたを助け出そうと睡眠薬を飲ませたの。まだ薬が残っているようだから、もう少し寝て、目が覚めてから話しましょう。まだ正気じゃないみたい」

ジンミが突然目をむいた。

「それで私は……、卑劣なやつら！」

「卑劣？　誰が？　あんたを危険なわなから救い出すためには仕方なかったのよ。あんたを助けるのにどれだけ苦労したと思うの？　あの人たちに感謝の言葉を必ず伝えてね」

「感謝？　私を反逆者にしたやつらに感謝だって？　姉ちゃんは私がどう生きてきたか分かってるの？」

ジンミの息づかいが激しくなり、声を荒らげて矢継ぎ早に言葉をつないだ。ジンミの話で初めて、妹を孤児院の前に置いてきた日は風が吹いていてとても寒かったことを思い出した。ジノクはほとんど忘れていたが、幼い妹はあの日に生死の境にいたからこそ、今日まで鮮明に覚えていたのだ。たまたま通りかかった域内の党書記が助けてくれなければ、妹はあの日、あやうく凍え死ぬところだった。孤児院では腹を空かせてはいたが、妹は院長を母親のように慕って育った。妹を助けてくれた書記は、退職後も名節【金日成・金正日の誕生日、秋夕《チュソク》（中秋節）や正月】になれば手土産を持って訪ねてきた。ジンミは歌がうまいから、と芸術団に推薦してくれ、声楽俳優に選ばれるよう手を尽くしたという。

「それなのに、あの人たちを裏切れと？　それでも人間なの？」

ジンミはなじるように言った。ぴたりとしゃっくりが止まる。ジノクは口をぽかんと開けて、眉毛を吊り上げたまましばらく固まった。ついに、ハンガーから落ちた服のようにジンミの膝に崩れ落ちた。顔を埋めてすすり泣き、繰り返しささやく。

「ごめんね、姉ちゃんが悪かった！」

ジノクは涙にまみれた顔をぱっと上げて何度もうなずいた。

「そうだったのね。本当にありがたい人たち。でもね、その人たちも、あんたが姉ちゃんと一緒に、いい世の中で幸せに暮らすことを望んでいると思う。だから姉ちゃんと一緒に韓国に行こう。韓国には2人で住む2間のマンションがあるの。あんたの部屋も整えておいた。韓国に行けば望み通り歌手になれるし、大学で勉強もできる。姉ちゃんは教員大学の2年生なの。あんたも二度と姉ちゃんと離れたくないでしょ？　姉ちゃんと暮らしたいでしょ？　だから危険を冒して川を渡ったんじゃないの？」

ジンミが手を伸ばして姉の涙を拭いてやる。温かく柔らかな妹の手の動きにジノクはくすっと笑った。ジンミもにっこり笑った。妹は首を軽く振りながら言った。

「姉ちゃん、二度と姉ちゃんと離れないで一緒に暮らす、絶対に。でも〝韓国〟じゃなくて私たちの祖国に行くの。マンションだって？　祖国に戻れば芸術団の近くの家に姉ちゃんと一緒に住まわせてくれるんだよ。姉ちゃんの過ちを許してくれるんだって。過去のことは聞かずに受け入れてくれると言ったの。本当だよ、間違いない。党書記同志と保衛員同志と、約束したんだから」

ジノクは目の前がくらくらして髪の毛が逆立つのを感じた。ジンミが自分に従って韓国に行こうとして川を渡ったのではないことが、ようやく分かった。

「じゃあ、あんたは姉ちゃんと一緒に韓国に行こうとして脱北したんじゃないってこと？」

ジノクが風の響きのような低い声で迫るように尋ねると、ジンミはにっこり笑ってうなずいた。

「もちろんだよ。保衛員同志が、姉ちゃんが南朝鮮のテレビに出て、泣きながら私を必死に捜しているのを見たんだって。保衛員同志は、姉ちゃんが捜している妹が私だということを突き止めて、南朝鮮にわたりをつけて姉ちゃんも見つけ出したの。本当にすごいでしょ？」

ジノクはまたもや身の毛がよだつ思いがした。自分が今まで保衛部の作戦に乗せられていたことに気付いた。さらに驚いたのは、ジンミが自ら姉を拉致する作戦に加担していたことだ。

ジノクは心を落ち着けようと、目をそっと閉じた。幼く純真な妹だから、外の世界を全然知らず井の中の蛙のように生きてきたから、保衛部にまんまと懐柔されたのだろう。本当に姉を救うつもりだったのだろうから。幸いなことに、保衛部の包囲網からは抜け出した。早く延吉を出なければならない。まだ純真無垢な考えから覚めていない部分は、だんだん変えていけばいい。妹はどのみちブローカーに連れられて韓国に来ることになる。一刻も早くここを出なければいけないという焦りで、ジノクの胸の鼓動は早まった。

「ジンミ、今ここで話してもあんたは理解できないと思う。もう少し眠って。朝ごはんを食べたらあんたは姉ちゃんのパスポートを持って車で出発するの。列車は危険かもしれないから車を使うんだって。お金はかかるけど、それくらいのお金はまた稼げばいいしね。問題は早くここを出ること。早くしないと保衛部の網に引っかかるかもしれないから。詳しい話は韓国に行ってからしようね」

ジノクが立ち上がろうとすると、ジンミが「だめ！」と叫んで姉の腕をつかみ、またベッドに座らせた。

「私は姉ちゃんと離れるのは嫌。絶対にだめ！」

妹がだだをこねるように体を揺らし、ジノクの腕を痛いほどつかんだ。妹の左頬のえくぼが深くなった。かわいらしいえくぼが深くなると、ジノクはいつも妹のわがままを聞いてやったものだ。

「この子ったら。しばらくの間よ。あんたが中国の国境を越えて韓国に来るまでの間、長くてもひと月よ」

「そうじゃなくて、姉ちゃんを南朝鮮に帰すわけにはいかないの。私はもちろん絶対に南朝鮮には行かないし……」

ジンミはちらっとドアの方に目をやってジノクの耳に口をつけ、秘密を打ち明けるかのようにささやいた。ジノクが決心さえすれば、この家をそっと出て保衛員に電話をすれば済むと。電話番号だって覚えていると。何か異状が発生したらすぐに脱出して保衛員に電話する。そうしたら直ちに迎えに来るように約束したというのだ。ジンミは断固とした口調で言った。

「姉ちゃん、今すぐに私と一緒にこの家を出よう。ね？　私を信じてってば！」

「やめて！」。ジノクの口から悲鳴がほとばしった。目を見開いて、知らない人を見るように妹をじっと眺める。固く閉ざしたジンミの唇がわなわなと震え、えくぼの陰影が濃くなる。そのことは、妹の決意が固く、決して冗談ではないことを示していた。誰に強要されたのでもない、明確な自分の意志を物語っていた。

ジンミはなぜ、こんなとんでもないことを考えているのか？　とうてい理解できなかった。姉の姿を見れば走り寄って抱きついてきた幼い頃のように、妹が無条件で自分に従うことを疑いもしなかった。ジノクがそうだったように、妹も当然韓国が好きになると思い込んでいた。ジノクはようやく、何か深刻な問題があることに気づいた。考えてもみなかったその何かが、妹の意識に深く刻まれていることが分かった。急に妹のえくぼが怖くなった。

まるで取っ組み合いをしたように息を切らしていた姉妹は、約束でもしたかのように同時にため息をついた。ジノクと同様、ジンミも姉を説得しなければと考えているようだ。二人が合意しない限り、どちらの道にせよ一緒には行けないことを、互いが感じていた。ジンミはえくぼに力を入れてそっぽを向いた。妹からすれば、むしろ自分の言うことを姉が聞かないことが不満なのだろう。それだけジンミが自分の主張の正当性を信じていることは明らかだった。

ジノクは口の中がからからに渇き、ちょろっと小便を漏らした。不安で緊張すると尿意をもよおす症状があるのだ。中国の夫が険しい顔で拳を振り上げると、いつも小便を漏らしていた。夫は汚いと言ってまた殴った。手洗いに行きたかったが、その間に妹が逃げるかと思うと動けない。向こうの部屋のブローカーが起きたら朝食を取り、妹は上海に出発しなければならない。ジンミはそんなことは爪の垢ほども考えていないようだ。今度も睡眠薬を飲ませようかとふと思ったが、妹はだまされないだろう。妹は年齢よりもはるかに賢く分別があるように見える。しかしそれは、無駄な賢さではないのか。誤った考え方に固執するくらいなら、いっそ世間知らずで単純な妹だったらよかったのに。

ジノクは唇を舐めて、何を話せば妹に韓国行きを決意させられるかと思案した。北にはない自由について話そうか。農場員だった姉が大学生になれたように、チャンスに恵まれた地だと言おうか。自由に海外旅行にも行き、おいしいものも好きなだけ食べて、きれいな服もたくさんあって……、いったい何を言えば妹の考えを変えられるのだろう！

北で耐え忍ばなければならない人生の苦しみについて話そうか。しかし妹は、自分の人生をそれほど否定的には考えていないようだ。コッチェビになるかもしれなかった不遇の運命から、幸運なことに良い人に巡り会い孤児院で育った。運よく芸術団の声楽俳優になったことを、誇りや恩恵ととらえているようだ。むしろ姉が自分を捨てたと恨んでいるかもしれない。妹はまだ、北に対して疑いや否定の念を抱いたことはないようだ。

ジノクも同じだ。北朝鮮に対する否定や新たな世界への憧れで脱北したのではない。他の世界を知らないので、憧れが生まれることはなかった。ただ飢え死にしないためだった。中国に行けば、北より簡単に多くの金を稼ぐことができるという仲買人の言葉に従っただけだ。

中国では飢え死にする心配こそなかったが、想像もしなかった苦難がジノクを襲った。若く美しい容姿ゆえ、ヤクザに高く売られたのだ。中国で6年間、ヤクザの夫に閉じ込められて暮らした。ヤクザと暮らした間、幸か不幸か子どもはできなかった。月のものが来るたびに殴られた。ジノクが生きてヤクザから逃げ仰せたことは、いま思えば奇跡だ。韓国に行くという刃のような意志が奇跡を生んだ。途中で死んだとしても、韓国に行こうとしたのだ。

いっそ中国での経験を話そうか？　どんな苦難の道を経て新たな人生を見つけたのかを話せば、妹の心は動くだろうか？　ジノクは乾いた唇を舌で湿らせながら、とりとめなく中国で経験したことを話した。今でも悪夢を見るほど、烙印のように刻まれた悲惨な人生のひとこまだ。だが、あの時の苦痛や絶望、怒りを表現できる言葉が全然足りない。若い妹があの苦痛と恥辱を理解できるのだろうか。姉ちゃんが浅はかだからだ、とたしなめられたらどうしよう。ジノクは歯を食いしばり、ぽつりぽつりと自信なさげに話を続けた。

意外にも妹は激しい反応を見せた。涙をぼろぼろ流して、姉の体を遠慮がちになでた。かわいそうな姉ちゃん、哀れな姉ちゃん、どんなにつらかったことか。ジノクの胸にすがりつき、わあわあと泣き出した。ジノクは妹の気持ちが変わると期待して笑みを浮かべ、ジンミの背中をぽんぽんとたたいた。すすり泣いていた妹が顔を上げ、思いやりにあふれたまなざしでジノクの顔をなでた。

「姉ちゃん、だから〝国を失った民は葬家の狗《いぬ》にも劣る〟【「葬家の狗」は喪中のため世話をされない犬のこと。冷遇され圧迫される境遇を指す】と言うんだよ。祖国を離れたから、そんな不幸に見舞われたんだよ。たとえ飢え死にしても、祖国は捨ててはいけないものなの。だから姉ちゃん、早く祖国の懐に戻ろう。ね？」

ジノクの涙は一瞬にして乾いた。また背筋がぞっとした。高い高い絶壁に直面したときのような徒労感が押し寄せてくる。愚かで無知な考えがまるで真理であるかのように、それにこだわっているら立ったジノクは、いつの間にか声を荒らげていた。

「あんたはどうして北韓がいいっていうの？　祖国だって？　私たちを孤児にして姉ちゃんに苦労をさせたのは北韓よ。私が北韓にいたら、あの山奥の農場で飢え死にしていたはず。だけど姉ちゃんは韓国で大学生になった。みんな韓国に行くために命を懸ける。あんたは姉ちゃんが楽に行けるようにしてやったのに、なんでこんなに困らせるの？　姉ちゃんを信じなくてどうするの。あんたを利用しようとしている保衛員をまだ信じているの？　まさか姉ちゃんがあんたを不幸にするわけないでしょ？　あんたはまだ知らないだろうけど、韓国に行けば姉ちゃんに〝ありがとう〟と頭を下げることになるの。ああ、腹が立っておかしくなりそう」

一息に言葉を吐き出したジノクは、ジンミの答えを待たずに部屋を出た。これ以上部屋にいたら、10年ぶりに会った妹に怒りを爆発させそうだ。ソファに横たわっていた老女が、目をぱっちりと開けて見上げた。手で水を飲むしぐさをすると、冷蔵庫の方を指差す。冷蔵庫からミネラルウオーターを探し出し、瓶のまま水をごくごく飲んだ。ジンミがまだ水を飲んでいないことに気づき、コップに水を入れて部屋に入ると、ジンミは布団をたたんでベッドの上にきちんと座っていた。

「のどが渇いたでしょ？　水を飲んで。怒鳴ってごめんね」

コップを手渡すと、ジンミは首を横に振り、コップを窓枠に置いた。

「どうして飲まないの？　まさか水に睡眠薬でも入れたと思っているの？」

ジンミはうなずいた。ジノクの顔は青ざめて震え、腹を抱えて腰をかがめる。激しいストレスを受けると、胸がむかむかしてみぞおちが痛むのだ。中国にいたときに起こった症状だ。

「姉ちゃん、どうしたの？」

ジノクは呆然として、妹の手を握り締めて頬にこすりつけた。

「ジンミ、もう姉ちゃんを困らせないで。姉ちゃんを信じて早く出発しよう。ね？　あんたは姉ちゃんと離れて暮らせるの？　姉ちゃんよりも大事なものは北韓にないでしょう？　ねえ？」

ジンミはそっとジノクの手を離してつぶやいた。

「あるよ、大事なもの。姉ちゃんと同じくらい大事なもの」

「何ですって？　姉ちゃんと同じくらい大事なものがあるって？　それは何？」

「うちの劇場で歌劇の〝豆満江畔の朝焼け〟を改作上演するんだけど、私が主演候補に選ばれたの。新人俳優が金正淑お母さま【金正日の母】を演じるということだよ。とっても名誉なことなんだから。姉ちゃん、これを見て。この首の傷も、芸術団初級党の書記同志がきれいに消してくれるんだって。金正淑お母さまを演じる役者は髪を結い上げて朝鮮服を着るのに、傷が見えてしまうとまずいからって」

ジンミは長い髪を横に寄せ、首筋の傷あとを指差した。白く滑らかな妹の首にある傷あとは、玉に刻まれた刻印のようにくっきりとしている。

「何ですって？　芸術団の主役ぐらいのことで韓国に行かないって？　首の傷？　そんなもの、韓国に行けば跡形もなく治せるんだから。いったいあんたは、どんな恩恵を受けたからって北韓をありがたがるの？　あんたより何倍も北韓の制度で優遇されている政府の幹部や外交官も、大勢韓国に来ている。どうしてか分かる？　北韓には未来がないからよ！　自由がないからよ！」

「姉ちゃん、私はそんなの分からない。でも私は、祖国と元帥様を裏切ることはできない」

「いったいどうすればいいの？　ジンミ、あんたは騙されているの！　この中国だって空気が違うのを感じるでしょ？　北韓では感じることができない自由の風よ。ジンミ、お願いだから目を覚まして！」

「私、中国は怖い。嫌だ。祖国がいい」

「どうしてこんなに徹底的に洗脳されてしまったの？」

「洗脳って何？　姉ちゃん、ごめん。姉ちゃんがいくら大事でも、私は元帥様と祖国を裏切ることはできない。ごめんね、姉ちゃん」

「どうすればいいの？　いったい、どうすればいいの？」

ジノクは泣き出し、胸をどんどんと叩いた。ジンミがそっとジノクを抱きしめた。すうすうという妹の呼吸音が耳をくすぐる。首の赤黒い傷が目の前に近づいてくる。白い首筋に烙印のように刻まれた傷。韓国はもちろん、北でもこの程度の傷はいくらでも消せる。しかし妹の純粋な心に刻まれた目に見えない烙印は、どうすれば消えるのか分からない。ジノクが北に戻れないのと同様に、妹が韓国に行くことはないという事実が痛切に胸に迫ってくる。

「姉ちゃん、嫌なら祖国に行かなくていい。私がちょっと悪く言われれば済むことだから。姉ちゃんにこうして会えただけでも嬉しい。姉ちゃん、私は本当に幸せに暮らすから。声楽俳優として発展して、結婚もするから。だから姉ちゃんも幸せでいないとだめだよ。ね？　姉ちゃん！」

長い長い別れの始まりを感じた。心に深々と刻まれた赤い烙印を妹が自ら消さないうちは、姉妹の再会は実現しないだろう。別れを悟ったジノクの悲しげな号泣はしばらく続いた。

# 解説

髙島淑郎

本書は、2000年代に脱北したキム・ユギョン氏が書いた9編の短編小説から成る。韓国を舞台にした作品もあるが、基本的には全て朝鮮民主主義人民共和国にかかわる事柄がモチーフとなっている。日本とは歴史・文化、もちろん言語も異なり、今では人の往来さえ途絶えてしまった隣国の物語だ。それだけに、たとえば「農民」という言葉ひとつをとってみても、その意味合いは日本語とまったく別ものといえる。したがってここでは、作品に対してではなく、その背後にひろがるこの国の在り方を中心に解説を試みたい。

## 国のなまえ

1980年代、私がNHKラジオ「ハングル講座」の講師をしたときにディレクターから言われたのは、「朝鮮(語)」とも「韓国(語)」とも言わないでくださいということだった。放送中、「この国の人びとが話すこの国の言葉は〜」などといって、まどろっこしさを振りまいた。35年も前の話だが、状況は今もほとんど同じか、むしろ悪化しているようにおもう。

本書の小説は、その〝まどろっこしい言語名の言語をつかう国の北半分〟、つまり〝北朝鮮〟に生まれ育った人々の話である。そして国名をどう表記するかが問題になる。正式名称の①「朝鮮民主主義人民共和国」か、略称の②「共和国」か、国連で用いられる③「DPRK」か、日本で一般的な④「北朝鮮」か、等々だ。厄介なことに、いずれの名称にも政治や感情が必ず絡んでくる、あるいはそう捉えられてしまう。

そこでこの「解説」に限って、①〜④をつかわずに①の2文字「チョソン」だけを原則的につかうこととしたい。漢字の「朝鮮（ちょうせん）」ではなく、ハングルの「조선」を読んで「チョソン」である。迷走の末、スタートに戻ったような呼称だが自分の中では整う感がある。「北朝鮮の人」なら「チョソン人」、「北朝鮮のビール」は「チョソンのビール」といったあんばいだ。

なお、韓国ではチョソンを「北韓（プッカン）」という人が多い。「以北（イブク）」ともいう。いずれも韓国に軸をおいた呼び名なので、その呼称をもって右だの左だのと色分けされることはないようだ。敵愾《がい》心をあおる「北傀（プックェ）」（「ソ連の傀儡政権」の意）もあるが、今はほとんどつかわれない。

## 脱北者

チョソン人がチョソンの法（「祖国反逆罪」「非法越境罪」など）に背いてチョソンから脱出することを日本では「脱北」といい、脱北した人を「脱北者」といっている。ただ、「脱北者」を〝特定の社会集団（チョソン）の構成員として政治的意見を理由に迫害されることを恐れて国籍国（チョソン）を脱出した人〟と捉えれば、保護されるべき「難民」となる。基本的人権の観点から、脱北者を難民として認定する国がだんだん増えていくだろう。韓国は、脱北者を〝チョソン人〟ではなく〝韓国人〟として遇するので認定を行わない。全面的に受け入れているのでその必要もない。

韓国でも日本同様に「脱北者（タルブクチャ）」という漢語をつかうが、「者」を「民」に代えて「脱北民（タルブンミン）」ともいう。より丁寧で柔らかな表現を心掛けているのだろう。公式名称としては「北韓離脱住民（プッカンイタルジュミン）」というものがある。もう一つ、２００５年以降に提唱された〝新しい地（韓国）に来た民〟という意味をもつ造語「セトミン（새터민）」もあるが、こちらは評判が芳しくないようで耳にすることはほとんどない。「帰順者（キスンジャ）」は、ＤＭＺ（非武装地帯）やその周辺を越えて韓国側に投降した人に対してつかっている。

では、当該国のチョソンでは何といっているか。それについては脱北ルートがかかわってくるので、まずは韓国に到った主なルートを挙げてみよう。

〈脱北ルート〉

①チョソン→中国→ラオス（／ベトナム）→タイ→韓国
②チョソン→中国→モンゴル→韓国
③チョソン→中国→在中外国公館→第三国→韓国
④チョソン→中国（身分証明書偽造など）→韓国
⑤チョソン→ＤＭＺ→韓国
⑥チョソン→（海）→韓国
⑦チョソン→（合法的に）外国→韓国

①は、脱北後に1、2週間かけて中国外へ出る（「直行」といわれる）ケースと、「チョン先生、ソーリー」のチョンと「青い落ち葉」のミソンのように、中国で働いたり働かされたり、あるいは韓国人が運営するキリスト教関連施設に匿《かく》まわれたりして過ごした後に国外へ出るケースがある。

脱北後、ブローカー（チョソン人、在中朝鮮族の人、中国人など）に騙《だま》されて中国人農夫と結婚し、数年後に国外へ逃げる女性も少なからず存在する（「チャン・チェンの妻」「赤い烙印」）。中国にいる間は公安警察の取りしまりに怯《おび》える日々だ。一度捕らえられてチョソンへ送還（北送）されたら、その先どうなってしまうか全くわからないという恐怖がある。中には、中国人との間に生まれた子どもを連れて逃げるか、自分ひとりで逃げるか、究極の選択を迫られるケースもある。稀《まれ》にではあるが、理解ある夫の手助けがあって無事に脱出できたという話もなくはない。人それぞれだが、人身売買された末にそのまま中国人の夫やその家族と暮らす数多くのチョソン女性がいることも覚えておくべきだろう。

ほとんどの脱北者は、朝中国境を流れる鴨緑江か豆満江を渡る。つまり「渡江（トガン）」するので、チョソンでは「渡江」がすなわち「脱北」を意味するようになっていった（稀に河のない白頭山の裾野を延々と歩いて越境する人もいる）。渡り切ったら「渡江者（トガンジャ）」、つまり「脱北者」となる。語呂合わせで〝豆満江〟（두만강：トゥマンガン）を〝逃亡江〟（도망강：トマンガン）といったりもするようだ。「渡江者（トガンジャ）」を出した家は、当局の厳しい監視対象になることはいうまでもない。最近では連座制が適用され、残った家族も厳しく罰せられるようになった。他に、法律用語として「非法越境者」、政府筋が脱北者を非難する声明などでは「人間のゴミ（인간쓰레기：インガンスレギ）」といっ

た罵《ののし》り言葉も見聞きする。

## 脱北した人の数

1990年代半ばの「苦難の行軍」(大飢饉)あたりから、脱北する人の数が急激に増え、2001年以降になると毎年千人以上、多い年には2千人を超えるようになった。最近では新型コロナ感染症の流行や取りしまりの強化もあって20年以降急減し、21年はわずかに63人、23年も196人に過ぎなかった(韓国・統一省)。それでも総数は3万4千を超えるので、今では韓国社会に一定の存在感を呈するにいたっている。

3万4千は決して少なくない数だが、それでもこの人々は脱北し韓国行きを望み、そして韓国に到った、いわば極めて運の良い人々だといえる。その数の裏には、その何倍もの人々が中国にとどまっていて、またその何倍もの人々が脱北を企てて失敗していると理解するべきだろう。もちろんその何十倍、何百倍もの人々が、脱北なんか考えもしないで暮らしていることもまた事実である。

ちょっと抽象的な物言いになるが、日本人読者にとってはこの点の認識が大事だとおもっている。チョソンをただのディストピアのように捉えてしまうと、いつまでたってもチョソンの実相は見えてこないだろう。チョソンにも日常があって、仲睦まじい家族があって、熟睡する夜もある。もちろん、だからといって脱北者をチョソン社会から弾かれた人々と見るのは大きな間違いだ。ほとんどの脱北は自分や家族を守るための正当な行為であり、ひいてはチョソンのためでもあると言えるのではないか。

### 飢餓による苦しみ

上にも書いたように、「苦難の行軍」とは1990年代の大飢饉のことで、脱北を描いた小説には必ずといっていいほど登場する。もとは金日成の部隊が抗日パルチザン活動中の38年12月から百日余り、日本軍に追撃されて雪中行軍をしたことを指すスローガンであった。

この飢饉は、チョソンを大きく変えた。自慢の食糧配給制は平壌を除いてもろくも崩れ、チャンマダンと呼ばれる闇市、つまり当局がもっとも忌みきらう〝資本主義〟が各地に芽生え、中国から大量の物資が流れ込んだ。韓国製品や韓流も一気に広がった。貧富の差が拡大し、食べる術だけでなく家族まで失った貧しい人々が巷《ちまた》に溢れ、最後の糧をもとめて特に北部（咸鏡南北道・両江道）の大勢の女性が中国へ渡ったのである。子どもたちは路頭に迷い、コッチェビ（浮浪児）となった。「あの日々」の息子はチョソンで10年間、コッチェビとして過ごしている。また、「ご飯」の冒頭で母親（スンニョ）がフラッシュバックの症状を起こすくだりがあるが、そこで腐った犬の餌を奪う少年もまた紛れもないコッチェビである。

人がどんどん亡くなっていく。この大飢饉の原因を、洪水などの自然災害だけにもとめることはできないだろう。政府の愚策・無策はいうまでもないが、背景には波のように打ち寄せる国際情勢の変化がある。

### チョソンをとりまく国際情勢

1987年　韓国民主化宣言／大韓航空機爆破事件（ソウルオリンピック開催妨害）

1988年　ソウルオリンピック
1989年　ソウルオリンピックに対抗し平壌で第13回世界青年学生祭典開催（大きな経済損失）
1990年　韓ソ国交樹立（ソ連を「裏切り者の下劣極まる不快で屈辱的な行動」と罵る）
1990年　東西ドイツ統一
1991年〜ソ連崩壊・ロシア連邦成立／チョソンへの経済援助打ち切り
1992年　韓中国交樹立
1994年　金日成死去
1995年〜大水害など／大飢饉（苦難の行軍）
1997年〜金正日の時代
2011年　金正日死去
2012年〜金正恩の時代

この一連の事態を招いた権力者たちの根っこには、発展する韓国に対する煮えたぎる嫉妬があったに違いない。少なくても、1970年代前半まではチョソンのほうが豊かだとおもっていただろうから。

2000年代に脱北した作家のキム・ユギョン氏は、「苦難の行軍」をまるまる経験していることになる。ただしこの時代にあっても、居住地が平壌か地方か、あるいは職業によっても受けた印象は相当に異なる。たとえば、平壌にある軍幹部用の病院に電話交換手として勤めていた女性は、当初は飢饉をまったく知らなかったと証言している。いっぽう咸鏡北道清津の初級中学校に通っていた少女は、40人クラスで飢えによる欠席者が10人いて、通りでも倒れたまま動かない人をよく見かけるようになったと語っている。

## 最強の労働党

「労働党」は「朝鮮労働党」の略で、単に「党」と呼ばれることが多く、人民生活のありとあらゆる場面に覆いかぶさっているような組織だ。憲法第十一条に「朝鮮民主主義人民共和国はすべての活動を朝鮮労働党の領導の下に行う」とあり、皮肉を込めて言えばまさにそのとおりだ。そして現在、党の総秘書は40歳の金正恩、その人である。党組織は上位から、労働党中央委員会（中央党）→（平安南道などの）道労働党委員会（道党）→市・郡労働党委員会（市党・郡党）→初級党委員会（初級党）→（末端の）党細胞と続き、初級党は各事業所内にも組織されていて、初級党秘書といえばその組織のトップを指す。このように各組織の一番上の人物を「秘書」と呼ぶのだが、これを日本では「書記」と訳されることが多い。なお、労働党の党員数は人口の10～13パーセントといわれるので3百万人程度か。

「平壌からの客」には「中央党」「郡党」「集落の書記」といった表現が散見される。また「贈り物課題」というものが出てくるが、これは農場内に組織された労働党傘下の農業勤労者同盟が年1回、山蜂蜜を採蜜して中央党（最高権力者）に献納することを指しているようだ。「～課題」とは党に物品を供出させる活動名で、たとえば小学校なら「コマ（チビッコ）課題」があって、地域によって異なるが、子どもたちに古紙・古鉄・アルミニウム・ウサギの革・糞尿（肥料用）などを定期的に供出させている。

ウサギの革は人民軍の帽子や手袋につかわれるもので、「革」としたのは各家庭で鞣《なめ》して乾燥させてから学校に持っていくからである。

## 抗《あらが》えない身分制

チョソンという国を形づくっている制度の一つに「出身成分」がある。国家が、人民を統制・管理するために一人ひとりをその出自や思想動向などによって三つの階層（成分・身分）に分けたものだ。まさに究極の「親ガチャ」だといえよう。上位から①核心階層（革命家家族、栄誉軍人、功労者など）②動揺階層（労働者や農民など大部分の人民）③敵対階層（元地主や資本家、韓国兵捕虜、反動分子、キリスト教信者など）とつづく。③を「打倒階級」ともいう。日本の植民地時代にいかなる地位にあったか、朝鮮戦争のときに何をしていたかが分類の基準となっている。ただし、1990年代からは「基本群衆」と「複雑群衆」に大別されるようになったという脱北者の証言もある。

「出身成分」をチョソンではふつう「トデ（土台）」と呼ぶが、そこには成分だけでなくさまざまな個人情報が書き込まれた文書があるはずだ。誰しもその内容が気になるところだが、人民保安署（警察署）に保管されていて、本人であっても閲覧することはできない。その「トデ」が、進学、就職、結婚などの人生の節目節目に必ず顔を出す。確かめようのない情報に、個々人の生殺与奪の権が握られているわけである。階層の低い人は、自分の未来をどう描いていったらいいのだろうか。「出身成分」の存在が、命がけの脱北に踏み切る一因となっていることに相違はない（「チョン先生、ソーリー」）。

## 住むところ

「出身成分」は居住地にもかかわってくる。住むところにもランクがあって、おおまかに上位から平壌市（正式には「平壌直轄市」）、地方都市、郡、奥地の農村・鉱山集落とつづく。同じ市内でも、中心か外れかでまた異なるというから徹底している。要するに都会ほど恩恵が多く、平壌市にいたっては「平壌市管理法」によって快適な環境が約束されているほどだ。首都平壌は革命の聖地であって、誰もが住めるわけではない。反対に、奥地は犯罪者が追放されて住む地でもあり、ほとんど自給自足の厳しい暮らしを強いられる。「平壌からの客」にでてくる夫と姑も、平壌から農村に追放されたケースである。とはいっても、家も家族もなく地方の駅前で野宿するコッチェビ（浮浪児）たちにしてみれば、奥地であっても家族といっしょならそれは夢のような世界だろう。

## 監視の目

各集落には、約30戸単位で「人民班」が組織されている。最末端の行政統制組織で、戦前の日本にあった「隣組」に共通する点が少なくない。女性の人民班長が1人ずつ選ばれていて、班長は住民の世話役であると同時に住民の動向をチェックする監視役でもある。したがって、警察にあたる保安部はもちろんのこと、強大な権限を持つ保衛部ともつながっている。各部員を「保安員」「保衛（部）員」と呼ぶ。保衛部は政治思想犯や反体制分子などに対する監視・逮捕・処刑などを業務とする秘密警察だ。「将軍を愛した男」はこの保衛部に翻弄される話である。金日成将軍を神のように崇《あが》める夫が、禁じられたラジオを聴く妻を改悛《しゅん》させるために保衛部に密告する。監視の目は家庭内にもあり得るということだ。国家（労働党）への忠誠心が強すぎる夫のせいで、最後には妻も、当の夫も破滅してしまう。

### 学校

義務教育の年限は幼稚園1年、小学校5年、初級中学校3年、高級中学校3年の計12年で、修了するとちょうど成人年齢の17歳になる。その後に男子は10年の兵役に服する。満期除隊すれば、何をするにも有利な労働党の党員になれるかもしれないという期待を抱きつつ。もっとも、入隊せずに大学や専門学校へ進む生徒もいる。

大学進学は、まず受験資格を得るために各地で行われる予備試験に合格しなければならない。これにパスするのは高級中学校生の20パーセント程度で、本試験に合格するのは10パーセント台だといわれる（『2022　北韓理解』韓国・統一省）。名のある大学といえば「金日成総合大学」「金策工業総合大学」などだが、平壌にあるそうした大学に進むのは、各地に設置されている超エリート校として名高い理系の第一中学校や外国語学院などの卒業生が多い。一般の中学校は誰でも入れるが、有名中学校となると難しい入学試験をクリアしなければならない。チョソンにも受験戦争があって、必然的に塾もあり、入試絡みの不正もある。

大学は、他にも夜間大学、通信大学、工場内大学などがあって、働きながら学ぶことも可能である。また、兵役を終えてからチャレンジする道もある。

本書では、「平壌からの客」の夫、「自由人」の彼、「チョン先生、ソーリー」のチョン、「将軍を愛した男」の妻が大卒で、「青い落ち葉」のミソンは体育大学を中退している。他にも韓国定着後に大学へ行っているケースがあるので、本書の登場人物は押しなべて高学歴だという特徴がある。

## 仕事

大学進学もそうだが、軍への入隊さえも、出身成分によっては叶わないばあいがある。そうなると「(速度戦青年)突撃隊」という非常にきつい工事現場で働く準軍事組織に入ることになる。チョソンでは〝働かざるもの食うべからず〟が徹底されているために、懲罰対象の無職のままでいるわけにはいかないのである。仕事は労働党つまり国家が配置するもので、個人は口出しできない。少し恵まれた女性のばあい、「看護員」「経理員」「教員」などの専門職や、屋内で働けるという点で「電話交換」なども人気のようだ。

月々の労賃は、どんな仕事でも米が1、2キロしか買えないほどの額で、無給といってもいいくらいだ。労働者であっても医師であっても、その収入にはほとんど差がない。なぜなら、配給制度がまだ機能していたころの労賃しか支給されないからである。しかし実際にはほとんどの品物を市場価格で購入しなければならない。したがって生き残るためには、自給自足を基本としつつ、賄賂《わいろ》の入る仕事に就くか商売に励むしかないといっていいだろう。

女性は結婚すれば専業主婦になれるので、かなり自由に商売することができる。専業主婦でなくても勤務先にいくらかの金を納めて籍だけおかせてもらい、実際にはフリーになって商売するという手もある。とにかく女性が働かなければ一家は成り立たないといっても過言ではない。そして稼ごうとおもえば、何かしら法にふれる行為をせざるをえない。〝飢え死にしたくなければ犯罪者にならざるをえない〟といわれる所以《ゆえん》である。

働く中で中国とつながりができて脱北にいたるというケースがパターン化していたが、コロナ以降は状況が一変したようだ。なお、農民や鉱夫の子は、親と同じ仕事に就かなければならないという決まりがある。

## 韓国でのくらし

脱北者は韓国入国後、健康診断や経歴調査を経て、韓国社会に適応するための教育施設（ハナ院）に入って3カ月ほど過ごすことになる。その間に運転免許証を取ったり、詐欺にあわないよう教育を受けたり、公共交通機関の利用方法などを身につけたりする。ハナ院を修了すると、住居を当てがわれて現実社会にデビューするわけだが、その際、定着支援金が国から支給される。

この「北韓離脱住民定着支援」は充実していて、金額でいえば2024年現在、基本金1千万ウォン（約百万円）、住居支援金1千6百万ウォンなどだ。就業に際してもさまざまな奨励金があるし、他にも条件付きながら医療費支援、高校までの学費無償、大学なら「国公立は無償で私立は50パーセントオフ」などが用意されている。ただ、ほとんどの脱北者はその支援金を脱北ブローカーへの支払いに回さざるをえないので、手元にはいくらも残らないという。

支援には他にもさまざまなものがある。韓国国民としてパスポートを取得することもできる。不倶《ふぐ》戴天《たいてん》の敵国であるアメリカへも日本へも、そしてあれほど逃げ回った中国へも合法的に行けるというわけだ。また、1997年以降、身辺保護制度によって脱北者一人ひとりに警察の担当官（刑事）が付くようにもなった。担当官の役目は、脱北者の動向把握というより相談役に近い。ただし一人の刑事が平均して30人ほど担当しているために、メールのやりとりだけで終わってしまうケースもあると聞く。そうはいっても縁故知人のない脱北者にとっては頼りがいのある存在に違いない。そうした刑事と脱北者との交流をとおして、ひたすら〝自由〟を求める脱北者の思いを描いたのが「自由人」である。

さて、ハナ院を出て、そこで初めて韓国定着の難しさに直面するようだ。まずは言葉の問題があって、それは就職活動の過程で気づかされる。意思疎通になんら問題がなくても、イントネーションの違いや英語由来の外来語に不慣れであることから、応募しても嫌厭《けんえん》されがちだ。互いに抱く先入観も一つの壁となっているだろう。韓国人のなかには、深く考えずにチョソンをただ遅れた社会だと見下す向きがあるし、脱北者のなかには、韓国の〝自由〟を誇大に捉えて、守るべき〝規律〟に鈍感な人がいるかもしれない。しかし誰だって自分の生まれ育った故郷は尊いものであり、他人から貶《さげす》まされたくないという思いは強い。とりわけ脱北者のように、今現在も身内が北に暮らしていたらなおさらだろう。

## 北への郷愁

本書の最後に「赤い烙印」が収められている。脱北して韓国で大学生になった姉と、チョソンで孤児として育って芸術団員になった妹の話だ。姉妹は中国で再会し、姉は妹に自由な韓国へ行こうと誘う。妹は祖国と元帥(金正日)様を裏切ることはできないと拒む。北で芸術団員として成長してみせるといって聞かない。姉はそんな妹の心の中に洗脳された〝赤い烙印〟を見、絶望して説得を諦める。

そして2人は南北に別れる。

洗脳の恐ろしさを描いたのであろう。だが、書き手の意向にそぐわないかもしれないが、この作品にはそれだけにとどまらない深い意味があるようにおもえてならない。考えさせられたのは、〝井戸を外から覗くことはできてもその水の味までは分からない〟とでもいおうか……。チョソンに肩入れするつもりは毛頭ないが、何が何でも〝自由〟が絶対だとはおもわない人々の存在は認識したい。韓国に定着した脱北者の一定数が、ふと、北に帰りたいとおもう瞬間があるそうだ。その弛《たゆ》む心の向こうには、郷土や懐かしい人々の顔が映っているのだろう。

## 本書の思い

9編の作品のうち「自由人」を除く8編のすべてに、泥濘《ぬかるみ》に足を取られながらも前進する女性たちの生きざまが描かれている。「平壌からの客」では、出身成分に翻弄される一家の絶望と夫婦愛が貧しい農村を背景に可視化されて、読む者の胸に迫ってくる。「チョン先生、ソーリー」は、北で家族を失った女性が勇気と知略をもって苦境をのり越え、南で新たな家族に出会うストーリーだ。「チャン・チェンの妻」は、チョソンの女性が中国で人身売買され身重の体で逃げて韓国に到る話だが、その女性を金で買った中国人の夫側の、その歓びと苦悩と愛情を精緻に描いた特異な一作といえる。「あの日々」と「ご飯」には、韓国定着後の親子や嫁姑間に生じた亀裂を互いに寄り添って修復していく過程が綴られている。脱北者の痛みは、単に飢えを凌げば消えるというものではなく人のぬくもりがあってはじめて和らぐ、そのことをこの2作はあらためて示している。

そして書名にもなっている「青い落ち葉」と「将軍を愛した男」、さらに「チャン・チェンの妻」と「赤い烙印」も含めた4編からは、女性の行く手を〝恐怖の政治〟が両腕を広げて通せんぼうしている姿が読み取れる。よく見ると、広げられた腕の一方は〝政治〟だが、もう一方は〝男たち〟の腕だ。それはチョソンの、中国の、そして韓国の男たちの固陋《ころう》な腕でもある。これらの作品は、チョソンという国家の在り方を強く否定するだけでなく、余白からは男に邪魔されずに生きてゆきたいという女性たちの声が聞こえてくる。最後のページを閉じてもなお、残響となって耳元から離れない。

# 訳者あとがき

本書の原作との出会いは２０２３年の秋だった。韓国で出版されて間もない『青い落ち葉』を韓国人の知人に紹介された。「脱北女性作家による短編小説集」だという。この本が私たちに届いた経緯を簡単に書き記しておきたい。

２０１８年、韓国に住む脱北民にインタビューするユーチューブ番組「タルタルタル」を視聴して翻訳する会が札幌で立ち上がり、私たちも参加した。呼びかけ人は韓国語講師の大先輩である高島淑郎さん。韓国の社団法人「ペナＴＶ」が制作する「タルタルタル」は、北朝鮮での暮らしや楽しかった思い出、辛かったこと、脱北の動機、脱北とその後の苦労、韓国での生活などを脱北民に約2時間にわたりじっくり聞く番組だ。出身地域も年齢も生い立ちも異なる出演者が、笑いあり涙ありの率直なトークを繰り広げる。その生き生きとした語りに、脱北民への先入観はすっかり塗り替えられた。

もちろん番組の出演者は、脱北して他の世界を見たことで価値観が変わった人々であろうし、韓国に比較的順調に定着した人々だろうから、その言動がすべての脱北民にあてはまるわけではないだろう。それでも、筆舌に尽くしがたい経験をしながらたくましく生きる人々の姿は印象的だった。とりわけ女性たちの体験談は壮絶なものだった。

私たちの翻訳会は、脱北民の語りのささいな点に注目して「北朝鮮の人々の喜怒哀楽」をまとめた。

これに北朝鮮の制度や風習に関する詳細な解説を加えて出版する計画だったが、諸事情から販売は見送られることになった。

無念の思いを引きずっていた頃、紹介されたのが『青い落ち葉』だった。著者のキム・ユギョン氏は、女性であること、北朝鮮の「朝鮮作家同盟」に所属していたこと、2000年代に韓国に入国したことのほかにはプロフィールを明かしていない、いわば「覆面作家」だ。プロパガンダ文学を生み出す組織に所属していたという著者の背景にも興味を持ち、早速ページを開いてみたところ、脱北民と彼ら彼女らを取り巻く人々の多様な生きざまを活写する筆致に引き込まれた。北朝鮮のプロパガンダに洗脳される人・されない人、命からがら脱北した中国での人身売買、韓国での定着の困難さなど、私たちが視聴してきた脱北民の体験に類似したエピソードも随所に見られ、夢中でページをめくった。こうした人々が現実に存在していること、それを韓国社会に知らせようとしている脱北民の作家がいることを、日本の読者にも伝えたいと考えた。

近年、韓国で執筆活動をする「脱北作家」は増えている。『越えてくる者、迎えいれる者　脱北作家・韓国作家共同小説集』(和田とも美訳、アジアプレス・インターナショナル出版部、2017年)には脱北作家6人の短編小説が収録されている。訳者の和田氏によると、韓国で活動している脱北作家の脱北の動機はほぼ生活苦によるもので、同書に収められた短編小説も、韓国の読者が期待する内部告発や体制批判ではないため、韓国ではほとんど注目されなかったという。

『青い落ち葉』原書の解説(本書には未収録)を担当した小説家・文学評論家の朴徳奎《パクドッキュ》氏は、「脱北作家の文学は苛烈な実体験をもとにした手記や長編小説が多く、〝衝撃的な事実〟であるからこそ読まれてきた」と指摘する。短編集『青い落ち葉』に体制批判や苛烈な実体験の香りを感じることは少ないが、朴氏は、この小説集には登場人物一人ひとりが読者に「人生とは……」という問いを投げかける文学的価値があり、それが従来の脱北文学と一線を画していると高く評価している。

『青い落ち葉』の翻訳出版を企画したものの、私たちは文学の専門家ではない。翻訳を生業にしているとはいえ、本格的な文学作品に取り組むのは初めてで、試行錯誤の連続となった。訳語や解釈には細心の注意を払ったが、誤りがあった場合の責任は全面的に翻訳者にある。また文章のトーンの差は訳者の個性と考え、あえて統一しなかった。読みにくいと感じる読者もいらっしゃるかもしれない。『青い落ち葉』の出版社「プルンササン」と著者のキム・ユギョン氏には、日本語版の出版を快諾していただいた。翻訳の際、私たちの理解が及ばなかったところや表現上の疑問点などはキム氏に直接問い合わせた。迅速かつ的確に回答していただいたことに感謝を申し上げる。なお、キム氏は活発な創作活動を続けており、24年5月には韓国で新たな短編集『ヌードスケッチ』を発表している。

高島淑郎さんには本書の解説のほかに小説の翻訳チェックもお願いし、北朝鮮独自の用語や方言など、あらゆる面で多くの助言をいただいた。「タルタルタル」翻訳会のメンバーである桑原修さんには地図の作成などで協力を仰いだ。お二人の力がなくては本書は完成に至らなかっただろう。

プルンササンと北海道新聞社の版権などの仲介は、日本で韓国文学の翻訳出版を手掛けるクオンの伊藤明恵さんに依頼した。韓国文学ブームを生んだクオンのバックアップはとても心強かった。

北海道新聞社が出版する本は主に北海道関連のものだが、本書は訳者2人が在住することを除けば北海道とは関わりがない。翻訳小説を扱った経験もほとんどないことから、本書の出版は冒険だっただろう。それでも本書の内容に興味を持ってくださり、装丁・レイアウトから拙い訳文の修正にいたるまできめ細かく心を砕いてくださった編集担当の仮屋志郎さんには、感謝の言葉もない。カバー写真をご提供いただいた帯広の臼井愛子さん、装丁の江畑菜恵さんにもお礼を申し上げたい。

最後に、本書の翻訳に関わってくださった多くの方々の激励と協力に深く感謝する。

2024年12月

芳賀恵　松田由紀

＊「日本の読者の皆様へ」「著者の言葉」「平壌からの客」「青い落ち葉」「将軍を愛した男」「ご飯」は松田が、「自由人」「チョン先生、ソーリー」「チャン・チェンの妻」「あの日々」「赤い烙印」は芳賀が翻訳を担当した。

著者略歴
キム・ユギョン（金瑜瓊）
北朝鮮の「朝鮮作家同盟」所属の作家として活動したのち、2000年代に韓国に入国。祖国に残る家族に累が及ぶことを恐れ、ペンネームで作家活動を行う。これまでに長編小説『青春恋歌』（2012年）、『人間冒涜所』（2016年）を発表。『人間冒涜所』は『Le camp de l'humiliation』のタイトルでフランスで翻訳出版された。2023年8月に韓国の「青い思想（プルンササン）社」から刊行された本書は、脱北作家である著者の3冊目の小説である。

訳者略歴
松田由紀（まつだ・ゆき）
東京都出身。韓国語講師（北海道大学など）、通訳者、翻訳者。翻訳は特許・司法関係を中心にさまざまなジャンルでおこなっている。早稲田大学教育学部教育心理学専修卒業。新聞社勤務ののち、韓国延世大学新聞放送学科大学院碩士（修士）課程修了（言論学碩士）。訳書に『TOEIC L&R TEST「正解」が見える86のコツ』（キム・デギュン著、講談社パワー・イングリッシュ）がある。

芳賀　恵（はが・めぐみ）
札幌市出身。韓国語講師（北星学園大学など）、翻訳者。北海道大学文学部卒業後、道内放送局勤務を経て渡韓。韓国で経済ニュースの翻訳・配信会社に勤務しながらＫＢＳワールドラジオ日本語放送の番組に出演、ドラマの字幕翻訳なども手掛ける。帰国後、北大大学院で韓国映画を研究、修士号（学術修士）を取得。

解説者略歴
髙島淑郎（たかしま・よしろう）
北星学園大学元教授。主な訳書に『日東壮遊歌』（訳注、平凡社）、『書いて覚える中級朝鮮語』（白水社）、『韓日辞典』（共編、小学館）など。

青い落ち葉

2025年1月31日
初版第1刷発行

著　者　キム・ユギョン
訳　者　松田由紀、芳賀　恵
発行者　惣田　浩
発行所　北海道新聞社
〒060-8711
札幌市中央区大通東4丁目1
電話 011-210-5744
（出版センター）
印　刷　中西印刷株式会社

乱丁・落丁本は出版センターに
ご連絡くださればお取り換えいたします。
ISBN978-4-86721-153-3